中国古代叙事思想研究

丛书主编 赵炎秋

国家社会科学基金项目优秀结项成果

第二卷

魏晋至宋元叙事思想

⊙李作霖 著

湖南师范大学出版社

图书在版编目（CIP）数据

魏晋至宋元叙事思想 / 李作霖著. —长沙：湖南师范大学出版社，2011.6

（中国古代叙事思想研究·第二卷）

ISBN 978-7-5648-0215-8

Ⅰ.①魏… Ⅱ.①李… Ⅲ.①叙述—文学研究—中国—魏晋南北朝时代②叙述—文学研究—中国—辽宋金元时代 Ⅳ.①I206

中国版本图书馆 CIP 数据核字（2011）第 056362 号

魏晋至宋元叙事思想

李作霖 著

◇责任编辑：谭南冬
◇责任校对：欧继花
◇出版发行：湖南师范大学出版社
　　　　　　地址/长沙市岳麓区　邮编/410081
　　　　　　电话/0731-88873071　88873070
　　　　　　网址/https：//press.hunnu.edu.cn
◇经销：湖南省新华书店
◇印刷：天津画中画印刷有限公司
◇开本：670×960　1/16
◇印张：14.75
◇字数：232千字
◇版次：2011年6月第1版
◇印次：2024年8月第2次印刷
◇书号：ISBN 978-7-5648-0215-8
◇定价：52.00元

建构中国本土叙事理论

（代序）

本套丛书的目的，是挖掘、整理中国古代叙事资源，以在中国叙事理论与叙事经验的基础上，建立中国本土叙事理论。

从世界范围看，进入 20 世纪以后，抒情文学与戏剧文学逐渐衰落，叙事文学一枝独秀。随着叙事文学的繁荣，叙事理论也得到了超常规的发展。但现有的叙事理论基本上是建立在西方叙事传统与叙事经验的基础上的，部分内容与中国叙事经验和叙事传统并不一致，而根据西方叙事理论来研究中国叙事文学特别是古代叙事文学，便难免出现"水土不服"的情况。比如布斯提出的隐含作者。一般认为，"在叙述中，隐含作者的位置可以说介于叙述者和真实作者之间，如果说现实中的作者是具体的，那么隐含作者就是虚拟的，它的形象是读者在阅读过程中根据文本建立起来的，它是文本中作者的形象，它没有任何与读者直接交流的方式，它通过作品的整体构思，通过各种叙事策略，通过文本的意识形态和价值标准来显示自己的存在"①。但是中国古代小说特别是白话小说如话本和章回小说中作者的形象不仅通过作品的整体构思和各种叙事策略建构，而且也通过他自己在作品中的出现、议论等方式建构。而且，他同真实作者和叙事者的距离也没有西方叙事作品中隐含作者那样大。与其说他是"隐含作者"，不如说他是"影子作者"。②再如，西方是拼音文字，有丰富的词形变化，轻音重音相间，句子成分严谨完整；而中国是方块汉

---

① 罗钢：《叙事学导论》，云南人民出版社，1994 年，第 214 页。
② 参看《明清近代叙事思想·附录》第一节第一部分。

字，没有词形变化，不强调句子的完整，字形兼具表意，有平仄四声的变化，这些也必然要对中国的叙事实践与叙事思想产生影响。也正因为如此，用建立在西方叙事实践基础上的隐含作者的概念来分析中国古代话本与章回小说就会遇到困难，有时甚至有隔靴搔痒之感。

或许有人认为，中国是诗的国度，历来占主导地位的是抒情文学，叙事文学一直处于从属的地位，这一情况直到明清才略有好转；另一方面，就中国古代文论而言，其绝大部分都是诗论，而且由于受"诗言志"、"文以载道"等思想的影响，中国古代文论一贯重表达的内容，而不重表达的形式。因此，"叙事"本身一直未能成为理论家们关注的中心，在中国古代文艺思想中，有意识的纯理论形态的叙事理论不多，这是事实。但是我们也应该看到，中国古代叙事文学同样是源远流长，而且实际上也占了半壁江山——虽然相对而言不大引人注目。明清章回、宋元话本、唐代传奇、六朝志怪笔记小说自不待言，史传文学在一定意义上也可以纳入叙事文学的范围。其内容虽然是史，但在谋篇布局、事件叙述、人物塑造、技巧运用等方面则实有文学之品格。如果去掉"文学"二字，单从叙事的角度考虑，作品更是洋洋大观。创作实践必然要在理论上有所反映。中国古代文学与文论中，虽然不存在系统的叙事理论，但相关的叙事思想还是比较丰富的。如刘勰的《文心雕龙》以近半的篇幅讨论各种文体及其发展，其中涉及叙事的地方就不少。至于明清小说理论如明清评点，包含的叙事思想就更加丰富。而自近代以后，叙事文学在中国的地位得到大幅度的提高，叙事文学的创作持续繁荣，出现了吴趼人、刘鹗、李伯元、曾朴和后来的鲁迅、茅盾、巴金、老舍、沈从文、曹禺、田汉等一大批著名叙事文学作家，有关小说理论的探讨也十分繁荣。因此，建立中国本土叙事理论并不缺少叙事思想与叙事实践方面的资源。

因此，剩下的问题就是，中国古代叙事经验和叙事传统在今天是否还有价值，是否还有必要进行总结和理论提升，在古代叙事经验与叙事思想的基础上构建本土叙事理论？

答案无疑是肯定的。这不仅仅是弘扬传统文化，保持民族特性与民族凝聚力的问题，更重要的是，古代叙事文学至今对我们仍有巨大的艺术感染力和思想启迪作用。"三言"、"二拍"、《红楼梦》、《三国演义》、《水浒传》、《西游记》、《牡丹亭》、《长生殿》、《桃花扇》至今仍有巨大的艺术生命力。金圣叹、李渔等的叙事批评，现在仍给我们巨大的启迪。既然如此，我们就不应将之弃之如敝屣，而应对之进行研究，将其中有价值的东西挖掘出来，注入我们今天的叙事理论与叙事实践中来。T·S·艾略特认为，过去与现在是紧密相连的，现在的每一部真正新的作品的产生，都要对它所在的那个系统产生影响，引起一定的哪怕是很小的调整。反过来，过去的传统也总是影响和制约着今天的现实。中国是有着几千年文明史的文明古国，文化传统深厚，这是中华民族的宝贵遗产，我们不应将其抛弃，而应继承发扬，使其在新的时代发挥新的作用。传统无法割断，中国的文化需要中华民族自己的根。古代叙事文学是我们今天叙事文学的根。留住了根，也就留住了我们的历史，留住了我们的文化，保持了我们的特性与凝聚力。

自然，要在古代叙事思想与叙事经验的基础上构建本土叙事理论，并不意味排斥西方叙事理论。各民族叙事文学是相通的。西方叙事理论有其普遍性的内容。故事、叙事者、叙事话语，人称、视角、复调、叙事方式、叙事时间、叙事声音，等等，在各民族叙事文学中都存在着，但它们在各民族叙事文学中有着不同的表现形式。构建中国本土叙事理论应该吸收现代西方叙事理论的成果，借鉴其相关范畴与理论体系，梳理、提炼、升华中国本土叙事思想与叙事经验，使之成为系统的可以在当前叙事环境中运用并与西方叙事理论展开对话的理论。只有这样，中国本土叙事理论才算真正构建起来，中国叙事传统与传统叙事经验也才能真正在当代中国叙事理论与叙事实践的构建与发展中发挥自己应有的作用。

构建中国本土叙事理论，有三个基础性的工作，一是把握中国古代的叙事思想与叙事经验，二是把握西方的叙事理论，三是把握中国现当代的叙事理论及叙事实践。其中，中国古代叙事思想由于容易被人忽略，因而在某种意义上尤为重要。中国古代叙事思想不仅存在于理论形态的文本之中，也存在于具体的叙事作品之中，不仅存在于文学文本之中，也存在于历史文本之中。而且，中国古代叙事思想与中国古代文化、社会状况也有密切的联系，在研究时应该综合考虑。本丛书试图做这方面的工作。然而万事开头难。我们的研究不能说毫无依傍，但可资借鉴的经验不多。"摸着石头过河"，难免有许多不如意的地方。好在开头的一步迈出去后，再接着迈第二步也就容易了一些。

以此代序。

赵炎秋

2010 年 12 月 31 日

目 录

上篇　魏晋六朝叙事思想

绪论 ⋯⋯⋯⋯⋯⋯⋯⋯⋯⋯⋯⋯⋯⋯⋯⋯⋯⋯⋯⋯⋯⋯⋯⋯⋯ (1)
第一章　历史的增补与解脱——志怪叙事 ⋯⋯⋯⋯⋯⋯ (5)
　第一节　叙事的历史性及其匮乏 ⋯⋯⋯⋯⋯⋯⋯⋯⋯⋯ (5)
　第二节　志怪叙事的"历史性"及其转化 ⋯⋯⋯⋯⋯⋯ (7)
　　一、叙事结构的转换 ⋯⋯⋯⋯⋯⋯⋯⋯⋯⋯⋯⋯⋯⋯ (11)
　　二、时间和空间的转换 ⋯⋯⋯⋯⋯⋯⋯⋯⋯⋯⋯⋯⋯ (17)
　　三、叙事话语的转变 ⋯⋯⋯⋯⋯⋯⋯⋯⋯⋯⋯⋯⋯⋯ (19)
第二章　轶事小说的叙事思想 ⋯⋯⋯⋯⋯⋯⋯⋯⋯⋯⋯ (34)
　第一节　《世说新语》叙事思想研究 ⋯⋯⋯⋯⋯⋯⋯⋯ (35)
　　一、《世说新语》的叙事者及其身份认同 ⋯⋯⋯⋯⋯ (35)
　　二、《世说新语》的叙事话语 ⋯⋯⋯⋯⋯⋯⋯⋯⋯⋯ (44)
　第二节　《西京杂记》的叙事思想 ⋯⋯⋯⋯⋯⋯⋯⋯⋯ (57)
　　一、表象、故事和叙述 ⋯⋯⋯⋯⋯⋯⋯⋯⋯⋯⋯⋯⋯ (59)
　　二、叙事话语及其认同 ⋯⋯⋯⋯⋯⋯⋯⋯⋯⋯⋯⋯⋯ (72)

中篇　唐代叙事思想

第三章　唐前期的叙事观念和《史通》 ⋯⋯⋯⋯⋯⋯⋯ (81)
　第一节　唐前期的叙事观念和《史通》的产生 ⋯⋯⋯⋯ (81)
　第二节　《史通》关于小说和历史关系的认识 ⋯⋯⋯⋯ (84)
　第三节　《史通》关于文辞与史笔的论述 ⋯⋯⋯⋯⋯⋯ (92)
第四章　唐传奇的虚构叙事思想 ⋯⋯⋯⋯⋯⋯⋯⋯⋯⋯ (97)
　第一节　唐人小说的虚构及其与历史的关联 ⋯⋯⋯⋯⋯ (99)
　第二节　唐传奇的叙事成规 ⋯⋯⋯⋯⋯⋯⋯⋯⋯⋯⋯⋯ (110)
　　一、"个人化"观点 ⋯⋯⋯⋯⋯⋯⋯⋯⋯⋯⋯⋯⋯⋯ (111)
　　二、情节化修辞 ⋯⋯⋯⋯⋯⋯⋯⋯⋯⋯⋯⋯⋯⋯⋯⋯ (119)
　附录　唐传奇的时间叙述 ⋯⋯⋯⋯⋯⋯⋯⋯⋯⋯⋯⋯⋯ (126)

一、错时 ………………………………………………… (126)
  二、节奏 ………………………………………………… (129)
  三、时间叙述的文化内涵 ……………………………… (132)

下篇　唐宋元通俗叙事研究

第五章　宋元白话小说叙事思想 ……………………………… (136)
　第一节　通俗叙事在唐代的形成 ………………………… (136)
　第二节　宋元说话与白话小说概说 ……………………… (146)
　第三节　宋元小说文本的范围与话语形态 ……………… (156)
　第四节　宋元白话小说的故事类型与结构 ……………… (165)
　　一、烟粉和传奇 ………………………………………… (166)
　　二、灵怪故事 …………………………………………… (173)
　　三、公案小说 …………………………………………… (181)
　第五节　叙述者及其意识形态 …………………………… (185)
　　一、宋元小说的叙述者 ………………………………… (185)
　　二、叙述者的意识形态 ………………………………… (188)
第六章　宋元讲史平话叙事思想 ……………………………… (203)
　第一节　《新编五代史平话》的话语形式 ……………… (205)
　第二节　《新编五代史平话》的话语含蕴 ……………… (215)
参考文献 ………………………………………………………… (222)
后记 ……………………………………………………………… (225)

上篇　魏晋六朝叙事思想

绪　论

汉帝国的灭亡被许多人视为漫长的"上古"时代的结束，由此进入"中古"时代。从文化思想上说，魏晋六朝确实可以自成一个阶段，其特征如汉学家谢和耐先生所概括："汉代那占统治地位的哲学已被完全遗忘，经典文献再也无人研修了，而同时又出现了一些个人主义的倾向和一种文学艺术的纯美学观念。中国的中世纪也是一个宗教极为虔诚的时代，大家甚至可以说这个时代的中国是佛教国家。"① 应该补充的是，文化上的"个人主义"是与士族文化的整体网络分不开的，而"宗教"的虔诚则除了对外来的佛教文化的信仰，还包括传统的神仙鬼怪的信仰。

历史和文化的变局自然也影响到这一时期的叙事思想。从《春秋》、《左传》到《史记》、《汉书》逐渐定型的历史理性叙述尽管依然作为主流在引导人们对于世界的看法，但汉代以来的杂史杂传却在悄悄地消解"正史"关于世界的观念。《山海经》（出自战国，但汉代才流行）、《列仙传》、《神异经》、《洞冥记》、《汉武故事》、《汉武内传》作为一股潜流一直在影响着士人对于世界的认知和想象，它们对于方外世界的描述、对神仙鬼怪的信仰，尤其是对于超越死亡的幻想成为魏晋以后人们的兴趣中心。事实上，此一时期的志怪书大行于世（"现存和可考者达八九十种"②），作者多为包含皇帝（如魏文帝曹丕、梁元帝萧绎）和士族在内的众多名人，可以说明这种充斥着巫术和神怪的虚妄不经的叙事已经由暗流变为主流。太史公在《史记·大宛列传》中说："至《禹本纪》、《山海经》所有怪物，余不敢言之也。"而

---

① ［法］谢和耐：《中国社会史》，耿昇译，江苏人民出版社，1995年版，第137页。
② 李剑国：《唐前志怪小说史》，南开大学出版社，1984年版，第22页。

此时的志怪却已被视为历史写作的一种形式，南朝梁代阮孝绪的《七录》、《隋书·经籍志》均将志怪归入史部"杂传"类；而正是作为朝廷史官、有"良史"美誉的干宝书写了志怪书的代表作《搜神记》。这种以志怪为史的意识，到刘知幾清理史学时依然存在（《史通·杂述》将志怪列为史部杂记），直到《新唐书·艺文志》将志怪归入子部小说类才风化瓦解。

志怪书以一种历史的"增补"的形式进入到权威的历史叙述家族中，势必带来叙述观念和叙述技术的系统化的演进。尽管大多数的志怪书仍以"实录"为轨范，但"搜神"、"列异"毕竟与正史的纪实不同。神仙鬼怪的故事本无实据，它只能来自民间的传说、方士的臆造或者作者本人的虚构；即使是据实辑录所发生的奇异事件（如死者复活、女子变男等），道教或佛教的知识背景下的叙述者亦不免以神灵感应、因果报应的观念对它们加以神秘化的解释。大概正因如此，唐以后的史学才将其逐出史部杂传类，而归入子部小说类下。而现代的研究者则将志怪视为文学性的小说加以美学诠释，也正是因为志怪叙事相对客观纪实的历史叙事而言，呈现了更多个人的主观幻想的内容；而这些主观幻设的内容，在许多人看来，正是唐代传奇小说的前奏。

此外还有被今人称为"轶事小说"的一批叙事作品，在魏晋以来也非常发达。"轶事小说"又分为两类，如《语林》、《郭子》、《名士传》、《笑林》，《世说新语》、《妒记》等，可以刘知幾"琐语"名之；《西京杂记》和《殷芸小说》，可以刘知幾"逸事"名之。前一类的作品，传统目录学一般视之为"小说"，鲁迅先生以后的现代学者则称之为"志人小说"。目录学家始终遵从班固在《汉书·艺文志》中对小说的看法：小说，小道也，"如或一言可采，此亦刍荛狂夫之议也"，故在诸子十家中列在最末。但对后世文人而言，以《世说新语》为代表的这些"小说"却有特别的意义，如胡应麟所言："《世说》以玄韵为宗，非纪事比，刘知幾谓非实录，不足病也。""……读其语言，晋人面目气韵恍忽生动，而简约玄澹，真致不穷，古今绝唱也。"[①] 这种意义是双重的：一方面《世说》类小说远离现实政治的美学意识形态

[①] 胡应麟：《少室山房笔丛》，上海书店出版社，2001年版，第285页。

为文人提供了一个游心娱目的想象空间，在此他们可以见证自己的价值；另一方面这类小说的"言约旨远"的叙事范式为后来的文人叙事提供了轨范。后一类的作品，则关涉历史。按照刘知幾的说法，逸事的产生，乃因"国史之任，记事记言，视听不该，必有遗逸。于是好奇之士，补其所亡"①。姚振宗《隋书经籍志考证》谈及殷芸《小说》时也说："此殆是梁武作通史时，凡不经之说为通史所不取者，皆令殷芸别集为小说，是小说因通史而作，犹通史之外乘。"可见它们与历史叙事的关联。只不过它们在历史视阈和话语形式上已走上与正史叙事不同的道路，往往"求诸异说"、"真伪不别"，从而诱发出虚构叙事的可能。因其内容芜杂，传统目录学家及现代的小说研究者对它们持有不同的看法，仅以近人的研究观之，李剑国先生将《西京杂记》与《拾遗记》并置为"杂史杂传体志怪"②，刘叶秋先生则将《西京杂记》称为"历史琐闻类"笔记③。笔者从陈文新先生《文言小说审美发展史》中的分类，将《西京杂记》与殷芸《小说》列为"轶事小说"之"杂记"体，主要是方便对"轶事小说"的叙事思想共性的描述。

"轶事小说"与志怪不同的是，它们所记皆为人间言动，一般不涉妖异祯祥；但它们更为"真实"的历史内容却比志怪离"历史"更远。因为从"叙事者"的角度来说，轶事小说的叙事者更直接地表达了一种个人的或群体的对世界秩序及其意义的看法，这种看法与传统的王道政治的历史观已经产生明显的分裂。在《世说》类故事的叙事者看来，王道秩序在他们的生活世界已经瓦解，个人的传记已无需再从属于传统历史的宏大叙事——由本纪、世家、列传、书、表组成一个完善的以德配天的终极意义图式——之中，故个人的生活意义求诸瞬间的诗意言动可也。《西京杂记》的叙述者则以一种一味感怀的基调叙述西汉宫廷的杂事，对巨富、游乐的欣羡和对死亡的关心都表明它遵从的价值体系已不是传统士大夫的价值体系，以小南一郎先生的话说，

---

① 刘知幾：《史通·杂述》，辽宁教育出版社，1997年版，第81页。
② 李剑国：《唐前志怪小说史》，南开大学出版社，1984年版。
③ 刘叶秋：《历代笔记概述》，北京出版社，2003年版。

"这表示非士大夫的文化承担者已经诞生"①。这一转向也可以从一些故事的审美化的叙述中看出端倪。

总的说来，无论是志怪还是"轶事小说"，它们都承续了前代的外家叙事，在魏晋以后的四百年间发展为一种独特的叙事，唐以后的目录学家肯定它们逸出了"史"的范畴，而现代的文学研究家则将它们视为"小说"的正式形成。这恰能表明，在传统的士大夫的正史叙述之外，非士大夫（文化角色）的文人叙事已经产生了独立的价值。他们的叙事思想及其方法不仅在魏晋六朝四百年间自成一体，而且也作为一种"共时的秩序"存在于漫长的历史中。所谓的"笔记小说"概念就是对这种叙事类型的命名。从表面上看，这类作品或记历史轶闻、朝廷掌故，或杂录市井异说、文人言动，皆零碎不可勘，而实际上，如果考虑到一切叙事皆为隐喻，我们就可以深切领会从魏晋到晚清的这一类作品的叙事者的匠心：他们在历史与现实之间、王道与草根之间、真实与想象之间徘徊或者游弋，不仅寻找自己的安身立命之地，也为更多身处混乱的人指明了意义。即使在今天，《搜神记》、《世说新语》、《西京杂记》仍在叙说，以其存在的巨大差异来"评判我们，让我们明白我们曾经不是、我们不再是、我们将不是的一切"②。

---

① ［日］小南一郎：《中国的神话与古小说》，孙昌武译，中华书局，1993年版，第163页。
② ［美］詹明信：《晚期资本主义文化逻辑》，三联书店，1997年版，第191页。

第一章 历史的增补与解脱——志怪叙事

第一节 叙事的历史性及其匮乏

在中国古代文化中,叙事与历史有着内在的关联。较早的成形的叙事文,皆出自史官,这是没有疑问的。宋人真德秀在《文章正宗》卷首对"叙事"一门的解释中说:"按叙事起于古史官,其体有二:有纪一代之始终者,《书》之《尧典》、《舜典》,与《春秋》之经是也。……有记一事之始终者,《禹贡》、《武成》、《金縢》、《顾命》是也。"章学诚亦认为:"古文必推叙事,叙事实出史学。"① 叙事与历史的同源性昭示了一种文化观念,即对宇宙人事的次序的建构和解释是由权力的持有者主导的,史官(起初为巫)作为权力者的代言人,创制了最初的神话和历史叙事,以规范统治秩序。从《尚书》、《春秋》、《左传》到《史记》,史官逐步开拓了叙事的基本轨范。《史记》"原始察终、见盛观衰",以十二本纪、十表、八书、三十世家、七十列传为经纬,建立起历史的宏大叙事,不仅确立了其后正史的叙述体式,也成为其他叙事类型(如古文、小说)自觉遵循的楷模。杨义先生说:"史官文化在中国古代文化中具有骨干意义。"② 从叙事的角度看,可谓一语中的。

《史记》的叙事范式的确立,传递了如下几个方面的重要信息:(一)无信不征的"实录"原则,即班固所说的"其文直,其事核",对于所叙之事,须有真凭实据,不能想象夸张,也不能轻信道听途说之事。所以对于《山海经》所载怪物,司马迁说"余不敢言也"。(二)叙事还必然包含对事物的解释和价值判断。

---

① 《章氏遗书·上朱大司马论文》。
② 杨义:《中国叙事学》,人民出版社,1997年版,第14页。

它又包含两层内容，一是尽量让事实本身说话，"不虚美，不隐恶"，子曰："我欲载之空言，不如见之行事之深切著明也。"事实比主观的解释更有说服力①。二是"究天人之际，统古今之变"，事情的原因和结果可能非个人的言行道德可以解释，对于重大的历史运动的描述尤其需要有对于"天道"的深切理解。在天人感应的知识背景下，司马迁能做到的也就是"深观阴阳消息"，"先难小物，推而大之"②一类了。（三）叙事的目的和意义在于有益于王道。司马迁在《报任安书》中曾有发愤著书，"成一家之言"的表达，现代的学者对此往往作现代的理解，如宇文所安先生认为司马迁的工程表征的是一种个人和家族的荣誉，是一种对于生命意义的追求③。实际上，司马迁在《史记·太史公自序》中对此说得很清楚，他先借孔子修《春秋》点明自己创作的意义是"上明三王之道，下辨人事之纪，别嫌疑，明是非，定犹豫，善善恶恶，贤贤贱不肖，存亡国，继绝世，补弊起废，王道之大者也"，然后谈到自己的职责："且余尝掌其官，废明圣盛德不载，灭功臣世家贤大夫之业不述，堕先人所言，罪莫大焉。"尽管如宇文所安先生所说，"这是一部个人和家族的工程，不是官方钦定的工程"，但士大夫的文化自觉要求他将自己的叙述使命与王道政治相结合。而后世的士大夫也是如此严肃地要求叙事的，韩愈在《毛颖传》中参以戏谑，就受到周围文人的围攻，可见这种为王道叙事的主题观念的影响。

然而这种将叙事和历史——特定范围和特定内涵的历史——捆绑起来的命题注定是不严密的，它内涵着匮乏和空虚，这种匮乏也往往在史官自己的叙事中体现出来。比如"实录"中不得不搀入传闻，《史记》对三皇五帝、伯夷叔齐的记载，刘邦发迹的记载都依赖传闻，而传闻何者为信、何者为虚显然是没有标准的。又比如对人物事件的解释，尽管儒家的观念是渐趋理性的，但无论是出于哲学认知还是出于意识形态，史官都无法排斥个人

---

① 顾炎武曾说："古人作史，有不待论断而于序事之中即见其指者，惟太史公能之。"见顾炎武著，黄汝成集释：《日知录集释》卷二十六，岳麓书社，1994年版，第891页。

② 司马迁：《史记》卷七十四，中州古籍出版社，1994年版，第697页。

③ ［美］宇文所安："《活着为了著书，著书为了活着：司马迁的工程》，《他山的石头记》，田晓菲译，江苏人民出版社，2003年版。

或集体的想象。没有这种想象，总体的历史便无法构成；而承认这种想象，种种奇闻逸事、神异符兆就会纷至沓来。随着时间的推移、意识形态的复杂化，对事物的解释就会出现无限的相对主义。汉末的神仙说、谶纬说、阴阳术数、因果报应说等，不一而足，除了有社会的动荡造成"史统散而小说兴"的原因，历史叙事自身留下的空洞也正是原因之一。再次，将叙事的功能统归于王道也是极为匮乏的。尽管史迁在帝王的历史之外作三十世家"三十辐共一毂"，"以奉主上"，又"扶义俶傥，不令己失时，立功名于天下，作七十列传"①，似乎为每一个人在王道秩序下找到了位置，但"王道"本身不过是孔子以来的儒家知识分子建构的一种虚弱的理想，它经常在现实的冲击下变得支离破碎。一旦这种秩序失范，这种主题中心的历史叙述就会风化瓦解，个人或群体的"杂传"不得不独立出来，曾经被压抑的种种事物及其解释也会重新浮出地表，总体的宏大叙事也随之瓦解为散落的碎片。随着汉帝国的崩溃，《史记》和《汉书》构造的强大叙述也暴露出它的匮乏和漏洞，以它们为典范的历史叙事不得不面临其他叙事的"增补"。

第二节 志怪叙事的"历史性"及其转化

"志怪"一语，出自《庄子·逍遥游》："齐谐者，志怪者也。"意思是齐谐这个人，记录怪异之事。六朝祖台之著《志怪》、孔约著《志怪》、东阳无疑著《齐谐记》、吴均著《续齐谐记》，其书名本身就彰显了一种传统，明胡应麟《少室山房笔丛·二酉缀遗中》云："古今志怪小说，率以祖夷坚、齐谐。"即点明这种传统。唐段成式《酉阳杂俎序》将"志怪"称为"志怪小说"以后，"志怪小说"、"语怪小说"、"神怪小说"之类的说法就多了起来。显然，在唐代以后，像《搜神记》、《神仙传》、《列异记》、《灵鬼志》、《幽明录》之类的专记"存人耳目之所未经"之事的书都被视为"小说"，胡应麟更将志怪列为六种小说

---

① 司马迁：《史记》卷一百三十《太史公自序》，中州古籍出版社，1994年版，第1001页。

之首。然而，在魏晋六朝时代，志怪叙事却是被视为"史"的，从书名中的"记"、"传"、"志"、"录"就可以看出此时的志怪书写者的一种特别的历史意识。

志怪叙事的"历史性"不仅表现在其写法上"据国史之方策"，秉承历史书写的"其文直、其事核"的"实录"传统，同时也在"历史"的广度和深度上，试图作更有时代性的开掘。当然，这种开掘不是正史意义上的历史性的进化，而是"礼失而求诸野"的语境下的历史的"增补"。六朝时期著史空气浓厚（仅《晋史》就不下二十部），与此相应的是志怪书的兴盛。志怪书的作者多为朝廷士大夫，其中不乏干宝、陆云这样的史官。刘勰在《文心雕龙·史传》中批评这时的史著是"俗皆爱奇，莫顾实理。传闻而欲伟其事，录远而欲详其迹。于是弃同即异，穿凿傍说，旧史所无，我书则传"，这还是说的正史，而这样的特点本来是用来描述志怪的，可见当时志怪与历史的相邻互渗的关系。干宝著《晋纪》之外，又著《搜神记》三十卷。当时干宝将《搜神记》拿给当时名士刘惔看，惔曰："卿可谓鬼之董狐"①。董狐，是春秋时晋国的史官，因据实直书而闻名于世，后世称正直的史官为"董狐"。刘惔这么说，一方面是称赞干宝真实地记录了历史，另一方面也表明神、鬼是与人同时存在的。即使在唐以后神鬼被人认为乌有②，志怪终被逐出史书，仍不乏为之辩护者。如明胡震亨《搜神记引》云："令升（干宝）遘门闱之异，爰摭史传杂说，参所知见，冀扩人于耳目之外。顾世局故常，适以说怪视之。不知刘昭《补汉志》、沈约《宋志》与《晋书·五行》，皆取录与此。盖以其尝为史官，即怪亦可征信耳。"③ 胡震亨的辩护试图表明，历史不应该囿于耳目经验，历史的事件及其解释可能是存于耳目之外的。《搜神记》所记神怪能为正史援引，正说明其在历史领域中存在的合法性，不当"以说怪视之"。

鲁迅先生无疑也是从历史实录的意义上来理解志怪书的。他认为这些小说"有出于文人者，有出于教徒者"，教徒之作，意

---

① 房玄龄等：《晋书·干宝传》，岳麓书社，1997年版，第1430页。
② 《晋书·干宝传》说"宝既博采异同，遂混虚实"。
③ 侯忠义编：《中国文言小说参考资料》，北京大学出版社，1985年版，第140—141页。

在自神其教，文人之作"亦非有意为小说，盖当时以为幽明虽殊途，而人鬼乃皆实有，故其叙述异事，与记载人间常事，自视固无诚妄之别矣"①。人鬼实有、异事如常的观念在魏晋以后的时代中是显明地存在的。魏晋南北朝四百多年，战乱灾害交替，人鬼杂处，加之佛道观念普及上下，种种耳目内外的幽明相通、人死复生、鬼怪作祟也就被视为历史真实了。故而干宝在《搜神记序》中信誓旦旦地说明自己的记录是"信史"，"苟有虚错，愿与先贤前儒分其讥谤。及其著述，亦足以发明神道之不诬也"②。

通观志怪小说的叙事形式，其源流大抵出于史。如《博物志》等地理博物体志怪出自"地理志"。像《搜神记》卷六、卷七关于阴阳灾异的叙述形式出自"五行志"，如卷六"德阳殿上有大蛇"：

> 汉桓帝即位，有大蛇见德阳殿上。洛阳市令淳于翼曰："蛇有鳞，甲兵之象也。见于省中，将有椒房大臣受甲兵之象也。"乃弃官遁去。到延熹二年，诛大将军梁冀，捕治家属，扬兵京师也。③

这是《史记·天官书》和《汉书·五行志》的叙述路数，所谓"天垂象，见吉凶"，灾异符兆一直是正史必书的部分，因此干宝的此种书写完全是史笔，不能算是"增补"。真正的"增补"是在叙人物和录传闻中。比如卷一"孙策杀于吉"：

> 孙策欲渡江袭许，与（道士）于吉俱行。时大旱……令人缚（于吉）置地上，暴之，使请雨。若能感天日中雨者，当原赦；不尔，行诛。俄而云气上蒸，肤寸而合。比至日中，大雨总至，溪涧盈溢。将士喜悦，以为吉必见原，并往庆慰。策遂杀之。将士哀惜，藏其尸。天夜，忽更兴云覆之。明日往视，不知所在。
>
> 策既杀吉，每独坐，仿佛见吉在左右。意深恶之，颇有

---

① 鲁迅：《中国小说史略》，百花文艺出版社，2002年版，第26页。
② 干宝、刘义庆：《搜神记·世说新语》，岳麓书社，1989年版，第1页。
③ 干宝、刘义庆：《搜神记·世说新语》，岳麓书社，1989年版，第54页。

失常。后治疮方差,而引镜自照,见吉在镜中,顾而弗见。如是再三,扑镜大叫,疮皆崩裂,须臾而死。①

关于孙策之死,西晋陈寿《三国志·孙破虏讨逆传》有明确记载,"为故吴郡太守许贡客所杀"②,身为朝廷史官的干宝不会不知,他为什么要为孙策留下另一结局而甘受"讥谤"呢?联系到《搜神记》中对于同类史传人物(如管辂、华佗、糜竺等)的处理,不难看出,《搜神记》记录历史人物的目的不在官方的"信史",而是想留下他们在民间的"故事"(这些故事同样是"真实"的),或作为正史的补充(南朝宋裴松之注《三国志》引"孙策杀于吉"事③),或如《搜神记序》所说,"幸将来好事之士录其根本,有以游心寓目而无尤焉"。"发明神道之不诬"也好,"游心寓目"也好,志怪书的叙录已经与"原始察终,见盛观衰",使"一代之志,共日月而长存;王霸之迹,并天地而久大"④的正史叙事有了相当大的出入。在正史之中,鬼怪、梦幻、传说是被军国朝政挤压到了边缘的,与神鬼杂处的小人物的事迹更不能进入到精英集团的历史序列中(陈胜、吴广等人的事迹显然也从属于"王霸之迹"),而在志怪中,这些散落到历史暗角的存在片断却成为了主要的叙述对象。与这种历史事实的增补同时发生的,还有历史解释的增补。在正史对历史的解释中,从孔子到迁固,尽管阴阳灾异、天人感应的神话解释系统一直存在,但毕竟儒家的以"人道"解释因果的思想还是占了上风。《史记·太史公自序》引孔子的话说:"我欲载之空言,不如见之行事之深切著明也。"历史人物的行为的善恶、是非最能说明历史兴衰和人物沉浮的道理。《史记》、《汉书》以人物为宗,人物的言行本身能说明历史秩序变化的原因;人物传记末尾又有"赞"语加以解释评论,这些赞语大都是以人物行为的是非、善恶来解释历史因果的,如《史记·秦本纪》:"秦王足已不问,遂过而不变。

---

① 干宝、刘义庆:《搜神记·世说新语》,岳麓书社,1989 年版,第 7 页。
② 陈寿:《三国志》,岳麓书社,1990 年版,第 878 页。
③ 陈寿:《三国志》,岳麓书社,1990 年版,第 878-879 页。
④ 刘勰著,范文澜注:《文心雕龙·史传》,人民文学出版社,1958 年版,第 286 页。

二世受之,因而不改,暴虐以重祸。子婴孤立无亲,危弱无辅。三主惑而终身不悟。亡,不亦宜乎?"这种以"王霸之迹"为主、阴阳灾异为辅的历史解释模式被志怪叙事以"增补"的方式搁置了。不仅作为正史背景的阴阳家的解释哲学被凸显,其他如民间神话、巫术、道家的神仙方术(又包含民间巫术和道教知识学)、佛教的因果报应等解释系统纷纷潜入志怪叙事者的头脑。《搜神记》以儒道解释学为主,又杂以民间巫术和阴阳术数;《幽明录》则同时以道家之仙凡相通与佛家的罗刹恶鬼示人;《冤魂志》则以释家报应综合儒家的道德观念来书写其报仇故事①。历史视阈的拓宽,以及历史解释系统的复杂化使得志怪叙事在继承史传叙事的基础上,发生了一系列的转变。下面分别从"结构"、"时间和空间"、"叙事话语"等三方面展开阐述。

一、叙事结构的转换

最直观的表现是志怪书的体例与史书体例的差异。史书体例,在司马迁写出第一部正史之前,有记事体(又包含记言),如《尚书》;有编年体,如《春秋》、《左传》,编年体是在编年中包含记事与记言。《史记》是以人为中心,但在传人的体例中同样包含记事与记言。进化至此,正史的体例就基本固定了②。直到宋代袁枢《通鉴纪事本末》新开一体,那已经是后话了。说正史"以人为中心",可能有些过,因为这主要是以比重最大的"列传"而言,而"本纪"的写法相当于《春秋》,是编年的,"世家"的写法则是记事的③;另外又有"书"④记典章制度,"表"记大事年表。所以司马迁、班固所确立的正史准确地说是"纪传表志"体,它以人物为经,时间为纬,建立起立体的叙事结构,以"究天人之际,通古今之变"。而志怪小说则不同。志怪的体例,可以说是"主题式"的。《搜神记》的大主题是"发

---

① 《四库全书总目提要》云:"此书所述,皆释家报应之说。然齐有彭生,晋有申生,郑有伯有,魏有浑良夫,其事并载《春秋传》;……强魂毅魄,凭厉气而为变,理固有之。"见《钦定四库全书总目》(整理本),中华书局,1997年版,第1877页。

② 参阅《史通》之《六家》、《二体》,刘知幾:《史通》,辽宁教育出版社,1997年版。

③ 《汉书》以后,"世家"并入"列传"。

④ 班固后改为"志"。

明神道之不诬",通过"神仙方术"、"神灵感应"、"妖怪灾异"、"历史传说"、"物怪"、"鬼魂"、"报应"等次主题荟萃材料。葛洪《神仙传》则是"抄集古之仙者见于仙经、服食方及百家之书、先师之说、耆儒所论"以证"仙化可得,不死可学"[①]。《冤魂志》等"释氏辅教之书"则通过一系列的故事来证明因果报应。由此似乎也可看作有一个宏观结构存在。但正如干宝《搜神记序》所透露的,"群言百家,不可胜览;耳目所受,不可胜载。今粗取足以演八略之旨,成其微说而已。幸将来好事之士录其根体,有以游心寓目而无尤焉"。一方面,志怪作者收录或写作这些传闻、故事,再也没有史家"究天人之际,通古今之变"的雄心;另一方面,这些来自各处的散佚的片断也无法构成鸿篇巨制,以时间或者题材性质加以汇编,只是为了方便阅读而已,完全没有史家结纂的那种"有机"意识。比如《拾遗记》"文起羲、炎已来,事讫西晋之末",记十四代事,每件事都标明年份或年号,似乎很接近正史体例,而结合末卷记名山神异来看它的内容,不难发现,其历史的编年和空间的分布一样,都是表皮,叙述者描述的实际上是一个共时的神仙世界,各个时代和各个区域发生的事件只不过是神仙世界散落的符兆。所以它不过是一个有关神异的掌故集锦。

所以,无论是后人根据题材所分类的"杂传记"体,还是"搜神"体、"地理博物"体,它们大体属于支离破碎的"杂录",无复宏观结构的雄心。可以说,所有的志怪书都是非时间性的"辑异",以"异"为主题,搜集、罗列散布在各个时间、空间中的异事片断,杂凑成书,从《搜神记》、《列异记》、《异苑》这些书名就可以看出这种"杂俎"性质。所以,从宏观的总体结构来说,历史叙事在这里已经被瓦解了,而文人叙事,如果要重建不同于正史的秩序,还只能从搜罗碎片开始,真正的另类的宏大结构的出现,要等待罗贯中和吴承恩出世的年代。

但从微观方面看,由于志怪小说摆脱了正史以年记事的实录形式,而采用了包括民间口头传说、道教的仙界想象以及释家的因果报应在内的多种叙事形式,因而使其单篇故事的结构更曲折

[①] 《神仙传序》。

有致并呈现出结构的多样化。正史叙事当然也有故事，比如《史记·廉颇蔺相如列传》中就有"完璧归赵"、"渑池会"、"负荆请罪"等故事，但这些故事或者本身有采录民间传闻的因素（《史记》越近当代故事越少），或者因为局限于事态而难以展现其曲折。而且，故事在本质上是应该被以"实录"为宗的史书所排斥的，因为它会给人不可信的感觉。所以大多数的"列传"叙事，只取人物一生中典型的言行片断加以记叙，主要是"事件"性的而不是故事性的。志怪小说则不排斥故事，特别是后期的志怪小说如《幽明录》、《冥祥记》、《冤魂志》等，几乎就是故事集，而且其故事一般都比史传的故事曲折生动。

　　大多数志怪故事，都来自民间的传闻①，所以它在某种程度上再现了民间口头故事的叙事手段的丰富性。这在那些较长的故事中尤为突出，如《搜神记》中的"弦超"、"三王墓"、"韩凭夫妇"、"紫玉"、"卢充"等，《幽明录》中的"赵泰"、"刘晨阮肇"、"黄原"等，《搜神后记》中"谢瑞"（"白水素女"）、"马子"等。关于这些故事的特点，可以"马子"为例加以分析：

　　　　晋时，东平冯孝将为广州太守，儿名马子，年二十余。独卧厩中，夜梦见一女子，年十八九，言："我是前太守北海徐玄方女，不幸早亡，亡来今已四年，为鬼所枉杀。案生录，当八十余，听我更生，要当有依马子乃得生活，又当为君妻。能从所委，见救活不？"马子答曰："可尔。"乃与马子克期当出。至期日，床前地头发正与地平，令人扫去，则愈分明，始悟是所梦见者。遂摒除左右人，便渐渐额出，次头面出，又次肩项形体顿出。马子便令坐对榻上，陈说语言，奇妙非常。遂与马子寝息。每戒云："我尚虚尔。"即问何时得出，答曰："出当得本命生日，尚未至。"遂往厩中，言语声音人皆闻之。女计生日至，乃具教马子出己养之方法，语毕辞去。马子从其言，至日，以丹雄鸡一只，黍饭一盘，清酒一升，醊其丧前，去厩十余步。祭讫，掘棺出，开视，女身体貌全如故。徐徐抱出，著毡帐中，唯心下微暖，

---

① 志怪小说的来源应有三种：辑录古书或近人创作；民间传闻；个人创作。

口有气息。令婢四人守养护之，常以青羊乳汁沥其两眼，渐渐能开。口能咽粥，既而能语。二百日中，持杖起行；一期之后，颜色肌肤气力悉复如常。乃遣报徐氏，上下尽来。选吉日下礼，聘为夫妇。生二儿一女，长男字元庆，永嘉初为秘书郎中；小男字敬度，作太傅掾；女适济南刘子彦，徵士延世之孙云。

大多数此类传闻故事，都包含一个历史的外壳（开头结尾表现为"信史"），而在中段叙述变异之事。此一变异之事本来自成一个故事，包含起因—经过—结尾三段的直线叙事。这种直线陈述也为史家常用，如"列传"叙某人或某家族因何发迹，如何建功立业，最后如何衰亡；但列传叙事，是以时间为序串连各个事件，而不是聚焦于事件本身，想象和渲染的奇异细节是要被排斥的。而志怪故事显然比史家"列传"更加婉转，它在纵向展开的过程中往往生出波澜。细读"马子"的情节不难发现，其"徐女复生"的经过又经历了三个回合，第一回是"现形"，第二回是"开棺"，第三回是"养活"。这样的三段式在较长的故事中几乎成为一个固定的模式。兹举数条：

《搜神后记》"谢端"：
谢端对仙女（"田螺姑娘"）的发现经过三段：第一次问邻人，是不是他们为自己烧火做饭，被否定；数日后又问邻人，邻人答曰："卿已自娶妇……而言吾为之炊耶？"第三次，才发现仙女果为炊火。

《幽明录》"新鬼"：
友鬼教新鬼作怪得食，新鬼第一次去信佛的一家推磨，未得到食物；第二次去奉道的一家舂米，又未得；第三次去一百姓家作怪，抱起白狗在空中飞，终于得到作为祭礼的甘果白酒。

《搜神记》"三王墓"：
莫邪之子赤比为父报仇亦经过三个步骤：第一步，赤比根据父亲遗言于石底得剑；第二步，赤比在楚王的追捕中遇客，自刭，以头与剑赠客；第三步，客持头与剑见楚王，报仇成功。

《冤魂志》"徐铁臼":

> 徐铁臼遭后母虐待而死,其报仇也经过三步:第一步,登陈氏床威吓要取陈氏子铁杵性命;第二步,陈氏一家躲到屋梁,铁臼锯屋梁并烧房屋;第三步,鬼气附身于铁杵,屡击之,月余而死。

类似的故事还可找到很多,它们大都来自民间口传故事。民间故事的情节结构具有一定的程式化的特点,大抵有"单纯式"、"复合式"两种。我国古代民间故事的"复合式"类型多表现为"三段式"(或"三迭式"),如主人公的三次历险、他面临的三道难题、他与对手的三次较量等。① 在民间口头长期流传的"三国"故事也有许多这样的故事单元,如"三顾茅庐"、"诸葛亮三气周瑜"、"诸葛亮三把火"等。志怪小说在采录民间传闻时也无意中袭取了其叙事结构,这样,以时系事的史笔就渐渐发生了结构性的转换,变得摇曳而有波澜。

除了民间故事的三段式结构,志怪中还有神仙小说的"横式结构"与释家观念带来的"因果结构"。先看横式结构,如祖冲之《述异记》"雩都县人":

> 南康雩都县,跨江南出。去县三里,名梦口,有穴状如石室。旧传尝有神鸡,色如好金,出此穴中,奋翼回翔,长鸣响彻,见人辄隐入穴中,因号此石为鸡石。夕有人耕此山侧,望见鸡出游戏,有一长人操弹弹之,鸡遥见,便飞入穴,弹丸正著穴上。石径六尺许,下垂蔽穴,犹有间隙,不复容人。又有人乘船从下流还县,未至此崖数里,有一人通身黄衣,担两笼黄瓜,求寄载之;黄衣人乞食,船主与之盘酒。食讫,至崖下,船主乞瓜,此人不与,仍唾盘内。径上崖,直入石中。船主初甚忿之,见其入石,始知神异。取向食器视之,见盘上唾悉是黄金。

这里,空间的诡幻比时间连续中的事件更引人注目,所发生

---

① 参见江帆:《民间口承叙事论》,黑龙江人民出版社,2003年版,第14页。

的事都是雩都县人所目睹，黄衣人与船主之间发生的事只有通过空间的展开才能得到诠释。雩都人眼中的空间的移动（石室—石径—间隙—江流—崖—石室）就是这篇小说的基本情节，而时间中的事件（如神鸡变成黄衣人）则被省略和压缩了。空间幻景的相继展开是道教小说的一种主要结构方式，在《拾遗记》、《汉武内传》以及地理博物小说中表现得相当充分。当然，神仙家的空间幻设总是需要与人间的行为者发生事件的交流的，否则便不能使人信服。所以"横向结构"不能单独成为叙事结构，它需要与历史的纵向结构相结合才能构成叙事。但"横式结构"本身是有意义的，它为后来的小说提供了叙事的广度，在后来的神魔小说中，我们可以看到它所显示的意义。

我们再以《冤魂志》为例来说明"因果结构"的特征。

> 宋下邳张稗者，家世冠族，末叶衰微。有孙女，殊有姿色，邻人求聘为妾。稗以旧门之后，耻而不与。邻人愤之，乃焚其屋，稗遂烧死。其息邦先行，不知，后还，亦知情状，而畏邻人之势，又贪其财，而不言。嫁女与之。后经一年，邦梦见稗曰："汝为儿子，逆天不孝，弃亲就怨，潜同兄党。"捉邦头，以手中桃杖刺之，邦因呕血而死。邦死之日，邻人又见稗排门直入，张目攘袂曰："君恃势纵恶，酷暴之甚，枉见杀害，我已上诉，事获申雪。却后数日，令君知之。"邻人得病，寻亦殂殁。（《张稗》）

小南一郎曾将《冤魂志》的报仇故事的结构概括为如下三项要素："①某人遭到惨杀。②他死后，便出现了种种怪异之像昭冤。③加害者亦悲惨而死。"① 这样的结构方式其实也出现在其他志怪书中，如前引《搜神记》中的"孙策杀于吉"即是，只不过《冤魂志》是以一种史家的简约明快的方式来讲述这种因果报应的，其他作品可能更隐蔽婉曲一些。小南一郎认为，《冤魂志》的结构可以代表魏晋南北朝志怪小说的"性格"，即通过将怪异引入现实内部的方式，为现实确定意义和秩序，"故而其在本质

---

① ［日］小南一郎：《论颜之推〈冤魂志〉》，《中国古代小说研究》第一辑，人民文学出版社，2005年版。

上与史书别无二致"。这样的判断是很有道理的。大部分志怪小说在结构故事时，神、鬼是纳入与人的交流系统中，直接或间接地作为人的行为的解释参照，善有善报，恶有恶报，善恶二元对立的深层结构与史书如出一辙。但也要看到，在表现形式上，在由因到果的过程中，志怪小说往往表现出更丰富的功能和序列①。而在深层结构上，除了如史书一样表现儒家善恶二元的对立，志怪小说还表现了从个体意识出发的生与死、男与女②、欲望与理性、人与神等等之间的对立。如果说叙事结构反映的是一种无时间性的人类心智和文化的普遍观点的话，可以说，志怪小说以一种对历史"增补"的方式表现了特有的时代文化内涵。而它在从表层结构到深层结构的探索方面所显示的智慧，显然被后世的叙事文学所承认，并被以一种敬仰的态度所接纳。

二、时间和空间的转换

由上引"马子"可以发现，志怪叙事经常在一个历史的时空外壳下包裹了一段"超时空"的叙述，或者说，在其主干事件的叙述中，时间和空间变得很模糊。在有些故事中，这一主干故事的时间和空间甚至和宏观的历史时空相错乱，使得这些事件变得不可理喻。比如《幽明录》"刘晨阮肇"中，汉明帝永平五年时，刘晨阮肇入天台山取谷皮，被山中女子挽留半年多，下山后已是晋太元八年，"得七世孙"，山中的半年相当于人间的三百余年。同样的时间幻化也出现在《述异记》"王质"、《拾遗记》"洞庭山"等条目中。空间幻化的故事更多见，如《搜神记》卷四"胡母班"中，胡母班扣树而入泰山府，见到死去的父亲；《幽明录》"焦湖庙祝"记汤林从枕头背后的小孔进入另一世界。而在许多作品中，时间和空间是同时被幻化的，如《幽明录》"陈秀远"：

宋陈秀远，颖川人。……元徽二年七月中，宴卧未寝。……时夕结阴，室无灯烛。有顷，见枕边如萤火者，明照流飞。俄而一室尽明。连空如画。秀远遽兴，合掌喘息。见庭

---

① 如《三王墓》等作品表现出的民间故事的序列；《赵泰》等显示的"人间—地狱—炼狱—人间"的序列。
② 如《搜神记》中"女变男"、"男变女"。

中四五丈,上有一桥阁,危栏彩槛,立于空中。秀远了不觉,升之,坐于桥侧。见桥上士女往还,衣装不异世人。末有一妪,年可三十,青祆白裳,行至秀远而立。有顷,又一妇人,纯衣白布,偏环髻,持香花前语秀远曰:"汝前身即我也。以此花供养佛,故得转身作汝。"复指青白妪曰:"此即复是我前身也。"言殚而去。后指者亦渐隐。秀远忽不觉还下之。时光亦寻灭。

时间和空间的转变具有思想和文化的意义,在此意义上去理解志怪叙事的根本特性,以及其对于后来的小说叙事的启发可能会更为深刻。时间和空间从来就是哲学家和历史学家建构意义的根本坐标,也是所有叙事得以进行的场域。正史叙事不仅要专列律历志和地理志,还必须将所有人事的叙述纳入清晰的历史时空中,从而建立起统一的秩序。时间由朝代和皇帝的年号加以表明,空间由国、州、郡等行政区加以统领,使得历史叙事的文化政治意义不言自明,个体的经验和经历只有在此系统中存在才有意义。然而志怪叙事以一种显明的态度将此秩序或系统转换了。这种转换当然是通过"增补"的形式进行的,即在表面上承认现实时空的情况下,搀入时空不明或超时空的内容。而所谓"超时空",实际上是另一种时空体系,如"胡母班"中的泰山府,《搜神记》中的"昆仑山"、"蓬莱山"都已不是现实的王国所掌管的地域,而是道教的生活世界。道教言说的十洲、三岛和五岳等富有神秘色彩的"神话地理与实际地理杂糅在一起,构成了安置与想象道教鬼神的空间框架"①,而人如果能够掌握进入这一世界的时机,是可以如《拾遗记》"洞庭山"中的采药人一样,得以和仙人或精灵共处,摆脱俗世的②。而佛教的"三届五道"或"六道轮回",也进一步将现实的"有"化为"空"、"无"。这些佛教和道教的时空观念及其死生幻化的哲学和故事,在情感和想象上极大地刺激了魏晋南北朝时代的文人(虔诚的教徒就更不用说了),促使他们在叙事中作出选择。

---

① 葛兆光:《中国思想史》第一卷,复旦大学出版社,2001年版,第360页。
② 参见葛洪《抱朴子·登涉》,《诸子集成》卷十,岳麓书社,1996年版,第84—95页。

选择的结果是出现了一种二元的时空形式。此二元不是对立而是互相渗透和补充的,犹如女变男、鬼变人、死复生一样,志怪书的主人公也可以由此世界进入彼世界——通过迷路、变形、死亡或梦等方式。现实的不如意可以通过潜入另一世界得以补偿,如《搜神记》卷十六"紫玉"中的韩重和紫玉生不能成夫妻,紫玉死后将韩重邀入墓中,"留三日三夜,尽夫妻之礼";卷十四连续三条写"黄氏之母"、"宋士宗母"、"宣骞母"化为鼋鼍弃世而去;又如《冤魂志》中多数故事的主人公生前被屈杀,死后化为鬼魂得以报仇。时间和空间不是可以被现实的权力所完全支配的,超现实的存在提供了与现实的文化政治相抗衡的形式,于是王朝政治的历史叙事变成了一种生命叙事。历史统一性和确定性的隐喻变成了意义的多种可能性的隐喻。志怪小说的片断叙事瓦解了历史的统一的时空结构,而每一个片断的精神意象如此丰富,昭示了六朝文人幻想的强劲。当然,这种幻想大多数是从现实起飞的,而许多志怪故事的主人公在经历了神话世界后又重返现实,表明叙事人并不希望历史秩序就此轰然倒塌,他们只是想借另一世界的存在(主人公的回归具有传达信息的功能)来彰显现实政治世界的局限性,为个体生命的存在探求"必然"之外的"或然"。像王嘉那样将历史时空充当幻想时空的可有可无的注脚的叙事人,毕竟还是少数。

志怪小说的二元时空并置互渗的思想建构,为后来的小说想象规划了基本的蓝图。无论是唐代传奇还是宋元以后的白话小说,其想象的空间都未超出六朝志怪所草创的疆域(志怪的想象疆域已经超越了国家和人类的生活空间,只有现代的科幻小说才在某种意义上超越了其时空幻想),只不过是将想象空间中的事物、事件更具体化了,或者将两种时空的关系处理得更为精微了。但从范式转变的意义上说,六朝小说的时空"转换"是此后叙事走向繁盛的一块里程碑。

三、叙事话语的转变

话语是与故事相区别的概念。一般认为,后者是按照逻辑和时间先后顺序串连起来的事件或素材,前者则是对这一事件或素材的叙述。这两者似乎是可以判然两分的。但问题是,热奈特、托多洛夫以及米克·巴尔等早期叙事学家建立起来的这一共识最近受到了怀疑。比如 H. Porter Abbott 就提出："（面对这种分别）一个针锋相对的问题将会提出来：在以词语或舞台表演形式实现之前，'故事'存在于何处？答案只能是：无处可存。"① 同样的问题发生在关于历史与叙述的关系的讨论中。通常的看法是，历史既是超文本的真实存在，又是以话语形式呈现的一连串符号，也就是说，"历史记录，作为符号的话语形式总体，本身能意味着它提供了关于真实发生的事件的再现性描述"，然而，海登·怀特（Hayden White）的研究表明，历史记录的症结正在于其虚构性，"尽管诸如情节、故事、序列和场所等叙述性手段通常认为是适合描述不真实的事物的，但历史学家有意地反复运用叙述性于他们的实践中，以此宣示其书写的事物过程及其因果是在现实中真实发生的"②。对历史的虚构或"话语"性质的认识不仅有益于我们理解"正史"，也是我们理解历史叙述在志怪叙事中的转换的必要前提。

对事件或"故事"的讲述涉及"语气"（mode，"模拟式再现"的程度和形式）、时态（temps，话语与故事之间的时间关系）以及语态（voix，动词和它的主语的关系）和言语形式等问题。叙事学家对此的概念及理解有较大的差异，且经常和英美小说理论发生龃龉。这里根据志怪小说的特定形式，综合热奈特、巴尔和阿伯特的概念来进行阐述，并只就"语气"和"语态"进行分析。

叙述语气涉及两个主要问题，一是"距离"，二是"视角"或"聚焦"。先谈"距离"。

"距离"能够表明叙述者卷入所述信息的程度。在比较成熟的小说中存在三种叙述者和受叙者之间的距离：①模仿式或报告式叙语，即叙事者对会话的复制；②叙述式叙语，即叙述者对会话的综述；③易位式叙语，即叙述者以自由的间接风格再现对话的同时，几乎把对话者的每一句话都保存下来。第二种叙语是距

---

① H. Porter Abbott：*Narrative*，Cambridge University Press，2002，P14－15。
② Paul Cobley：Narrative，Routledge，2001，pp30－31。海登·怀特关于历史学家的叙事手段及其深层心理动机的论述可参见《描绘逝去时代的性质：文学理论与历史写作》，见拉尔夫·科恩主编：《文学理论的未来》，中国社会科学出版社，1993年版，第53页，以及海登·怀特著，董立河译《形式的内容：叙事话语与历史再现》第一章《叙事性在再现实在中的价值》，北京出版社出版集团、文津出版社，2005年。

离感最大而简约性最强的一种,历史叙事多用这种叙语;第三种叙语,无论是模仿对话还是内心独白,都是这三类中模拟性最强的,也是最热烈的叙述,在现代小说中最多见。

志怪小说的叙述者多用前两种距离,偶尔也会有第三种距离。这与其叙述者作为"历史"的观察者和记录者的定位分不开。但相对来说,志怪叙事者与受叙者的距离比正史要近,但又比后来的唐传奇要远。我们通过后面"视角"的分析可以领会。

"视角"与距离是相关联的,一个上帝似的全知视角肯定看得最远;而局限于人物的内视角看得最近,这是没有异议的。热奈特将视角分为三种聚焦类型:①非聚焦型,即所谓"全知型叙述",一般古典叙事都用此种方式;②内聚焦型,即聚焦者与人物重合;③外聚焦型,聚焦者置身人物和事件之外。巴尔则只保留"内聚焦"和"外聚焦"两个概念。国内学者在论述古典小说时,则喜欢用"限知视角"这个模糊的概念(内聚焦型才最有资格称"限知视角")来指称"外聚焦"。

中国古代叙事很少采用内聚焦型,从"叙述者"的角度来说是很少采用第一人称的叙述,比如《太史公自序》这样的自传性作品,也不是称"余",而是称"迁"。这是为什么呢?王靖宇先生认为这是中国特有的哲学观念使然:"真相只能暗示而不能直接表达。"① 也许还应该补充的是,这是因为中国古代叙事本出于史学,而史学叙事的传统便是外视角的。志怪叙事既然出自史笔,当然也承续了这种外视角。

志怪小说的视角问题学者已多有论述,但在这些论述中存在一些混淆。不少人认为史传叙事是全知的,志怪叙事主要是"限知"的(如杨义《中国叙事学》),以此说明志怪叙述的进化。其实,所谓史传的"全知"也是受到限制的,史传作者以"实录"为宗,特别是早期的《尚书》、《春秋》,叙述者几乎是纯粹的事件的记录者,如《春秋》僖公十六年书:"春,王正月,陨石于宋五;是月,六鹢退飞,过宋都。"从《左传》开始,解释性的全知叙述才开始明显出现,但这种全知还是保留了《春秋》的据实而书的特点,即使发展到"固文赡而事详"的《汉书》,

---

① [美]王靖宇:《中国早期叙事文研究》,上海古籍出版社,2003年版,第13页。

也仍以直录事实为主，解释评价为辅，与后来那种说书人的虚构性的全知还相差很远。这种"史官式全知"在志怪中其实是大量存在的，从数量上说应该多于所谓的"限知"视角；完全的限知视角其实只出现于少量篇幅较长的故事中。

如《搜神记》"辽水浮棺"：

> 汉不其县有孤竹城，古孤竹君之国也。灵帝光和元年，辽西人见辽水中有浮棺，欲斫破之。棺中人语曰："我是伯夷之弟，孤竹君也。海水坏我棺椁，是以漂流。汝斫我何为？"人惧，不敢斫，因为立庙祠祀。吏民有欲发视者，皆无病而死。

又如《搜神后记》"剡县民"（"袁相根硕"）：

> 会稽剡县民袁相根硕二人猎，经深山重岭甚多。见一群山羊六七头，逐之，经一石桥，甚狭而峻，羊去，根等亦随渡，向绝崖。崖正石壁立，名曰赤城。上有水流下，广狭如匹布，剡人谓之瀑布。羊径有山穴如门，豁然而过。既入内，甚平敞，草木皆香。有一小屋，二女子住其中，年皆十五六，容色甚美，着青衣，一名莹珠，一名□□。见二人至，忻然云："早望汝来。"遂为室家。……

解释性的命名、交代、概叙（summary）使得这两篇叙事都显示出一种整体上的全知语气，而本来像"剡县民"这样发生在深山绝壁中的人事，应该只有当事人才能传达给读者，但有了这些不断介入的交代和概叙，似乎是由人物看到的场景"上有水流下，广狭如匹布……羊径有山穴如门，豁然而过……甚平敞，草木皆香"就让渡给文本外的叙述者了。由此看来，来自当事人的传闻已经经过了史官式的加工。当然，史官式的叙述毕竟还是"实录"式的，叙述者还只是视觉化地展示实际发生的事件，它对于二女子从何而来、为何"忻然"与袁相根硕结婚并没有作深层次的解释，所以还不是完全的"全知"。

但毕竟聚焦于人物的"限知视角"还是出现了。在一些更富于幻想色彩或神异色彩的故事中，史官式的叙述者退隐到背后，将焦点集中于人物（行为者），让人物去感知和体验。前引篇幅较短的《陈秀远》就是如此。再看与《剡县民》在内容上有些类似、但叙事语气已经发生变化的篇幅较长的《桃花源》（《搜神后记》）：

  晋太元中，武陵人捕鱼为业。缘溪行，忘路之远近。忽逢桃花林，夹岸数百步，中无杂树，芳草鲜美，落英缤纷。渔人甚异之，复前行，欲穷其林。
  林尽水源，便得一山。山有小口，仿佛若有光。便舍船从口入。初极狭，才通人。复行数十步，豁然开朗。土地平旷，屋舍俨然，其中往来种作，男女衣著，悉如外人。黄发垂髫，并怡然自乐。见渔人，乃大惊，问所从来，具答之。便要还家，设酒杀鸡作食。村中闻有此人，咸来问讯。自云先世避秦时乱，率妻子邑人来此绝境，不复出焉，遂与外人间隔。问今是何世，乃不知有汉，无论魏晋。此人一一为具言所闻，皆叹惋。余人各复延至其家，皆出酒食。停数日，辞去。此中人语云，"不足为外人道也。"……

  如果说，第一段中的"忽逢桃花林……落英缤纷"因为前后有外在的叙述人的交代和综述而显得像是"全知"的，则第二段的叙述显然将焦点移到了渔人身上，桃花源的景象和所发生的事情基本上是由渔人所感知的。用英美小说理论（如布斯《小说修辞学》）的术语来说，第一段可称为"讲述"（telling），第二段可称为"展示"（showing）。由"讲述"向"展示"的转换往往意味着视角或焦点的转换，这在篇幅较长的志怪小说中是经常存在的，如《赵泰》（《冥祥记》）、《谢瑞》、《弦超》（《搜神记》）等，它反映出传统的史官视角向个体的普通人视角的转移。这一问题可以通过引入"语态"和"言语"的概念进一步廓清。

  "语态"（voice），"提示动词和它的主语之间的关系。主语不仅可以是执行动作的人或动作的承受者，也是叙述者和那些参加叙述活动的人"①。概要地说，"叙述语态就是我们'听到'谁

---

① [以]里蒙-凯南：《一个全面的叙述理论》，赵毅衡编《符号学文学论文选》，百花文艺出版社，2004年版，第464-465页。

在讲述（do the narrating）的问题"①。

在大量的志怪片断中，我们听到的都是一个"辑异者"的叙述，而不是来自现场的报告。像上引《辽水浮棺》和《剡县民》一样，现场的当事人的经历被重新编码，改由这位史官式的叙述者来叙述，《剡县民》中叙述者对当事人感知的不断介入就是这种"辑异者"叙述的典型形式。但有时候，为了使所叙的事情显得更真实可信，或者为了突出事情本身的"戏剧性"，史官式叙述者便会在适当的交代后，退隐到幕后，把叙述的任务交给行为者，让他（或他们）直接向读者传达信息。《桃花源记》中的情况就是这样。又如《冥祥记》"赵泰"：

> 晋赵泰，字文和，清河贝邱人也。……泰年三十五时，尝卒心痛，须臾而死。下尸于地，心暖不冷，屈申随意。既死十日，忽然喉中有声如雨，俄而苏活。说初死之时，梦有一人来近，复有二人乘黄马，从者二人，夹扶泰膝，径将东行。不知可几里，至一大城，崔嵬高峻，城邑青黑色。遂将泰向城门入，经两重门，有瓦室可数千间，男女大小亦数千人行列，而吏者皂衣有五六人，条疏姓字，云当以科呈府君，泰名在三十。须臾，将泰与数千人男女一时俱进。府君西向坐，阅视名簿讫，复遣泰南入里门。有人著绛衣，坐大屋下，以次呼名，问："生时作何孽罪，行何福善，谛汝等以实言也。此间恒遣六部使者，在人间疏记善恶，具有条状，不可得虚。"泰答曰："父兄仕官，皆两千石，我少在家，修学而已，无所事也，亦不犯恶。"乃遣泰为水官监作吏，……后转泰水官都督，知诸狱事。给泰兵马，令案行地狱。所至诸狱，楚毒各殊：或针贯其舌，流血竟体。或被头露发，裸行徒跣，相牵而行，有持大杖从后催促，铁床铜柱，烧之洞然，驱遣此人，抱卧其上，赴即焦烂，寻复还生，或炎炉巨镬，焚煮罪人，身首碎堕，随沸翻转。有鬼持叉，倚于其侧。有三四百人立于一面，次当入镬，相抱悲泣，或剑树高广，不知限极，根茎枝叶，皆剑为之，人众相

---

① H. P. Abbott, Narrative, Cambridge University Press, 2002。

茔，自登自攀，若有欣竞，而身体割截，尺寸离断。泰见祖父母及二弟，在此狱中涕泣。泰出狱门，见有二人齐文书来，说狱吏，言有三人，其家为于塔寺中悬幡烧香救解其罪，可出福舍。俄见三人自狱而出，已有自然衣服，完整在身。南诣一门，名开光大舍，有三重门，朱彩照发，见此三人即入舍中。泰亦遂入，前有大殿，珍宝周饰，精光耀目，金玉为床。……复见一城，方二百余里，……泰入其城，见有土瓦屋数千区，各有房舍，正中有瓦屋高壮，栏槛彩饰。有数百局吏对校文书，云："杀生者，当作蜉蝣，朝生暮死；劫盗者，当作猪羊，受人屠割，……捍债者为骡驴牛马。"泰案行毕，还水官处。主者语泰："卿何者之子，以何罪过而来此？"泰答："祖父兄弟皆二千石，我举孝廉，公府辟不行。修志念善，不染众恶。"主者曰："卿无罪，故相使水官都督不尔，与地狱中人无以异也。"泰问主者曰："人有何行，死得乐报？"主者言："唯奉法弟子，精进持戒，得乐报，无有谪罚也。"泰复问曰："人未事法时所行罪过，事法之后得以除否？"答曰："皆除也。"语毕，主者开藤箧检年纪，尚有余年三十在。乃遣泰还。临别，主者曰："已见地狱罪报如是，当告世人，皆令作善。善恶随人，其犹影响，可不慎乎？"时亲表内外候视泰者五六十人，同闻泰说。泰自书记，以示时人。时晋太始五年七月十三日也。……

在这篇长达1100字的小说中，叙述者的滑动更明确了，前面一个"说"，后面一个"时"，叙述者非常干脆、明确地将主叙事交给主人公，唯一的保留是，赵泰对亲朋好友的陈述没有使用第一人称，尽管这里的陈述实质上是第一人称的（将"泰"改为"余"亦无不可）。而且我们还应该注意的是，赵泰既是叙述者（语态），又是叙述的焦点，这两者在功能和知情的程度上都是不同的，比如说，当作为聚焦者的赵泰巡游地狱完毕，"还水官处"时，他尚不知自己是否能重回阳世，而作为叙述者的赵泰是知道的。叙述者和聚焦者之间的差异和张力在现代第一人称的小说中被发挥得淋漓尽致，充分体现出虚构艺术的魅力。其实这种虚构艺术早在六朝小说中即已出现，并为唐代传奇所借鉴。小说的研究者在研究第一人称语态时，往往追溯到唐代，如《游仙窟》、

《古镜记》、《谢小娥传》等，其实这种语态的使用至少在六朝已经产生。附带说明的是，"史笔"与虚构的语态融合，也是从六朝开始的。如本篇末尾的历史语态——"时亲表内外候视泰者五六十人，同闻泰说。泰自书记，以示时人。时晋太始五年七月十三日也"——作为一种对虚构的罪孽加以挽救的话语方式，它后来几乎成为唐传奇结尾的一种套式。

如果说以上讨论的还是叙述话语的比较内隐的层面，则接下来讨论的"言语形式"是我们最先感知的话语表层。巴尔在"本文：诸言语"的范畴中讨论了"描写"、"非叙述的评论"等言语形式，但尚未涉及"修辞"的问题。对于本文的研究对象来说，最值得探究的无疑是"描写"以及与此相关的文辞修饰的问题。

六朝志怪的某些作品其所以能被直觉为"小说"，从而与历史的叙述风格脱离，得益于描写的使用，以及记叙和描写的语言美学效应。叙述话语的"文"的美学魅力使得这些作品彰显了"文学性"（中国的传统观念是从语词的美学来判断"文"的）。六朝小说的叙述话语尽管脱胎于历史，但历史本身并没有排斥文，孔子曾经赞赏《春秋》"微而显，志而晦，婉而成章"，刘知幾在论历史书写的语言时也说："言之不文，行而不远，则知饰词专对，古之所重也。"① 历史对"文"的保留意见给志怪书的描写越来越多、描写的语句越来越"文"提供了一个契机。

另一个契机是现实的历史提供的。志怪小说发达的时代正是鲁迅先生所说的"文学的自觉时代"，这种自觉不仅表现在这一时期诗歌、辞赋、散文和骈文的发达，也表现在"文学"理论的自觉。可以说，现代性的"文学"观念不仅产生于这个时代，而且也只是存在于这个时代（隋唐以后，与经史诸子分离的文学又被统一在一块了，比如"文以贯道"、"文以载道"等）。这种文学独立的风气不是文人小圈子的局部风尚，而是时代的文化显象。举个例子，南朝宋代的范晔写的《后汉书》辟有"文苑传"，这在过去的史书中是没有的，用今天的眼光来说，东汉的文学家未必值得单独立传，但史家的文学意识使他"发现"了前代的文

---

① 刘知幾：《史通·言语》，辽宁教育出版社，1997年版，第44页。

学。而从《后汉书》叙事"于简练中见出丽密精细的工夫,叙事气势淋漓而又曲曲有致"①的特点来看,显然也深受当时文学风气的影响。这种影响对于处于"纪实"与虚构之间的志怪小说来说,显然更为强烈。

描写本身并不就是"文"。"文",特别是那种繁缛华丽的"文"的印象,是六朝骈文或者前代的赋给我们造成的。孔子评价《春秋》的语言"婉而成章","章"也是"文",但这是另一种意义上的"文";刘勰《文心雕龙·原道》说"形立则章成矣,声发则文生矣","夫岂外饰,概自然耳",说的就是这种"文"。但至少到六朝时,"文"的概念已经常以音律和藻饰来衡量了。比如《汉书·公孙弘传》还说"文章则司马迁、相如",而在六朝文笔之辨后,则史迁为笔、相如为文判也。六朝小说的叙事,在从史传话语向文学话语转换的时候,也接受了从汉赋到骈文的话语模式的影响。

巴尔将描写界定为"一个本文片断,在其中作者赋予对象以特征",并认为"这一赋予的特性就是描写功能。当这一功能占主导地位时,我们就认为一个片断是描写性的"②。由此可以看出,描写的性质在于呈现对象的特征,它应该是非时间性的;一旦出现对象的运动,它就转化为了记叙。所以在历史叙述中,纯粹的描写是很少见的,它往往附丽于记叙而存在,未单独体现"描写功能"。比如《史记·项羽本纪》"鸿门宴"片断:

> ……哙遂入。披帷西向立,瞋目视项王,头发上指,目眦尽裂。项王按剑而跽曰:"客何为者?"张良曰:"沛公之参乘樊哙也。"项王曰:"壮士!赐之卮酒。"则与斗卮酒。哙拜谢,起,立而饮之。……

过去我们对描写界说甚广,如景物描写、人物描写、对话描写、场面描写等。但从叙事学的角度说,"对话描写"和动作性的"场面描写"都是记叙而不是描写。所以在上引片断中(它常

---

① 李剑国:《唐前志怪小说史》,南开大学出版社,1984年版,第237页。
② [荷]米克·巴尔:《叙述学:叙事理论导论》,谭君强译,中国社会科学出版社,1995年版,第151页。

被笼统地视为"场面描写"),真正的描写只在加点的部分,它是非时间性的关于樊哙神态特征的描写。历史叙述最重要的是记叙时间链条中发生的言语和行为,而对于人物、景物的静态特征并不重视,所以描写没有它的地位。而对于志怪小说来说,对怪异事物的特征的描绘却显然是它的题中之意。比如旧题曹丕著《列异传》"泰山黄原"(又见《幽明录》):

> 汉时泰山黄原,平旦开门,忽见一青犬,在门外伏,守备如家养。原绁犬随邻里猎。日垂夕,见一鹿,便放犬。……行数里,至一穴。入百余步,忽有平衢,槐柳列植,垣墙迥匝。原随犬入门,列房可有数十间,皆女子,姿容妍媚,衣裳鲜丽,或抚琴瑟,或执博碁。至北阁,有三间屋,二人侍直,若有所伺,见原相视而笑,云:"此青犬所引至,妙音婿也。"一人留,一人入阁。须臾,有四婢出,称:"太真夫人白黄郎,有一女年已弱笄,冥数应为君妇。"即暮,引原入内。有南向堂,堂前有池,池中有台,台四角有径尺穴,穴中有光,照应帷席;妙音容色婉妙,侍婢六美,交礼既毕,宴请如旧。经数日,原欲暂还报家,妙音曰:"神人道异,本非久居。"至明日,解佩分袂,临阶涕泣:"后会无期,深加爱敬,若能相思,三月旦可修斋戒。"四婢送出门,半日至家,情念恍惚。每至期,常见空中有軿车仿佛若飞。

这个故事的内容与《搜神后记》"袁相根硕"有些类似,但"袁相根硕"中叙述者的叙述限制了描写功能的发挥,而本文的描写的功能显然已不亚于记叙,通过对洞中世界的描写,仙界的奇异特征得以充分展现。仙界的特征往往在于空间的景象的奇特而不是时间性的事件,它通过主人公的视觉加以显现,给人一种梦幻般的感觉。在这里,事件只起到一种证明仙界景象存在的辅助作用。正如《桃花源》中,突出的意义不在于渔人与桃花源中的人的交往,而在于桃花源的特征:"土地平旷,屋舍俨然,其中往来种作,男女衣著,悉如外人。黄发垂髫,并怡然自乐。"对于读过《桃花源记》的人来说,想必最强烈的印象就是这种宁静、平和,像梦幻一样的乌托邦图景吧。当然,同样的情况也出现在对地狱的骇人的图景的描绘中,如前引《赵泰》于地狱所见的情景，在《冥祥记》、《宣验记》、《幽明录》等宣扬佛法的其他篇章中也时时可见。可以说，对于世外的世界及其物事的特征的强调在魏晋南北朝后期的志怪小说中几乎成为一种共同的追求，而描写的渐渐增多又与语言由质朴向华丽的转变相结合，导致志怪话语"史笔"的色彩渐渐减弱，而文学色彩渐渐增强，"顾后世则或视为小说"（鲁迅）。

六朝小说叙述语言的"文"的色彩的渐渐浓厚，与描写的增多相一致。这种变化又显然受当时文风的"互文性"影响。这一时期的文风，李剑国先生概括为"从质朴趋于华丽，从简洁趋于繁密，描写细致绵丽，手段日工"①，可谓精确。特别到晋末以后，从《幽明录》、《冥祥记》、《拾遗记》的虚构和表述来看，似乎已经由记怪、叙异转向了作"文"，与《搜神记》的叙事态度迥然相异。后者叙异始终保持着史官式的克制、冷静，简约明了，而前者却借叙述对象发挥自己的感怀和文才。前引"赵泰"已可略见，而《拾遗记》的表现尤为典型，比如"周穆王"：

　　三十六年，王东巡大骑之谷。指春宵宫，集诸方士仙术之要，而螭、鹄、龙、蛇之类，奇种凭空而出。时已将夜，王设长生之灯以自照，一名恒辉。又列璠膏之烛，遍于宫内，又有凤脑之灯。又有冰荷者，出冰窒之中，取此花以覆炊七八尺，不欲使光明远也。西王母乘翠凤之辇而来，前导以文虎、文豹，后列雕麟、紫麋。曳丹玉之履，敷碧蒲之席，黄莞之荐，共玉帐高会。荐清澄琬琰之膏以为酒。又进洞渊红花，欽州甜雪，昆流素莲，阴岐黑枣，万岁冰桃，千常碧藕，青花白橘。素莲者，一房百子，凌冬而茂。黑枣者，其树百寻，实长二尺，核细而柔，百年一熟。

又如"裸游馆"：

　　灵帝初平三年，游于西园。起裸游馆千间，采绿苔而被阶，引渠水以绕砌，周流澄澈。乘船以游漾，使宫人乘之，

---

① 李剑国：《唐前志怪小说史》，南开大学出版社，1984年版，第237页。

选玉色轻体者,以执篙楫,摇漾于渠中。其水清澄,以盛暑之时,使舟覆没,视宫人玉色。又奏《招商》之歌,以来凉气也。歌曰:"凉风起今日照渠,青荷昼偃叶夜舒,惟日不足乐有余。清丝流管歌玉凫,千年万岁喜难逾。"渠中植莲,大如盖,长一丈,南国所献。其叶夜舒昼卷,一茎有四莲丛生;名曰"夜舒荷"。亦云月出则舒也,故曰"望舒荷"。帝盛夏避暑于裸游馆,长夜饮宴。帝嗟曰:"使万岁如此,则上仙也。"……

这里,记史已经是一个幌子(《四库全书总目》评《拾遗记》"其言荒诞,证以史传皆不合"①),作者实际上是通过虚构的历史来表达自己的人生梦想("使万岁如此,则上仙也")。而这样的幻境就给作者艳丽的语言提供了表演的舞台。这种色彩浓厚的词语、整饬的句式、诗歌的穿插、繁冗的铺陈,贯串《拾遗记》全篇,连雅爱文学的梁代萧绮都说它"辞趣过诞,意旨迂阔,推理陈迹,恨为繁冗"(《拾遗记序》②)。到王嘉这里,志怪叙述的历史印记已经淡化,而诗意的文学气息变得旺然。从某种意义上说,它和唐代的文人传奇已经是一个共时的系统。

叙事语言由质朴到华丽的趋向,是否一定是一种进化论意义上的演变,还很难说。文学史上的无数事实表明,同一时期不同作者的文字风格完全可能有较大差异,比如《搜神记》与《搜神后记》,前者简约质朴,后者婉曲丰赡。甚至同一作者的不同体式的作品,风格也大不相同,如刘义庆的《世说新语》和《幽明录》,前者含蓄,后者丽密。所以在描述共时性的语言风格时,必须考虑身份的不同(如志怪作者既有史官,又有文人)、体式的不同(如吴均的《续齐谐记》与其骈文风格迥异),以及南北地域的不同(如作《冤魂志》的颜之推身处北朝,文辞就比较古雅,不类南方文人的绮丽)等因素。这样就不至于以作品来迁就时代,从而忽视对具体作品的解读,或者像胡应麟那样以时代来

---

① 纪昀等:《钦定四库全书总目》(整理本),中华书局,1997年版,第1875页。

② 侯忠义编:《中国文言小说参考资料》,北京大学出版社,1985年版,第152页。

判断个别作品，在判断《汉武内传》的时代时，他说"详其文体，是六朝人作，盖齐梁间好事者为之也"①——《汉武内传》这一具有"唯一性"的小说的成书年代至今未能考定。但总的来说，时代风气却有一种结构性的作用，六朝文人大量投入到志怪写作，在写作中自觉或不自觉地以文学笔法转换传统的历史实录笔法，从而促成志怪小说的文学转向应该是毋庸置疑的。

相比"故事"（结构、时空）的变化，叙述话语（包括距离、视角和修辞）的变化对叙事思想的推进尤有意义。早期的志怪小说的叙述者是以"补史"的心态来传记异事，故异事也变成了"史事"，叙事的空间无法展开。而当文人叙述者以一种个人态度来叙述这些异事时，异事和异想才相得益彰，使得超现实的神秘世界变得幽深曼妙。后期的《幽明录》、《后搜神记》、《冥祥记》等故事性大大加强，正在于其讲述能力的充分发挥（深受佛典的影响）。它们在视角和距离的变换、描写的婉曲、语言的修饰等方面更为自觉，已经穷尽了那个时代所赋予的可能性，为后来的传奇叙事打好了思想基础和技术基础。如果有人还在说六朝志怪只是"粗陈梗概"、"史传之流"，那只能说是"盲视"而缺少洞见。即使对今人而言，六朝志怪的想象（包括"故事"本身的想象）与语言都极具震撼力，如果我们能够深入其中的话，我们会不时地感叹当代叙事艺术的匮乏的。

结语

志怪小说对历史叙事的继承是毋庸置疑的，从外表形式的某朝代、某年、某地、某人的交代和整体上简约客观的陈述风格，到内容上的据实而书，所书之事常与其他史书可以参证，并为后来的史书所引；即使是难以找到历史佐证的故事，也多是从民间传闻中收集而来，而很少进行主观的创构。所以从整体上说，魏晋南北朝志怪"非有意为小说"是符合历史实际的。但是我们也应明确，历史本来就有主观性，志怪小说中有很多是辑录前代史

---

① 胡应麟：《少室山房笔丛·四部正伪下》，上海书店出版社，2001年版，第318页。

书，而前代史书的书写者本来就带有浓厚的神怪思想；再说，所谓不语怪力乱神的正史其实从来就没有摆脱神学世界观，正史本身就内含着志怪（如《汉书·五行志》不仅记怪，其对怪异的解释也是神学的）。所以志怪与史书的趋同就不难理解。

但毕竟历史是表现"王霸之迹"的精英政治的叙事，所有的解释系统只有服务于特定统治集团的利益才具有解释的有效性。所以在大一统的汉帝国，知识阶层对历史的个人化解释以及民间的神话幻想形式（民间总是能保持较早的意识形态）就隐而不彰。随着汉末以来统治秩序的崩溃，早期的神话巫术想象，集神仙、方术、谶纬于一体的道教宇宙观，佛教的轮回果报观念等相继在社会上风行，不仅刺激着大量文人投入志怪的编写，同时也以与传统大不相同的方式来解释所见所闻之事。所以在"增补"历史的同时，志怪叙事也渐渐脱离了历史：从历史素材结构的增加（历史人物、草根人物、鬼、怪、神仙、阎罗王）到解释方法的复杂化。历史之于志怪，越来越只剩下一种外部形式的相似。在六朝后期，志怪叙事呈现出明显的个人主义的变化，它表现为在貌似客观的叙事下渗透进主观的感怀，传统的伦理主题悄悄被更换，历史的质朴记录变成了华丽的景光呈现，等等。这种个人主义意识的加入，表明志怪的写作已由原来的士大夫的重建历史的态度转变为舍弃大历史而关注个人生命的小历史；而在当时的乱世中，普通人（包括文士）的存在意义似乎只有通过逃避现实和虚构才可获得。陶渊明的《桃花源记》可以说是一个标志性的事件。它通过对一个历史世界之外的静态的小世界的记录来表达对必然性的大历史的无声的抗议；同时又通过叙述本身来表现另一种存在的可能。《桃花源》式的故事在志怪中大量涌现（多加以神仙化的改造），而到最后释家世界成为志怪想象的主流，终于使志怪完全从历史中解脱出来。但"释氏辅教之书"的泛滥又使个体存在的可能成为"必然"，终于耗尽了志怪的想象，使得六朝志怪叙事以一种疲惫、僵化的形象告终。直到中唐以后，志怪叙事因与现实关系的调整才又有新构，直到蒲松龄之《聊斋》而曲尽其妙。

从整体上说，魏晋南北朝志怪具有历史叙事的特性，但这种"史"，本身带有当时文人特定的观点和意识。没过多久，这种历史观就被风化瓦解了。欧阳修主编的《新唐书·艺文志》开始将它们归入子部小说类,《四库全书总目提要》将它们列入"小说家三",位于《西京杂记》、《世说新语》之后,可以说明后世史家对它们的看法,即:这些记录或叙事不过是关于个人存在的委巷之谈,可以"寓劝诫,广见闻",但无益于"资治"。用现代人的话说,"这些记录表现了一种与现实世界的人之存在意义直接相关(即与文艺曲折、间接地相关相反的直接性)的本质精神"①。它对现实的忠诚记录及其相关解释,是倾向于个人兴趣的,对于以文学为人学的现代的文学研究者来说,它被当作文学叙事,也就顺理成章了,目录学意义的"小说"也就变成了文学之"小说"。

---

① [日] 小南一郎:《论颜之推〈冤魂志〉》,《中国古代小说研究》第一辑,人民文学出版社,2005年版。

第二章　轶事小说的叙事思想

"轶事小说",如概论所述,可以包括"琐言"和"逸事",前者可以《世说新语》为代表,后者以《西京杂记》为典型。刘知幾将一切叙事网罗为史,故在正史之外,又推及十个流派,其中"三曰逸事,四曰琐言"。《西京》在"逸事",《世说》在"琐言"。"逸事者,皆前史所遗,后人所记,求诸异说,为益实多。……琐言者,多载当时辩对,流俗嘲谑"。①《四库提要》则将《西京》与《世说》同列为"小说家类"之"杂事"。当代学者的分类也有差异,如宁稼雨《中国志人小说史》将它们称为"志人小说",侯忠义《中国文言小说史稿》和陈文新《中国文言小说流派研究》将它们称为"轶事小说",但他们都已看到《世说》偏重记言,《西京》偏重记事的特点。既然"轶事小说"已经通行,本文即承前贤用之。

轶事小说具有"史"的特点,所记言行掌故,多有所据,相比"纪述多虚而藻绘可观"的志怪小说来说,它更能得到后人的"真实性"认同。《世说新语》叙人言行具有纪实的性质,其人物言语的清通玄远是当时名士清谈的历史反映,不是来自作者的虚构,人物行为的"清贞有远操"亦是名士风度的一种再现。当代史学家钱穆在《中国史学名著》中将《世说新语》视为一部重要的史学著作,"重要是在能表现出当时的时代特性","《隋书》把此书放在子部小说家言已错了……这部书体例像小说,实是一部极大有关史学的书。……《世说新语》都是些真确而具体的佳事佳话,不像后来的小说,都是无中生有。"②《西京杂记》则在《史通》和《四库提要》中的评价都很高,后者云:"其中所述,虽多小说家言,而摭采繁富,取材不竭。李善注《文选》、徐坚

---

① 刘知幾:《史通·杂述》,辽宁教育出版社,1997年版。
② 钱穆:《中国史学名著》,北京三联书店,2005年版,第144页。

作《初学记》，已引其文，杜甫诗用事谨严，亦多采其语。"① 显然，它们之所以被传统史家视为小说，非因事实虚诞，而是因为叙事形式的"小说家言"，而近人把它们视为文学，亦因为"小说家言"。

杨义先生认为《世说新语》等六朝"琐语"出自先秦以来的子书系统，他将六朝盛起的这类"琐语"名之为"近子书系统的写人小说"，"略有疑义是否可归入这个系统的，有东晋葛洪的《西京杂记》。……他走的自是不同于正史的异端路子。期间多有异闻异说，如'画工弃事'条，记昭君出塞事；'相如死渴'条，记卓文君卖酒事，都不失近子书小说的风采"。② 杨义先生很准确地把握到了《西京》和《世说》在叙事精神上的一致性，即以一种非士大夫的个人眼光来叙述历史，从而导致对历史叙事的偏离，在历史叙事之外开启了新的叙事空间。

《西京杂记》不同于《世说新语》的地方，则在于前者毕竟还未摆脱"补史"的意识，其素材的选择和话语的使用，还表现出一种与传统的史家意识若即若离的彷徨姿态；而后者在叙事视界和话语的选择上则自觉地标明了自己的位置，从而成为一部造成从历史叙事到文学叙事转换的关键性作品。

第一节　《世说新语》叙事思想研究

一、《世说新语》的叙事者及其身份认同

在前面关于六朝志怪小说对历史叙事轨则的偏离中，我们已经发现叙事者身份（identity，或作"认同"）的变化（从士大夫到非士大夫的"文人"）是导致这种偏离的关键因素。在儒家的天下观念伴随着政治伦理秩序的瓦解而散裂之后，道教和佛教的世界观成为了志怪叙事者特有的历史视阈。《世说新语》的叙述者无疑也是在儒家思想衰落的背景下观照历史和人生的，但其取向却和同时或此前的志怪有所不同。志怪多以道教、佛教观念为

---

① 《钦定四库全书总目》，中华书局，1997年版，第1836页。
② 杨义：《中国古典小说史论》，中国社会科学出版社，1995年版，第130页。

视点，故执着于超现实的永恒世界；《世说新语》则以玄学为视点，故徘徊于现实与超现实的有无之间。魏晋玄学思想，虽有来自道教和佛家的依据和促动，但本质上是以道释儒，以老庄思想对儒家所搁置的"性与天道"进行深入阐发，将儒家固守的世间秩序和道德思想推向幽远玄虚的"道"和"无"①。《世说新语·文学》有一则裴徽与王弼的问对：

> 王辅嗣弱冠诣裴徽，徽问曰："夫无者，诚万物之所资，圣人莫肯致言，而老子申之无已，何邪？"弼曰："圣人体无，无又不可以训，故言必及有；老、庄未免于有，恒训其所不足。"（条8）②

从这里，我们可以看到道家的思想被王弼巧妙地披上了儒家的外衣（"圣人体无"）。刘大杰在《魏晋思想论》中引用这段话，作为玄学对儒道调和的一个证明。他认为："建安以后，儒家的权威虽是倒了，但是那些玄学家们并没有轻视孔子，对于经学也还没有完全放弃。他们把老庄的学说，灌到经学内去，把儒道二家的思想，加以沟通和调和。"③ 这大体是符合实情的，不过稍嫌粗略。汤用彤先生将玄学流别分为四（本无、即色、心无义、不真空）以及提出"激烈派"和"温和派"的概念④，葛兆光先生对玄学三种现象的分析⑤，可以帮助我们更具体而微地理解玄学的特点。在此存而不论。

魏晋玄学的风气，作为《世说》叙事发生的一个背景，值得注意的不是它的哲理或思想史含义，而是士人在日常生活中玄谈的美学。正因为这种日常生活中的语言游戏成为从魏晋蔓延至江左的时尚，而这种语言游戏又蕴涵着士人特有的人生态度和风度，才使记录这一士人的"日常生活的历史"的《世说》同时具

---

① 参见葛兆光《中国思想史》第一卷第二节，复旦大学出版社，2001年版。
② 余嘉锡：《世说新语笺疏》，中华书局，1983年版，第199页。以下所引《世说》条文皆出此书，不另注。
③ 刘大杰：《魏晋思想论》，上海古籍出版社，1998年版，第22页。
④ 汤用彤：《魏晋玄学论稿》，上海古籍出版社，2005年版，第107页。
⑤ 葛兆光：《中国思想史》第一卷，复旦大学出版社，2001年版，第334—340页。

备史学和文学的魅力。

《世说》的历史叙述意味不仅表现在所叙人物的言行的历史真实性，而且也表现在其编撰体例对历史正典的有所继承。台湾学者梅家岭认为："它对材料的编撰，系以三十六门为纲领，将所欲记述之事，一一系于其下，这与《史记》以'本纪'、'表'、'书'、'世家'、'列传'为纲，再将三千余年之史事依类次相从于其下的做法，亦相仿佛。"① 这一说法，似乎与余嘉锡先生在《四库提要·世说新语辨证》中关于《世说新语》"其体例亦如《新序》、《说苑》"的说法相悖。而当代更多学者显然也认为《世说》体例源于刘向的《说苑》②。笔者认为，如果不执着于形式上的辨析而从整体的文化背景来思考的话，《世说》对历史叙事体例和子部"小说"体例的传统的继承都是存在的。其一，历史的话语权力显然直到晋宋之际仍居于叙事话语的中心地位，《史记》对《世说》的影响甚至超过对离它时代更近的《说苑》的影响。《世说》尽管未编年，但各条目的组织以时间为序，集中写同一人物或同一家族的人物，如《文学》条1—3写郑玄，条6—8写王弼，《假谲》条1—5写曹操等，显然是受史传体例的影响。而这种影响的关键是《史记》开创的以人物为中心、以事系人的叙事法则。其二，《世说》的分门写人与其说源自《说苑》，不如说源自《史记》更为恰当。《说苑》尽管分了20个门类，但其门类名称如"政理"、"贵德"、"敬慎"、"至公"、"修文"等无非是"君道"和"臣术"的隐喻，而其内容中大量存在的议论也体现了战国至前汉的那种子部小说家的"储事论政"的风气，叙事的篇幅尽管加大，但叙事的性质仍是隐喻性的。这与《世说新语》的门类划分及话语方式其实是大异其趣的。倒是《史记》列传中对人物的门类划分——"循吏"、"儒林"、"酷吏"、"游侠"、"佞幸"、"滑稽"等就事论人的标准——更能触动《世说》叙事者的神经，《世说》中的"文学"、"贤媛"、"排调"等门显然也是史书列传的题中之意。当然，从《史记》到

---

① 梅家岭：《〈世说新语〉的叙事艺术》，台湾《人文及社会科学》1994年第4卷。
② 如范子烨《〈世说新语〉研究》认为《世说》渊源之一为《说苑》，渊源之二为应劭《风俗通义》，渊源之三为荀氏《灵鬼志》。

《世说》，期间已经过了5个世纪，传统的影响经过了多层过滤，如班固《汉书·古今人表》开启的人物"九品模式"、刘邵《人物志》品评人物的诸种法式的提出等，无疑给《世说》记叙人物提供了更直接的启示；而东汉以来的子部"小说"也经历了从议论到叙述的转变，开始从历史叙事中掠取话语资源。《世说》正是从历史大传统和小说的诸种小传统中吸取营养，开创自己的"世说体"的。用清人钱曾的话说，它的体例是"变史家为说家"的表征。

《世说》的"变史家为说家"与其叙事者的身份选择具有内在的关联。近年的研究表明，叙述并不揭示普遍性，而是用以保持特定人群的记忆，帮助一些人进入某个给定的社群而不是另一些社群，正如 Paul Cobley 所言："事实上，叙事有时有助于高举一种文化差异的绝对主义观念，特别是来自传统的绝对主义观念。"① 叙事的动因来自叙事者的记忆机制，叙述者从现在的处境出发，在时间的长河中选择与自己的价值诉求趋于一致的人物和故事，通过人物的选择及其褒贬建构其"想象的共同体"。民族、国家，或者"有意义的世界"通过如此选择性的叙事而被建构起来。历史著作选择的是"王霸之迹"，小说的街头巷尾之谈则相当复杂，但三教九流的言谈无不有自己的群体归宿。魏晋以降以儒家为中心的经史传统散裂，子部小说大兴，大有复兴战国时期百家争鸣的氛围，只不过过去的"诸子"之鹄的和手段都在议论，而现在是通过对不同的世界图景的描述来表达特定群体的认同。《列仙传》、《神仙传》、《汉武内传》等神仙道教小说是道家方士的理想世界；《冥祥记》、《宣验记》乃至《幽明录》则表现出贵族阶层对佛教解脱之道的认同；《世说》在形式上遵从史部的"实录"和分类记人的原则②，而在精神实质上秉承先秦以来的子部小说家语——一种从士人个人身份出发的意义表达——特

---

① Paul Cobley: *Narrative*, Routledge, 2001, p39.
② 其他子部小说也同样受到历史叙事的影响，如书名中的"记"、"传"，文本中的年号，爵位等。章学诚云："子集诸家，其源皆出于史，末流忘所自出，自生分别，故于天地之间，别为一种不可收拾、不可部次之物，不得不分四种门户矣。"章学诚：《文史通义·报任渊如书》，辽宁教育出版社，1998年版，第283-284页。

别是庄子关于人的自然和自由存在的传统。魏晋以来的文化语境①无疑为《世说》叙述者自觉的认同提供了助力。而《世说》反过来强化了这种"非主流"的强调个人风度的传统。尽管它似乎还不是那么"绝对主义",比如对传统的儒家的德行仍持推崇态度,在《任诞》、《简傲》等篇对"激烈派"的名士风度也有一定的保留,但其背离儒家政教、独标风流的"差异的政治"态度已暴露无遗。

关于《世说》的认同指向,李泽厚曾在《美的历程》中有过明确的概括:

> 《世说新语》津津有味地论述那么多的神情笑貌,传闻逸事,其中并不都是功臣名将们的赫赫战功或忠臣义士的烈烈操守,相反,更多倒是手执拂尘,口吐玄言,扪虱而谈,辩才无碍,重点展示的是内在的智慧,高超的精神,脱俗的言行,漂亮的风貌。②

从直觉来说,估计很多人都对此有同感。但深入的研究需要深入到对文本(包括题目、体例、话语)的剖析之中。比如说,《世说》以孔门四科③为品题,并列为卷上,给人以尊儒崇孔的印象。36门品题中,亦有不少是从儒家视界提出的。在具体叙事中,对于信守儒道、不务空玄的儒林人士也常有褒奖。比如:

> 李元礼风格秀整,高自标持,欲以天下名教是非为己任。后进之士,有升其堂者,皆以为登龙门。(《德行》4)
> 世目李元礼:"谡谡如劲松下风。"(《赏誉》2)
> 王(濛)、刘(惔)与林公(支道林)共看何骠骑(充),骠骑看文书,不顾之。王谓何曰:"我今故与林公来

---

① 玄学从形而上的探讨转变为士人的生活方式,郭颁《魏晋世语》、袁宏《名士传》、裴启《语林》、郭澄之《郭子》等辑录名士风流的作品更助长了这种特立独行的风气。
② 李泽厚:《美学三书》,天津社会科学出版社,2003年版,第84—85页。
③ 四科之外,尚有"方正"、"雅量"、"规箴"、"自新"、"贤媛"、"忿狷"等科目。

相看，望卿摆拨常务，应对玄言，哪得方低头看此邪？"何曰："我不看此，卿等何以得存？"诸人以为佳。（《政事》18）

这些又如何解释呢？我们认为：首先，《世说》对于儒家的观念和行为并未采取"绝对主义"的态度，在价值判断上有亦此亦彼、折中调和之处，这与王弼、何晏等人的玄学对儒学的调和是一致的；其次，遵从儒学或调和儒玄，也可以看作是在主流意识形态压力下的一种策略。因为从政治思想史的角度来看，魏晋以降的玄风大盛并未撼动儒家作为统治阶级的主导思想的地位，像嵇康这样"越名教而任自然"的玄学激烈派，还因为"言论放荡，非毁典谟"①而得罪亡身。临川王刘义庆编撰《世说》的时代正值刘宋统治者大兴儒学之际，宋文帝元嘉十五年设儒、玄、史、文四学馆，以儒学为宗，身为皇室贵族的刘义庆在其主持编撰的大作中做出一个崇儒的姿态，甚至在展示名士风流时又调和着"名教中自有乐地"都是情理之中的。

不过，细读《世说》文本，我们发现不仅大量的篇幅都明显以玄学的态度来褒贬人物（在篇幅最长的《赏鉴》中可以见出），即使在"孔门四科"中，也悄悄地用玄学话语渗入或置换传统的儒学话语。以"德行"为例：

> 陈仲举言为世则，行为世范，登车揽辔，有澄清天下之志。为豫章太守，至，便问徐孺子所在，欲先看之。主簿曰："群情欲府君先入廨。"陈曰："武王式商容之闾，席不暇煖。吾之礼贤，有何不可。"（条1）
>
> 郭林宗至汝南造袁奉高，车不停轨，鸾不辍轭。诣黄叔度，乃弥日信宿。人问其故。林宗曰："叔度汪汪如万顷之陂。澄之不清，扰之不浊，其器深广，难测量也。"（条3）
>
> 谢太傅（安）绝重褚公，常称："褚季野虽不言，而四时之气亦备。"（条34）

---

① 《晋书·嵇康传》引钟会语，岳麓书社，1997年版，第893页。

在条1中,"登车揽辔,有澄清天下之志"与其说是儒家关于德行的描述,不如说是玄学家关于人物风度的赏鉴。而陈蕃所礼遇的名士徐孺子,刘孝标引谢承《后汉书》云,"清妙高峙,超世绝俗",陈蕃之"礼贤"显然越出了传统儒家贤德的标准,由此可以看出叙事者对于"德行"的巧妙的重释(通过添加)。条3中的郭林宗是由儒转道的名士,他赞赏黄叔度的话语与玄学的人物品鉴的话语如出一辙。条34中的谢安本是玄学派人物,他对储季野的品鉴可以说与传统儒家的"德行"观已无瓜葛。其他如条4"李元礼(膺)风格秀整,高自标持",条15"(阮嗣宗)言皆玄远,未尝臧否人物",条23叙王澄、胡毋辅之放诞裸体,名儒乐广"笑曰:'名教中自有乐地,何为乃尔也'",等等,无不标示出《世说》叙事者对于"德行"的重新解释。钱穆先生曾说:"《世说新语》中第一类是'德行',诸位只从此德行卷,正可以看出当时(魏晋到南朝宋这一段)所谓的德行,究是怎么样的一回事?把来和东汉一比,这里显然便有个时代不同。"① 钱穆先生是从历史事实、时代风气的角度来说的,如果考虑到历史叙录所蕴含的叙事者的话语策略,则我们可以认为,在《世说》叙事者眼里,人物(即使是儒林中人)的事功、操守、气节等传统的评价标准确实已经式微,而才情、气质、格调乃至容貌等个人的风流态度成为了认同的主要标准。

冯友兰先生曾把《世说》称为"中国的风流宝鉴"。何为"风流"?冯先生提出四点:"必有玄思"、"须有洞见"、"须有妙赏"、"必有深情"②。李泽厚先生将此概括为"智慧"和"深情"两点,他在《华夏美学》中说:"深情的感伤结合智慧的哲学,直接展现为美学风格,所谓'魏晋风流',此之谓也。"王能宪《〈世说新语〉研究》则将"魏晋风流"概括为"自由的精神,脱俗的言行,超逸的风度"③。其实,正如柏拉图说"美是难的"一样,"风流"或"魏晋风流"同样亦难以借语言来定义,《世说》中也有不少"风流"、"风流名士"或"名士风流"的指谓,但"指"与"至"之间,总有距离存在,这便须借助读者的直觉

---

① 钱穆:《中国史学名著》,三联书店,2005年版,第143页。
② 冯友兰:《论风流》,《三松堂学术文集》,北京大学出版社,1984年版。
③ 王能宪:《〈世说新语〉研究》,江苏古籍出版社,1992年版,第114页。

和顿悟，直达那"风流"之境——容貌、言语、举止所传达出来的"玄韵"：

> 嵇康身长奇尺八寸，丰姿特秀。见者叹曰："萧萧肃肃，爽朗清举。"或云："肃肃如松下风，高而徐引。"山公（涛）曰："嵇叔夜之为人也，岩岩若孤松之独立；其醉也，傀俄若玉山之将崩。"（《容止》5）
>
> 骠骑王武子是卫玠之舅，隽爽有风姿，见玠辄叹曰："珠玉在侧，觉我形秽！"（《容止》14）
>
> 王戎云："太尉神姿高彻，如瑶林琼树，自然是风尘外物。"（《赏誉》16）
>
> 郑玄家奴婢皆读书。尝使一婢，不称旨，将挞之。方自陈说，玄怒，使人曳箸泥中。须臾，复有一婢来，问曰："胡为乎泥中?"（孝标注：卫式微诗也）答曰："薄言往愬，逢彼之怒。"（《文学》3）
>
> 王子猷居山阴，夜大雪，眠觉，开室，命酌酒。四望皎然，因起彷徨，咏左思《招隐》诗。忽忆戴安道，时戴在剡，即便夜乘小船就之。经宿方至，造门不前而返。人问其故，王曰："吾本乘兴而行，兴尽而返，何必见戴?"（《任诞》47）
>
> 刘伶恒纵酒放达，或脱衣裸形在屋中，人见讥之。伶曰："我以天地为栋宇，屋室为裈衣，诸君何为入我裈中?"（《任诞》6）
>
> 竺法深在简文（帝）坐，刘尹问："道人何以游朱门?"答曰："君自见其朱门，贫道如游蓬户。"（《言语》48）
>
> 张季鹰纵任不拘，时人号为"江东步兵"。或谓之曰："卿乃可纵适一时，独不为身后名邪?"答曰："使我有身后名，不如即时一杯酒！"（《任诞》20）
>
> 张季鹰（翰）辟齐王东曹掾，在洛见秋风起，因思吴中菰菜羹、鲈鱼脍，曰："人生贵得适意尔，何能羁官数千里以要名爵！"遂命驾便回。俄而齐王败，时人皆谓见机。（《识鉴》10）
>
> 桓公（温）北征经金城，见前为琅邪时种柳，皆已十围，慨然曰："木犹如此，人何以堪！"攀枝执柳，泫然流

泪。(《言语》55)

王孝伯(恭)在京,行散至其弟王睹(爽)户前,问:"古诗中何句为最?"睹思未答,孝伯咏"'所遇无故物,焉得不速老?'此句为佳。"(《文学》101)

陆平原河桥败,为卢志所谗,被诛。临刑叹曰:"欲闻华亭鹤唳,可复得乎?"(《尤悔》3)

王戎丧儿万子,山简往省之,王悲不自胜。简曰:"孩抱中物,何至于此?"王曰:"圣人忘情,最下不及情;情之所钟,正在我辈。"(《伤逝》4)

以上这些引文在论《世说》乃至魏晋思想和文学的文章中也许常常出现,因为它们突出地代表了《世说》的思想内容和所持的价值态度:传统儒学的教条和行为规范已陈旧如敝屣,甚至是束缚人的罗网;而漂亮的容貌、敏慧的言对、特立独行的作风、对生命的珍惜和追怀成为令人欣赏和感喟的内容。前文说过,《世说》"以玄学为视点,故徘徊于现实与超现实的有无之间"。所谓的"超现实",是指对现实的政治人伦的超越态度,"越名教而任自然"与"久居樊笼里,复得返自然"是两种基本途径。后一种是退隐不仕,如《栖逸》篇所记之康僧渊、许玄度、范宣等逍遥于江湖;前一种是在主流政治场域中带有对抗性的生活态度,如《任诞》、《简傲》中的刘伶裸身、阮籍与邻家妇共眠等蔑视礼法的行为以及《赏誉》、《品藻》等人物评价中以玄学之"无"代替儒家的"有"的标准等。对于士族阶层而言,逍遥于江湖显然不现实,与皇室政治对抗又不足以保身,于是一种"罕关庶务"、"游外以弘内"的在场而出神的生存策略便产生了。事实上它也极为有效,东晋社会皇室与士族门阀的妥协、儒玄意识形态的调和(如《世说》载有多条简文帝与士人谈玄之事)使士人的精神独立在一定程度上成为可能。《宋书》记录刘义庆"为性简素,寡嗜欲,爱好文义,……少善骑乘,及长,以世路艰难,不复跨马"①。"不复跨马"显然是一种政治隐喻,它为我们理解《世说》对风流的崇尚、对生命的深情关切增加了一个

---

① 刘应登:《世说新语序》,见侯忠义:《中国文言小说参考资料》,北京大学出版社,1985年版,第172页。

注释。

二、《世说新语》的叙事话语

《世说》叙事者对以个人主义为中心的玄家风流的认同与其话语表征分不开,或者说,名士的言谈吐嘱本身就是叙事者所追慕的人物风度的重要指标。《世说》话语包含两个层面的内容,一是对人物清谈和品鉴中所运用的"言约旨远"的言语的实录。晋太康以后,玄谈成为一种时代风尚,其"真诚的哲理思索意味渐渐淡化,更多的是作为语言训练式的思辨游戏和表达人生态度的文学演练"①,早在《世说》之前,《语林》和《郭子》以及袁宏《名士传》就曾以赏鉴的态度自觉地记录了这些富于玄韵的佳语,《续晋阳秋》曰:"晋隆和中,河东裴启撰韩、魏以来迄于今时,言语应对之可称者,谓之语林。"《世说》中的不少语录即来自这些旧文。二是《世说》叙事者对来自史传和《语林》等旧文的重新锤炼,使之成为一种统一的风格化的叙事语体,即"世说体"。关于"世说体",后人多有评鉴,如胡应麟说:"读其语言,晋人面目气韵,恍惚生动;而简约玄澹,真致不穷,古今绝唱也。……《世说》以玄韵为宗,非纪事比。"② 近人易宗夔云:"片言只辞,别具炉锤,自甘吻颊,非凡响所能及。"③ 宋人刘应登则云:

> 晋人乐旷多奇情,故其言语文章别是一色。《世说》可睹已。《说》为晋作,……虽典雅不如左氏《国语》,驰骛不如《国策》,而精微简远,居然玄胜。盖举如卫虎渡江,安石教儿,机锋似沈滑稽,又冷类入人梦思,有味有情,咽之愈多,嚼之不见。④

总的来说,"精微简远"、"简约玄澹"或"有味有情"是

---

① 葛兆光:《中国思想史》第一卷,复旦大学出版社,2001年版,第338页。
② 胡应麟:《少室山房笔丛·九流绪论下》。
③ 易宗夔:《新世说·自序》,上海书店影印本,1982年版。
④ 侯忠义:《中国文言小说参考资料》,北京大学出版社,1985年版,第164页。

《世说》语言给人的最深刻的印象,由于《世说》以言语为宗,它又常常指涉书中所记的魏晋名士的言语。历来的批评家都经常将此二者并提,并视前者为后者的流风所染。这大抵是不错的,由此也可以看出《世说》叙述者对魏晋名士风流态度的认同。但《世说》毕竟是叙述性作品,它的话语包含多种表现方式,除了言语的展示,还有对言语、行为过程的讲述,以及叙述者的抽象议论等。也就是说,书中人所说的话是一种单纯的话语,叙述者的讲述和议论却是一种话语行为,"话语行为则是将话语放到一个包含着非话语要素(发送者,接受者,语境)的情景中去"。就叙述者本身的话语而言,它可以分出三类语域:"第一类语域突出的是讲述的指称意义,第二类语域着重于话语的字面意义,第三类语域是讲述行为过程本身的体现。"① 叙述者的话语是比人物的话语(言谈)更为复杂的话语系统。比如:

  钟毓、钟会少有令誉。年十三,魏文帝闻之,语其父钟繇曰:"可令二子来。"于是敕见。毓面有汗,帝曰:"卿面何以汗?"毓对曰:"战战惶惶,汗出如浆。"复问会:"卿何以不汗?"对曰:"战战栗栗,汗不敢出。"(《言语》11)

  人物的言语问对属于第二类语域,此外叙事者还需要使用大量指称性话语(第一类语域)将当时的场面加以复现。这两类(第三类语域在宋元话本中才较多出现)语域的有机融合便形成作品的整体风格。人们所说的"世说体"的"简约玄澹"或"有情有味"即指这种统一的话语风格,而非单指其中的人物言语。诚然,言语确实是《世说》突出的重心,前人所谓"七分素材,三分水墨"即标明了人物之清言在《世说》话语体系中的显要地位,但从叙事史的意义来说,"三分水墨"所铸就的形式意义无疑是更值得注意的。比如:

  刘灵(伶)字伯伦。饮酒一石,至醒,复饮五斗。其妻责之,灵曰:"卿可致酒五斗,吾当断之。"妻如其言。灵咒

---

① [法]托多洛夫:《诗学》,见赵毅衡编:《符号学文学论文集》,百花文艺出版社,2004年版,第196-197页。

曰:"天生刘灵,以酒为名,一饮一石,五斗解醒,妇人之言,慎莫可听。"(《语林》,《古小说钩沉》7页)

刘伶病酒,渴甚,从妇求酒。妇捐酒毁器,涕泣谏曰:"君饮太过,非摄生之道,必宜断之!"伶曰:"甚善。我不能自禁,唯当祝鬼神,自誓断之耳!便可具酒肉。"妇曰:"敬闻命。"供酒肉于神前,请伶祝誓。伶跪而祝曰:"天生刘灵,以酒为名,一饮一石,五斗解醒,妇人之言,慎不可听。"便引酒进肉,隗然已醉矣。(《任诞》3)

刘伶的咒语整饬爽口,显然是经过了裴启的风格化处理,但其叙述语言粗砺无风;而《世说》通过绘形绘神的情节化处理,使整个事件变得有情有味。

这种话语系统的风格化的形成,本质上不是受历史人物的言谈风气所决定的,而主要是受传统或时代的体裁(或文类)的制约而产生的。对于《世说》来说,其话语风格也许与前代名士的玄谈具有一致性,但作为文本,它的叙述话语所包含的信息显然比人物的言语远为复杂。或许可以说,后者的"简约玄澹"指向的是人物的精神风貌("风格即人"),而前者的"简约玄澹"指向的是文章的语言体式。

关于体裁,托多洛夫曾有过精当的论述:

> 在一个社会中,某些复现的话语属性被制度化,个人作品按照规范即该制度被产生和感知。所谓体裁,无论是文学的还是非文学的,不过是话语属性的制度化而已。①

对于"话语属性",他借用符号学家夏尔·莫里斯的术语作了如下说明:

> 这些特性或属于文本语义学,或属于句法(各部分之间的关系),或属于语用学(使用者之间的关系),或属于言语

---

① [法]托多洛夫:《体裁的由来》,《巴赫金、对话理论及其他》,百花文艺出版社,2001年版,第27页。

(该词可用来归纳所有涉及符号物质性本身的东西)。[1]

话语属性的制度化,又往往体现在两个方面:"一方面,作者根据现存的体裁系统(这并不意味着与该系统保持一致)写作,……另一方面,读者按照体裁系统阅读,他们对该系统的了解来自文学批评、学校、图书发行系统,或者只是听说而已……"[2]实际上,一个创造性的作者又总是一个积极的、具有创造性解释能力的读者,两者是统一的。《世说》继承了远自《论语》,近自《语林》、《魏晋世语》的"讲述"传统,以及《春秋》、《左传》和《史记》以来的"叙述"传统,也许还有从《离骚》、《古诗十九首》到魏晋以来的诗歌传统,从而形成了自己的话语体系。具体而言,其话语特色表现在如下三个方面:

一是"简约"。简约作为一种叙事语法风格,与其说来自魏晋玄言,不如说来自《论语》和《春秋》以来的历史叙事语法;魏晋玄言,即使作为口头"讲述",也未必不受圣人之言以及"微而显,志而晦,婉而成章"的史传文学的影响。《世说》叙事高度简洁、笔法洗练,叙事迹一般用直笔而少枝蔓,叙人物一般在概括之后由人物本身的言行展现,集中表现人物"片刻的光芒",比如:

满奋畏风。在晋武帝坐,北窗作琉璃屏,实密似疏,奋有难色。帝笑之。奋答曰:"臣犹吴牛,见月而喘。"(《言语》20)

贺太傅作吴郡,初不出门。吴中诸强族轻之,乃题府门云:"会稽鸡,不能啼。"贺闻故出行,至门反顾,索笔足之曰:"不可啼,杀吴儿!"于是至诸屯邸,检校诸顾、陆役使官兵及藏逋亡,悉以事言上,罪者甚众。陆抗时为江陵都督,故下请孙皓,然后得释。(《政事》4)

---

[1] [法]托多洛夫:《体裁的由来》,《巴赫金、对话理论及其他》,百花文艺出版社,2001年版,第28页。
[2] [法]托多洛夫:《体裁的由来》,《巴赫金、对话理论及其他》,百花文艺出版社,2001年版,第29页。

石崇每要客燕集，常令美人行酒。客饮酒不尽者，使黄门交斩美人。王丞相与大将军尝共诣崇。丞相素不能饮，辄自勉强，至于沉醉。每至大将军，固不饮，以观其变。已斩三人，颜色如故，尚不肯饮。丞相让之，大将军曰："自杀伊家人，何预卿事！"（《汰侈》1）

由以上的叙事可以看出，《世说》的"简约"与传统史书的"善序事理"、要言不烦（春秋笔法）相一致。特别是对较复杂的过程的记叙，如《文学》53"张凭"，尤其可见《史记》对人物的简笔描其神韵的影响。当然，史传重在记事，而"《世说》以玄韵为宗，非纪事比"，史传的"简约"是"微而显，志而晦"，主要是要突出行为的伦理意义，《世说》的"简约"是为了突出言语和人物心灵的光芒，故"简约"与"玄澹"往往不可分，如上述"满奋畏风"条即是。

二是"玄澹"。《世说》叙事的重心在魏晋人物的风流神韵，不在"纪事"，故不求人物的全貌和经历的完整复现，而只求人物言行片刻闪现出的光芒。石昌渝先生在《中国小说源流论》中说："《世说新语》的意趣玄韵高远，在精神上更接近诗和画。"①此言甚是。诗和画追求的是存在的本真、存在的敞亮的片刻，《世说》的片段陈述也是为了表现这些诗意的瞬间：

客问乐令"旨不至"者，乐亦不复剖析文句，直以麈尾柄确几曰："至不？"客曰："至！"乐因又举麈尾曰："若至者，那得去？"于是客乃悟服。乐辞约而旨达，皆此类。（《文学》16）

王恭始与王建武（忱）甚有情，后遇袁悦之间，遂致疑隙。然每至兴会，故有相思。时恭尝行散至京口射堂，于时清露晨流，新桐初引，恭目之曰："王大故自濯濯。"（《赏誉》153）

王子猷居山阴，夜大雪，眠觉，开室，命酌酒。四望皎然，因起彷徨，咏左思《招隐》诗。忽忆戴安道，时戴在

---

① 石昌渝：《中国小说源流论》，三联书店，1994年版，第116页。

剡，即便夜乘小船就之。经宿方至，造门不前而返。人问其故，王曰："吾本乘兴而行，兴尽而返，何必见戴？"（《任诞》47）

这样的诗意片段自是举不胜举，前引数条均可见之。《世说》的叙述话语何以传达出此种"玄韵"？对于有"七分素材"、具有历史实录意味的《世说》来说，魏晋名士的言行举止的风流本身当然是原因之一，《语林》、《郭子》等小说的记叙本身亦多有玄韵，如上引"王子猷"条即出自《语林》，"满奋"条出《郭子》①。但从《世说》对《语林》、《郭子》的加工来看，《世说》对"玄韵"的美学追求显然更为自觉，试比较：

王长史（濛）与刘真长别后相见，王谓刘曰："卿更长进。"答曰："此若天之自高耳。"（《言语》66）

据刘孝标引《语林》，则是如下描述：

仲组（濛）语真长曰："卿近大进。"刘曰："卿仰看邪？"王问何意？刘曰："不尔，何由测天之高也。"

《语林》的记叙也许更近实录，《晋书·刘惔传》载："桓闻尝问惔：'会稽王谈更进邪？'惔曰：'极进，然故第二流耳。'温曰：'第一复谁？'惔曰：'故在我辈。'其高自标置如此。"② 然《语林》的叙述仅在展现刘惔（真长）的"高自标置"的史实，而名士的玄风尽失，《世说》的直接引语却既能反映人物高傲的性格，又含蓄有韵致，只用"若天之自高"一语，天人合一，玄意自出。又如：

王武子，卫玠之舅也，语人曰："昨与吾外甥并坐，炯然若明珠之在我侧，朗然来照人。"后卒，人谓之看杀。（《郭子》30）

---

① 鲁迅：《古小说钩沉》，齐鲁书社，1997年版，第25页、第31页。
② 房玄龄等：《晋书》，岳麓书社，1997年版，第1321页。

骠骑王武子是卫玠之舅，俊爽有风姿，见玠辄叹曰："珠玉在侧，觉我形秽。"（《容止》14）

《郭子》的叙述，仍近于史传之记言，《世说》则通过形象的比较和更含蓄的语言表现卫玠的风仪，其话语本身具有玄澹之美。

如果说《语林》和《郭子》的"玄澹"还主要借助于人物语言自身，其叙事话语却仍近于历史叙事的实录的话，《世说》却已经自觉地将叙事语言（指称性话语）与人物语言熔为一炉，努力使指称语言本身亦具有写意性，从而使其整体叙述片断成为一种有意味的形式。除了如名士言语一般的讲究含蓄韵致、多用比譬（形象语），它还有一个突出的特点是运用自然意象。这些自然意象的使用大体有三类：①以自然意象隐喻人物的精神气质，如《赏誉》中的人物品评多属此类："世目李元礼：'谡谡如劲松下风。'"（条2）"公孙度目邴原：所谓云中白鹤，非燕雀之网所能罗也。"（条4）"王戎云：'太尉神姿高彻，如瑶林琼树，自然是风尘外物。"（条16）此类比譬原是汉魏以来的人物清谈中所有，当属儒家"比德"说的延伸，不算新鲜。②由自然起兴，领会人的存在意义，自然景物的风貌神态开启了人们对存在意义的领悟，如前引《赏誉》153条："……于时清露晨流，新桐初引，恭目之曰：'王大故自濯濯。'""新桐初引"的清新境界引出王恭对王大的赞赏。宋刘应登评曰："因物象如此，而想其精神也。"此评尚未摆脱"比德"的思路，实际上，联系前面的"疑隙"、"兴会"等语，应是自然意象开启说话者的胸襟意绪使然。又如前引《言语》55条桓温见柳树而慨叹"木犹如此，人何以堪"，《识鉴》10条张季鹰在洛见秋风起，因思吴中菰菜羹、鲈鱼脍，感喟"人生贵得适意尔，何能羁官数千里以要名爵"等，都属此类。③自然已成为独立的审美对象，是超越了生活世界而具隐喻象征意味的块然自足的诗意境界，例如：

顾长康从会稽还，人问山川之美，顾云："千岩竞秀，万壑争流，草木蒙笼其上，若云兴霞蔚。"（《言语》88）

王子敬云："从山阴道上行，山川自相映发，使人应接不暇。若秋冬之际，尤难为怀。"（《言语》91）

诚然，这里的景语仍是从观赏者主观视阈产生的，是一种情景交融的"有我之境"，但它毕竟是高于世俗生活，甚至高于名士风流的本真的风之行水之流，而具有玄学家所神往的"道"的本体意味。《庄子·齐物》云："乐出虚，蒸成菌。日夜相代乎前，而莫知其所萌。已乎，已乎！旦暮得此，其所由以生乎！"郭庆藩注云："夫天地万物，变化日新，与时俱往，何物萌之哉？自然而然耳。"① 物之自然流转自然是"与物相刃相靡"而惨痛不堪的魏晋士人所神往的境界，也未必不是《世说》叙事者的理想境界。《文学》76条云："郭景纯（璞）诗云：'林无静树，川无停流。'阮孚云：'泓峥萧瑟，实不可言。每读此文，辄觉神超形越。'"（《文学》76）与阮孚读山水诗以超越生命的束缚一样，《世说》叙事者对自然风景的多处直接或间接描写未尝不是其超越历史叙述而试图以语言把握住永恒的一种诗意的追求。正因如此，其语言不再局限于正史叙事的正名与历史再现，而力求表现有无之间的幽远虚澹的天人之道。何所谓"玄"？《老子》开篇云："道可道，非常道；名可名，非常名。无名，天地之始；有名，万物之母。故常无，欲以观其妙；常有，欲以观其徼。此两者同出而异名，同谓之玄。"人们常说《世说》不求写实而致力于写意，实际上此"写意"即是在寻常现象中追求道玄，在人伦中追求充实、活泼、幽深而妙不可言的自然之道。《世说》话语的省略、含蓄，"立象以尽意"，以自然现精神的"玄澹"的追求，本质上是对生命之道的体认和寻求，故其叙事疏离了史而接近于诗。

三是"有味有情"。从"话语属性"而言，"简约"主要指语法，"玄澹"主要从语义来讲的，而"有味有情"则主要指叙事话语的语用意义。语用既与语义相关，也与接受者的心态有关。刘应登说《世说》"机锋似沈滑稽，又冷类入人梦思，有味有情"，显然他是以一种非士大夫的心态读出来的；鲁迅先生则云《世说》"为赏心而作"，"远实用而近娱乐矣"，则又是一种更开放的心态了。以晋宋之际的意识形态环境来推测，《世说》

---

① 郭庆藩：《庄子集释·上》，中华书局，2004年版，第55页。

的"有情有味"的故事和话语应该是能觅得不少知音的。但对正统的儒家士大夫而言,"记言之所网罗,书事之所总括"当以"五志"为宗。所谓"五志","一曰达道义,二曰彰法式,三曰通古今,四曰著功勋,五曰表贤能",从这样的心态出发,《世说》的情与味不仅得不到赏鉴,反而成为了怪诞诡谲,如刘知幾云:

> 自魏晋以降,著述多门,《语林》、《笑林》、《世说》、《俗说》,皆喜载调谑小辨,嗤鄙异闻,虽为有识所讥,颇为无知所悦。①

《世说》叙事者既然摒弃了儒教的冠冕,它便早已不指望在刘知幾辈儒林中寻求激赏,而是"退而求诸野",求诸当时和后来的在罗网中寻求真情、自然和自由的人们。

《世说》的"有味有情"往往是同时兼具的,如刘应登所举"卫虎渡江"事:

> 卫洗马初欲渡江,形神惨悴,语左右云:"见此茫茫,不觉百端交集。苟未免有情,亦复谁能遣此!"(《言语》32)

破国离家之痛,隐于江河之喻,只以"形神惨悴"相映带,不能说不是"有味"又"有情"。类似的记叙还有很多,比如:

> 孔融被收,中外惶怖。时融儿大者九岁,小者八岁。二儿故琢钉戏,了无遽容。融谓使者曰:"二儿可得全不?"儿徐进曰:"大人岂见覆巢之下,复有完卵乎?"(《言语》条5)

"覆巢之下,复有完卵乎"的生动譬喻与"中外惶怖"、"了无遽容"构成的鲜明对比都使故事读来有味,但悲情亦同时在此

---

① 刘知幾:《史通·书事》,辽宁教育出版社,1997年版,第70页。

滋味中潜滋暗长,入人梦思。又如:

> 王仲宣(粲)好驴鸣。既葬,文帝临其丧,顾语同游曰:"王好驴鸣,可各作一声以送之。"赴客皆一作驴鸣。

作驴鸣送丧,真乃滑稽有味,然"人之所好,党亦同之",不乃真情乎?

《世说》的"情",如前所述,是魏晋风流的一部分,故《世说》在表达人物深情时,往往玄澹有韵致,着力以简约的语言和行为意象表现情感的风致。比如:

> 王子猷、子敬俱病笃,而子敬先亡。子猷问左右:"何以都不闻消息?此已丧矣!"语时了不悲。便索舆来奔丧,都不哭。子敬素好琴,便径入坐灵床上,取子敬琴弹,弦既不调,掷地云:"子敬!子敬!人琴俱亡。"因恸绝良久,月余亦卒。(《伤逝》16)

根据刘孝标引《幽明录》注及余嘉锡按语,可知此事不实。如余嘉锡先生所说,"其不哭也,盖强自抑止,以示其旷达"[①],而这种旷达又与庄生之鼓缶不同,子敬终以"人琴俱亡"的悲叹和"恸绝"告终。《幽明录》记叙此事,意在证"神道之不诬","推师之言,信而有实";《世说》叙此事,意在通过形象表现人物的旷达有情,叙事话语不同若此。

《世说》作为赏心之作,在后人看来,应该是魏晋小说中最有滋味者。其滋味又包含多种,有玄澹之味,有人情味,有滑稽幽默之味,有雅味也有俗味,有正味也有怪味。但观其大略,《世说》以其高雅的玄澹之味为主流,杂以日常俗趣或任诞的记录,这与《世说》为门第中人而作的定位是一致的。

《世说》话语的高雅玄澹之味,前文已有阐述,可以作为补充的,是《排调》一门,是专录滑稽幽默语的,但其调笑亦多属旷达智慧的高级玩笑,是名士们日常的游戏精神的体现,与世俗

---

① 余嘉锡:《世说新语笺疏》,中华书局,1983年版,第646页。

的低级幽默迥然不同。例如：

> 嵇、阮、山、刘在竹林酣饮，王戎后往。（阮）步兵曰："俗物已复来败人意！"王笑曰："卿辈意，亦复可败邪？"（条4）
>
> 王浑与妇钟氏共坐，见武子（王伦，浑弟）从庭过，浑欣然谓妇曰："生儿如此，足慰人意。"妇笑曰："若使新妇得配参军，生儿故可不啻如此！"（条8）
>
> 郝隆七月七日出日中仰卧。人问其故？答曰："我晒书。"（条31）
>
> 范玄平在简文坐，谈欲屈，引王长史曰："卿助我。"王曰："此非拔山力所能助！"（条34）

在这种旷达智慧的高雅趣味之外，《世说》也试图寻求日常人情的表达，比如违越礼教的放诞，如阮咸语群猪共饮，王澄在众宾客前脱衣爬树，掏巢捉鹊等，日常人际的诡谲，如王蓝田娶妻，女性的率直，如温峤骗娶刘氏之女，其女交礼之日抚掌大笑曰："我固疑是老奴，果如所卜"，以及名士在风流超迈之外的另一面，如"竹林七贤"之一的王戎"有好李，卖之，恐人得其种，恒钻其核"，王大、王恭为喝酒大打出手等。在今人看来，这些具有世俗意味的日常人情的表述，比那些睿智玄远的言谈似乎更有趣味，往往有更强的故事性，比如：

> 许允妇是阮卫尉女，德如妹，奇丑。交礼竟，允无复入理，家人深以为忧。会允有客至，妇令婢视之，还答曰："是桓郎。"桓郎者，桓范也。妇云："无忧，桓必劝入。"桓果语许云："阮家既嫁丑女与卿，故当有意，卿宜察之。"许便回入内。既见妇，即欲出。妇料其此出，无复入理，便捉裾停之。许因谓曰："妇有四德，卿有其几？"妇曰："新妇所乏唯容尔。然士有百行，君有几？"许云："皆备。"妇曰："夫百行以德为首，君好色不好德，何谓皆备？"允有惭色，遂相敬重。（《贤媛》6）
>
> 诸葛令（恢）女，庾氏妇，既寡，誓云："不复重出！"此女性甚正强，无有登车理。恢既许江思玄婚，乃移家近

之。初,诳女云:"宜徙。"于是家人一时去,独留女在后。比其觉,已不复得出。江郎莫(暮)来,女哭詈弥甚,积日渐歇。江彪(思玄)瞑入宿,恒在对床上。后观其意转帖,彪乃诈厌(魇),良久不悟,声气转急。女乃呼婢云:"唤江郎觉!"江于是跃来就之曰:"我是天下男子,厌,何预卿事而见唤邪?既尔相关,不得不与人语。"女默然而惭,情意遂笃。(《假谲》10)

此两则故事,均找不到出处。且闺房之事,何由实录?唯一的解释是来自传闻异词或叙事者的杜撰。其情态的表述亦表明叙事者的有意创造。这两则故事都以女性为主体,阮氏女以德行为护身符,机智地捍卫自己的尊严和地位;诸葛女则由守礼转向人情,最终听从情欲的召唤。这两则故事的写法既不同于传统的"后妃传"、"列女传"的写法,也不同于《贤媛》中的大部分故事的写法(近于正史),阮女"捉裾停之"、江郎"于是跃来就之"之类,已近后世之传奇语了。这都是《世说》多元话语的一种表现。刘孝标在后一个故事的注释中说:"葛令之清英,江君之茂识,必不背圣人之正典,习蛮夷之秽行。康王之言,所轻多矣。"自是正人君子之言。这也正是刘知几贬斥《世说》而推崇刘注的原因:

宋临川王义庆著《世说新语》,上叙两汉、三国及晋中朝、江左事。刘峻注释,摘其瑕疵,伪迹昭然,理难文饰。而皇家撰晋史,多取此书,遂采康王之妄言,违孝标之正说。(《史通·杂说》)

以刘知几所标举的"达道义"、"著功勋"、"表贤能"等"五志"核之,《世说》话语多不能达其旨,《言语》、《赏誉》、《排调》诸门的玄言趣语表述的是无关宏旨的智慧和趣味,《任诞》、《简傲》诸篇表现的是名士"越名教而任自然"的特立独行,《假谲》、《俭啬》、《汰侈》、《忿狷》则不无欣赏地表征着门第中的"蛮夷之秽行"。《隋书》将《世说》列为小说,主要不是因为其事有不核,而是因为其话语所彰显的义理违背了历史正典的"明道德"的宗旨。《四库全书总目·世说新语》已能较为通脱地看待这种话语取向：

> ……（《世说》）上起后汉，下迄东晋，皆轶事琐语，足为谈助。……义庆所述，刘知幾《史通》深以为讥，然义庆本小说家言，而知幾绳之以史法，拟不于伦，未为通论。①

《四库》编者的通脱也许是因为《世说》和其他的子部"小说"话语后来已漫成了滔滔大河，成为文人表达自己身份诉求的不可缺少的言语形式；而其不够通脱的地方，则是仍在"小说"与"史"之间设置了一道樊篱，一个明显有高下之分的等级。事实上，所有的文类分科犹如一种"纪律"，discipline，既有"纪律"之义，又有"学科"之义，而话语的基本姿态就是对话，它从各种不同的视角出发渗透到似乎是铁板一块的"纪律"或"学科"中，适应它从而修改它②。这正如环保主义者的话语，它们来自对政府经济和战略的发展政策的反应，往往具有鲜明的对立性和差异性，但是通过谈判（negotiation），环保话语终于在政策中定居下来。话语的适应性和建构性促成了历史的流动。唐修《晋书》大量采用《世说》③ 和其他轶事小说的话语，就使它与《汉书》呈现出大不相同的面目，而《晋书》叙事也因之而宛然可读。而《晋书》以后诸史，重新对文人小说家语拒斥关门的时候，史书的意义空间就开始变得逼仄局促，叙事的中心地位实际上就开始失落了，人们更多的投身于笔记、传奇和话本所建构的世界。近代小说成为社会话语的中心，其实不是突如其来的，而毋宁说是水到渠成。

综上所述，《世说》话语简约玄澹，有情有味，表征的是一个人情的而非轨则的、内在精神的而非外在事迹的世界，这样的表征标明了叙述者特有的位置和视角。一般来说，它是门第之内的视角，反映着晋宋时期特有的贵族意识，上与皇家正统相悖，

---

① 《钦定四库全书总目》（整理本），中华书局，1997年版，第1836页。
② 参见 Sara Mills: Discourse, London and New York: Routledge, 2004, P9-10。
③ 据高淑清统计，"今本《世说新语》所收共1130条本文，唐修《晋书》引用312条，约占《世说新语》条目的28%"，《从〈晋书〉看唐代的〈世说新语〉接受》，《齐齐哈尔大学学报》2001年7月。

下与庶民意识相离；但话语的渗透性与流动性又使它与上下两者保持对话和沟通，左右逢源。俗语方言能被它所接纳，被提炼得活泼而有格调；正典的义正词严也能为它所继承，被巧妙地化实为虚，销熔于茫茫然有无之间。在此后的一千多年间，《世说》能成为士人的精神指南、文人的词语宝库，正得益于其独特而开放的身份意识，一种回到日常生活、又能将日常生活诗意化的超越精神。《世说》的叙事可谓简也，散也，然而这些小小的叙事片断所具有的爆炸力却是难以计算的，在以后的值得一提的叙事篇章中，我们不时会听到它的遗响。

第二节　《西京杂记》的叙事思想

《西京杂记》是一部身份悬疑、题旨晦昧的书。先是《隋书·经籍志》收录此书于史部，未著撰人名氏，《旧唐书》、《新唐书》始题葛洪，且入地理类；然自段成式《酉阳杂俎》后，又多有以为吴均所作者。至明黄省曾还以为葛洪序言为实，认为它来自于刘歆的《汉书》，《四库全书总目》则根据《晋书·葛洪传》记录洪著"无《西京杂记》"推断"则作洪撰者，自属舛误"，故"兼题刘歆、葛洪姓名，以存其旧"①。鲁迅先生推断"固以葛洪所造为近是"②，但仍将其放在《今所见汉人小说》一篇论略，可见其犹豫。近人余嘉锡《四库提要·西京杂记辨证》据前贤之明见，经过翔实缜密的考证辨析，最终得出结论："葛洪序中所言，刘歆《汉书》之事，必不可信，盖依托古人以自取重耳"，"此书盖即抄自百家短书，洪又以己意附会增益之……""《杂记》是杂采诸书，托之刘歆，又可见其记事多有所本，不皆杜撰也"③。洪业先生则根据与《抱朴子》的比读，认定作伪的嫌疑犯就是葛洪，而不是吴均或萧贲④

---

① 纪昀等：《钦定四库全书总目》，中华书局，1997年版，第1835页。
② 鲁迅：《中国小说史略》，百花文艺出版社，2004年版，第24页。
③ 侯忠义：《中国文言小说参考资料》，北京大学出版社，1985年版，第133页、第134页。
④ 洪业：《洪业论学集》之《再说西京杂记》，中华书局，1981年版，第393-404页。

解决了著作权问题，并不意味着文本的意涵及叙事的法式等问题也自然明了。事实上，这些问题的研究还存在太多的空白，与文本向我们发出的强大召唤殊不足称。古人对《西京杂记》的批评，多从历史书写入手，由《西京》史事的广博绮丽引发历史视阈和历史修辞方面的慨叹，如明孔天胤《刻西京杂记序》：

> 乃若此书所存，言宫室苑囿，舆服典章，高文奇技，瑰行伟才，以及幽鄙而不涉淫怪，烂然如汉之所极观实盛，称长安之旧制矣。故未央、昆明、上林之记，详于郡史；卿云辞赋之心，闶于本传；文木等八赋，雅丽独陈。《雨雹对》一篇，天人茂著，余如此类，遍难患敷然，以之考古，岂不炯览巨丽哉！①

孔氏的批评，显然有"放宽历史的视阈"的意思，因为相比叙王霸、表贤能、达道义的皇家正史，《西京》之"杂记"更能展示历史的"巨丽"。又黄省曾指称正史之所以不录《西京杂记》，"大约有四：则猥琐可略，闲漫无归，与夫杳昧而难凭，触忌而须讳者也……凡若此者，披金置沙，法所删弃也"②，既准确地指明了《西京》与史学的龃龉之处，又表明了一般士大夫对于历史叙事轨则的保守态度。孔、黄二人与《四库全书总目》编者的评论"其中所述，虽多小说家言，而撷采繁富，取材不竭"在视角上是一致的，都是在历史书写的维度考量这部奇异的作品，这是时代的局限使然。

现代的视角自然比古典的视角要更开阔和多元，比如语言学的研究可以比较可靠地确定《西京杂记》的成书年代和话语风貌，民俗学的视角可以看出《西京》撷采民间传闻的虚实。但比较重要的是文学的视角，自鲁迅先生从文学角度提出"意绪秀异，文笔可观"一语以来，试图从"意绪"和"文笔"来批评《西京》的作者已有不少。杨义先生在《中国古典小说史论》中，

---

① 侯忠义：《中国文言小说参考资料》，北京大学出版社，1985年版，第123-124页。
② 侯忠义：《中国文言小说参考资料》，北京大学出版社，1985年版，第124页。

分别从"意象叙事"和"叙事角度"剖析《西京》中的故事，其实也是承继这种"文学评论"的余绪而操作的，但又预示着研究范式的某种转变。

但现代的学科在获得独立空间的同时也意味着迷失自己的开始，现代性的"文学"研究并不像文学本身一样出现在人们期望它所在之处（词与物交界的源初处）："虚构"、"形象"、"情感"、"风格"之类的名词的专门使用使它仅在语言的表面形式上有所收获（智力训练意义的收获），而对于《西京》杂记这样一本体现着词与物的神秘关联的奇书来说，这无异于在牛身上拔下几根毛。鲁迅先生用一句话指出《西京》文学方面的特点后突然失语，恐怕也与专门化的文学话语的局限有关。

正因如此，本文对《西京杂记》叙事思想的研究，并不想局限于某一种叙事学①，而只是以"叙事"为基本向度，从多种话语角度来诠释它。这种方法论策略之所以必要，乃因这本书本身，就像世界本身一样，包含着大量无数的内容，这一复杂的世界显然是经典的作为诗学的叙事学话语所难以穷见的。

一、表象、故事和叙述

这里的"表象"（representation），是相对"故事"和"叙述"而言的对"事物"的描绘或说明；"故事"是指将要被描述的事件的组合，或者说是按时间的先后顺序发生的事件（系列）；而"叙述"则是对这些事件的显示和讲述，是对事件的选择和重新安排②。《西京杂记》作为一部古典的杂俎性的书，许多条目并无故事性，而只是对于宫室苑囿、舆服典章及其他奇异事物的描写；但大部分的条目都具有故事性，如司马相如与卓文君、匡衡凿壁引光、毛延寿画王昭君、秋胡戏妻等，都被后人用为典实，而这些故事的叙述又往往不同于史书的"实录"而呈现出叙述者特别的用心，其突出的话语特色值得关注。故以下分别从"表

---

① 里蒙-凯南在《叙事虚构话语》的第二版中补写了《走向……：约20年后的事后想法》一章，承认在"经典的"叙事学与"后经典"的叙事学——包括了女性主义、马克思主义、精神分析和话语理论——之间应保持一种微秒的平衡。Shlomith rimmon–kenan：*Narrave Fiction*, 2nd edition, Rouledge, 2001, p144.

② Porter Abbott, *Narrative*, Cambridge University Press, 2002, p14–15.

象"、"故事和叙事话语"分别阐述。

1. 表象

《西京杂记》记载了西汉宫室诸多名物制度和逸事,这些物或事大都汇集在卷一,其他各卷也间有记录,包括宫室苑囿陈设、皇家用品、制度和风俗等,如:

> "八月饮酎":汉制:宗庙八月饮酎,用九酝太牢,皇帝侍祠。以正月旦作酒,八月成,名曰酎。一曰九酝,一名醇酎。
>
> "天子笔":天子笔管,以错宝为跗。毛皆以秋兔之毫,官师路扈为之。以杂宝为匣,厕以玉璧翠羽。皆直百金。
>
> "吉光裘":武帝时西域献吉光裘,入水不濡。上时服此裘以听朝。
>
> "乐游苑":乐游苑自生玫瑰树,树下有苜蓿。苜蓿一名怀风,时人或谓之光风。风在其间常萧萧然,日照其花有光采,故名苜蓿为怀风,茂陵人谓之连枝草。
>
> "七夕穿针开襟楼":汉彩女常以七月七日穿七孔针于开襟楼。俱以习之。(以上《卷一》)
>
> "陵寝风帘":汉诸陵寝,皆以竹为帘,皆为水纹及龙凤之像。昭阳殿织珠为帘,风至则鸣,如珩佩之声。(《卷二》)
>
> "五柞宫石麒麟":五柞宫有五柞树,皆连三抱上枝荫覆数十亩,其宫西有青梧观,观前有三梧桐树,树下有石麒麟二枚,刊其胁为文字,是秦始皇郦山墓上物也。头高一丈三尺,东边者前左脚折,折处有赤如血。父老谓其有神,皆含血属筋焉。(《卷三》)
>
> "因献命名":卫将军青生子,或有献騊马者,乃命其子曰騊,字叔马。其后改为登,字叔升。(《卷四》)①

这些记录大多来自各种散佚的旧籍或故老传闻,多有与正史参见佐证之用。孔天胤曾说,"鸿人达士慕汉之盛,吊古登高,往往叹陵谷之变迁,伤文献之阙绝,或得断碑残础,片简只字,

---

① 所引《西京杂记》及标目,来自成林、程章灿译注:《西京杂记全译》,贵州人民出版社,1993年版。

云是汉者,即欣睹健羡,如获珙璧"①。汉末董卓之乱使汉室连城之文献湮灭无踪,葛洪虽冒名顶替汉史,但他好古敏求,"博闻深洽,江左绝伦"②,所述虚虚实实,总是迎合了士人的"慕史"心理。这时的符号表象,犹如对宫室器皿的复制,被人们"欣睹健羡"。福柯在谈到16世纪西方的古典知识("认识型")时说:"在16世纪,人们认为符号是置于事物上面的,以便人们能揭示它们的秘密、本性或功效;但是,这一揭示只是符号的最终目的,只是对它们的出现作了验证;它只是使用符号的可能方法,并且可能是最后的方法;但是,为了存在,符号并不需要被人认识:即使它们仍是沉默的,即使没有一个人发觉它们,它们还是处在那里。并不是认识,而是事物的语言,才赋予符号指称功能。"③古典时期将符号作为事物标记的知识状况使得以上这些表象具有了神奇的功效。这些表象的陈列有如一段恢弘历史的再现,不仅给一般士人带来触摸历史的感觉,对于历史学家而言,在无实物可以验证的时候,他们往往宁肯相信这些表象就是实在。而事实上,正如福柯所反复申明的,"由于符号总是不是确实的,就是或然的,因而,符号应该在认识内部寻求自己的位置","符号只能被认识活动构成"④。这种认识活动包含符号使用者的知觉和想象,也就是说,符号除了作为表象的表象性,它还具有认识的抽象性。换句话说,符号-表象通过使用者的认识和观念而成为了话语。

从福柯给定的意义上说,"话语是产生其他事物(一种申明,一个观念,一种影响)的某物,而不是存在于自身并能被孤立地分析的某物"⑤,话语总是出现在交流的条件下,说话者对受话者施加某种影响,而权利关系就隐藏于其中。《西京杂记》中的语言表象尽管来历殊途,但同样表征着各种权利表达:既有皇帝出行的舆驾制度的威仪,如《卷五》,也有民间怨愤的表达,如上引"五柞宫石麒麟"及卷二"雪深五尺":"元封二年大寒,雪深

---

① 孔天胤:《刻西京杂记序》,见侯忠义:《中国文言文小说参考资料》,北京大学出版社,1985年版,第123页。
② 房玄龄等:《晋书》,岳麓书社,1997年版,第1266页。
③ 福柯:《词与物》,上海三联书店,2001年,第78-79页。
④ 福柯:《词与物》,上海三联书店,2001年,第78-79页。
⑤ Sara Mills, *Discourse*, Routledge, 2004, p15.

五尺，野鸟兽皆死，牛马皆蜷蹜如猬，三辅人民冻死者十有二三。"但更多的是作为非士大夫的文人对于皇家富贵奢华（权利的表征）的欣羡、对巨丽无常的感叹和对文人身份的自觉认同，反映了帝国崩溃后普通士人的彷徨侧影。尽管《西京》的语言表象往往来自旧籍，文字比较雅驯，不像王子年《拾遗记》那样明显地表现出主观的感受和想象，但书写者的感受和观念还是通过对帝国物事的描写、说明和评论流露了出来。如上引"天子笔"、"吉光裘"、"乐游苑"以及如：

"送葬用珠襦玉匣"：汉帝送死，皆珠襦玉匣，匣形如铠甲，连以金镂。武帝匣上皆镂为蛟龙、鸾凤、龟龙之象，世谓为蛟龙玉匣。（《卷一》）

"昭阳殿"：赵飞燕女弟居昭阳殿。中庭彤朱，而殿上丹漆，砌皆铜沓，黄金涂，白玉阶，壁带往往为黄金釭，含蓝田璧，明珠、翠羽饰之。上设九金龙，皆衔九子金铃。五色流苏。带以绿文紫绶，金银花镊。每好风日，幡旄光影，照耀一殿；铃镊之声，惊动左右。中设木画屏风，文如蜘蛛丝缕。玉几玉床，白象牙簟，绿熊席。席毛长二尺余，人眠而拥毛自蔽，望之不能见，坐则没膝。其中杂熏诸香，一坐此席，余香百日不歇。有四玉镇，皆达照无瑕缺。窗扉多是绿琉璃，亦皆达照，毛发不得藏焉。椽桷皆刻作龙蛇，萦绕其间，鳞甲分明，见者莫不兢栗。匠人丁缓、李菊，巧为天下第一，缔构既成，向其姊子樊延年说之。而外人稀知，莫能传者。（《卷一》）

"三云殿"：成帝设云帐、云幄、云幕于甘泉紫殿，世谓三云殿。

"掖庭"：汉掖庭有月影台、云光殿、九华殿、鸣鸾殿、开襟阁、临池观，不在簿籍，皆繁华窈窕之所栖宿焉。（《卷一》）

"董贤宠遇过盛"：哀帝为董贤起大第于北阙下，重五殿，洞六门，柱壁皆画云气萼蘤山灵水怪或衣以绨锦，或肴以金玉。南门三重，署曰南中门、南上门、南更门。东西各三门，随方面题署亦如之。楼阁台榭，转相连注；山池玩好，穷尽雕丽。（《卷四》）

"玳瑁为床"：韩嫣，以玳瑁为床。(《卷六》)

　　表象的话语特征无疑也可以通过表象的这种类型化的大量堆砌见出。从《西京》陈列的各种表象来看，占主流的是对皇室和公侯的宫室苑囿和宝物的描述，这种陈述显然是采取了一种仰视或艳羡的心态，其极端的表现，是如卷一对上林苑异树的描述和卷三对咸阳宫府库珍宝的描述，书写者对于这些异植珍宝的罗列已经达到了病态的地步，犹如守财奴对于其占有物的一一清点，这与讲究"志而晦"的正史记录显然是不相合的，难怪站在正史叙述立场的黄省曾会斥之为"闲漫"，而采录了"咸阳宫宝物"的殷芸也不能将此条列入正史，而只能存于《小说》中。另一类引人注目的表象是对文人诗赋的载录，如枚乘等六人献给梁孝王的六篇赋（卷四）、邹长清写给公孙弘的书信（卷五）、鲍敞与董仲舒之"雨雹对"（卷五）、中山王"文木赋"（卷六）等，对这些雅丽华章的复现，无疑突显了抄录者的自我身份认同。《后汉书》以前，正史不设《文苑传》，《汉书·司马相如传》录《子虚赋》，意在其"风谏"之用；而《西京杂记》"文木等八赋，雅丽独陈"（孔天胤），显然已远实用而崇文章，表现出晋代文人的审美意识和文人身份的自觉认同。若与卷二、卷三关于文人言行事迹的大量叙述结合起来看，这一印象将会更加深刻。

　　此外的一些表象，如卷一所载"昆明池养鱼"、"常满灯"、"身毒国宝镜"，卷二"五侯鲭"等显然来自父老传闻，它们往往带有一定的奇异性或灵异性，已与故事和叙述相勾连。如"身毒国宝镜"就涉及宣帝被收系狱身系此宝镜、"旧传此镜见妖魅，得佩之者为天神所福"、"及即大位，每持此镜感咽移辰"、"帝崩不知所在"等系列实践，这已经是关于某一物事的传说了。由这些传说可以更充分地认识到，《西京》对前汉宫中物事的表象，并非都从历史旧籍中抄录，跋文和文本中的一些附注——"弘答败烂不存"之类——暗示这些表象来自刘歆原文，其实只是一种话语技巧，包含了民间的传说成分或表象者自身的虚构成分。这一特点，在其故事及对故事的叙述中，我们将会看得更清楚。

2. 故事和叙述

　　《西京杂记》中对物的表象（包含某一孤立事件）只是一小部分，不会超过全书的五分之一，它更多时候着眼于陈述事件，而且是有意地"讲故事"。按照叙事学家一般的理解,"故事"(或"素材")是"按逻辑和时间顺序串联起来的一系列事件"①,"叙事"则是对故事或素材的编排。而按照"故事"的汉语理解,"故事"就是"过去的事",它不仅标明了故事的时间性,也暗含了一种被人传说的性质。"故事"和"史事"不同,后者为史官所记录,强调的是"实录"和"褒贬",前者则暗含着事件过程的连续性、戏剧性和趣味性,一般定位为故老所传。当"史事"被民间口头传说时,它就成了"故事";而当"故事"被史官采摘时,它就成了史料性的"史事"。

《西京》陈说前汉逸事,而且大多是帝王公卿之事,为何在《四库全书总目》中连"杂史"、"别史"都不能算,而被列入"小说"一类呢?这应是因为它叙述的事件大都来自街头巷尾的民间传说,不具备历史的合法性。葛洪虽伪托史官,行文也颇节制,表现出一种向史书靠拢的姿态,但其故事和话语的小说性质还是被后人清楚地分辨出来了。

关于《西京》故事的传说性质,小南一郎在《中国的神话传说与古小说》中作了比较充分的研究。他认为,"《西京杂记》这一作品,虽然取杂集前汉首都长安琐事加以记录的体裁,但其中所集中的一切,无论从内容看,还是从表现于记述表面的组织结构看,都极富口头传说的性质"②。话说得有些绝对,书中对表象的传说性质的分析(如上林苑异植的分析)也有些牵强。《西京》确有许多条文抄录自前代子史,其"后序"中的识记标明葛洪又有《汉武帝禁中起居注》一卷,而其中涉及汉武帝的多条均比较短小且近实录,直接出自《起居注》亦未尝不可能。葛洪的《自序》(《抱朴子·外篇》)及《晋书·葛洪传》都揭示了其广搜诸书、抄录数百卷的情况:"抄五经、史汉、百家之言,方技杂事三百一十卷。"余嘉锡先生亦考证出某些条文来自汉代子书,如桓谭《新论》。当然,其中又有不少可能来自民间传说,或者葛洪依据传说对旧籍中的记录作了增润。但总的来说,《西京》的大部分故事具有传说的性质是可以论定的。文本本身就留下了这

---

① [荷]米克·巴尔:《叙述学:叙事理论导论》,谭君强译,中国社会科学出版社,1995年版,第18页。

② 小南一郎:《中国的神话传说与古小说》,中华书局,1993年版,第131页。

些传说的痕迹,甚至标明了传说者的名字或身份。比如卷三"黄公幻术"("箓术制蛇御虎")条:

> 余所知有鞠道龙,善为幻术,向余说古时事:有东海人黄公,少时为术,能制蛇御虎,佩赤金刀,以绛缯束发,立兴云雾,坐成山河。及衰老,气力羸惫,饮酒过度,不能复行其术。秦末,有白虎见于东海,黄公乃以赤刀往厌之。术既不行,遂为虎所杀。三辅人俗用以为戏,汉帝亦取以为角抵之戏焉。又说淮南王好方士,方士皆以术见。遂有画地成江河,撮土为山岩,嘘吸为寒暑,喷嗽为雨雾。王亦卒与诸方士俱去。

方士鞠道龙传说"东海黄公"事,《搜神记》卷二亦有记录,文字也基本相同:

> 鞠道龙,善为幻术。尝云:"东海人黄公,善为幻,制蛇、御虎。常佩赤金刀。及衰老,饮酒过度。秦末,有白虎见于东海,诏遣黄公以赤刀往厌之;术既不行,遂为虎所杀。"

葛洪和干宝是同时期的人,关系也不错,相互抄录的可能是存在的,但更有可能是他们抄录了同一条方士小说。方士的知识和记录本来就具有极大的传说性与幻设性,与他们作为说故事人的身份有密切的联系。干宝和葛洪的拟史叙述需要将它们加以改造,使之近于"实录"。干宝是以客观化的史笔来显示传说的真实性,葛洪则通过伪托本人(刘歆)的亲历来证明传说的存在。而思想上与方士的认同又让他另加了一条淮南王与方士(八公)一起仙去的故事。这一故事在《神仙传》("刘安"条)中都有更具体的描述。如果联系《神仙传》、《汉武故事》等来看这一类传说,则可知在宫廷和民间之间游走的方士就是这些传说的讲说者和书写者[1]。

---

[1] 参见《中国的神话传说与古小说》第二章第二节及第三章第三节。

又有"戚夫人侍儿言宫中乐事"一条,《西京》与《搜神记》又相仿佛,只不过干宝删去了戚夫人击筑、汉高祖唱《大风歌》一事。而《西京》在文末还加了一句"戚夫人死,侍儿皆复为民妻也",更清楚地标明所述宫中事是经由贾佩兰这样的侍女传出来的。

又有《西京》卷一"昭阳殿",在记述其建筑及物品的奢华奇异之后,有如下附注:

> 匠人丁缓、李菊巧为天下第一。缔构既成,向其姊子樊延年说之。而外人稀知,莫能传者。

这又揭示宫廷匠人也是这些物事或故事的传说来源之一。卷一还有丁缓作常满灯、七扇轮之事,卷二有画家毛延寿等弃市、厨师娄护作"五侯鲭"等,尽管没有"某某说"、"某某向某说"的交代,但可以推知这些宫中御用的百工之人正是有关故事的传说者。

此外,《西京杂记》还特别表现出对文人作赋的相关事件的热忱。卷四有枚乘等六人献赋给梁孝王,卷二有司马相如友人问作赋事,卷三有司马相如梦黄衣翁而作《大人赋》事,此外还有几条有关扬雄的赋事。这些轶闻又从何而来呢?小南一郎引《汉书·枚乘传》"又言为赋及俳,见视如倡,自悔若倡也……"说明"赋这种文学样式,与倡优们的俳谐口头文艺非常接近",也就是说,文人作赋可能与宫廷艺人的口头表演有密切的关系。"这类宫廷艺人间的传承,在某一时期传入民间(汉末动乱)",并最终为六朝小说家们所记录。

所有这些故事的流传,最终被方士及文人书面化了,而汉魏时的小说,恐怕出于方士者多,而一般文人的记录,也应深受方士的影响。《西京赋》中说:"乃有秘书,小说九百,本自虞初。"虞初是汉武帝时的方士侍郎,号黄衣使者,《汉书·艺文志》载其小说943篇;其他如《封禅方说》18篇、《待诏臣饶心术》25篇,《待诏臣安成未央术》1篇,都是汉武时的方士所作。薛综在注《西京赋》时说:"小说,医巫厌祝之术,凡九百四十三篇,言九百,举大数也。持此秘书,储以自随,待上所求问,皆常侵也。"张衡的赋与薛综的注表明,汉代方士经常随身携带自己作的小说，为自己解答皇帝有关医疗、求仙、祭祀等方面的询问起到参考的作用。此外还有《黄帝说》、《伊尹说》等，鲁迅先生认为"多属方士假托"。此后的托名东方朔的《神异经》、《十洲记》，托名班固的《汉武故事》，托名郭宪的《洞冥记》等，多言神仙道术怪异之事，显然也是方士的作品。《十洲记》篇首之自称"学仙者也"，以及自述"韬隐逸而赴王庭，藏养生而侍朱阁"，标明其作者的身份和经历与虞初是一致的，《四库提要》谓为"六朝词人之所托"，恐失察。这些方士的作品，既有自神其教的神仙道术故事，也有来自民间的传闻，在满足读者好奇心、求知欲和长生欲等方面，正可弥补正史的缺憾。

六朝文人加入到小说著述队伍中，使故事的取向有了新的气象。有的受风气的影响，与方士思想接近，多撰集神道故事，以示其不诬；有的则搜集前代宫廷逸事，以补正史；有的则着眼于文人的奇言异行。这是魏晋以来文人士大夫阶层的思想风气所决定的。这三类故事，在《西京杂记》中都有反映，如反映神道灵异故事的，有卷一"旌旗飞天堕井"、卷三"箓术制蛇御虎"、"淮南与方士俱去"、卷六"广川王发古冢"；反映文人嘉言逸行的，有卷二"百日为赋"、"读千赋乃能为赋"，卷三"长卿赋有天才"、"文章迟速"等，这类叙事不重事件本身的真实或曲折，而重视语言的韵味或事件展现的人物风貌。试录一条（"文章迟速"）：

> 枚皋文章敏疾，长卿制作淹迟，皆尽一时之誉。而长卿首尾温丽，枚皋时有累句，故知疾行无善迹矣。扬子云曰："军旅之际，戎马之间，飞书驰檄用枚皋；廊庙之下，朝廷之中，高文典册用相如。"

这里反映出的自是晋代文人的品题风尚，与《世说新语》何其相似乃尔。当然更多的是对宫中逸事、民间传闻的历史性记录。这些事件的采集或润饰，主要还不是有意为小说，而是为了表达文人对历史的特定看法，是对历史的"增补"。正统儒士因为这些故事并非来自史官记录而加以贬斥，如唐颜师古《汉书·匡衡传》注云："今有《西京杂记》者，其书浅陋，出于里巷，多有妄说。""非士大夫"的文人却庆幸这些故事能丰富他们的历史知识和想象,而现代的历史学者对于《西京》中历史逸事的利用就更频繁了,社会史、科学史、文学史、政治史,无不能从中发现历史的珍奇。

《西京杂记》的奇异之处,也许还不在故事,而是对故事的叙述。其叙述手法既与史传有差异,也与一般博物志怪小说有异,当然也有同。第一个特点是,它采用了一种小南一郎称为"双重虚构"的结构。以"贾佩兰"的叙事为例,首先是叙事者虚构了一个戚夫人身边的侍女贾佩兰,说她从宫中出来后,嫁给了扶风人段儒云云(第一层虚构)。其次是贾佩兰把宫中的故事(或虚或实)当作自己的实际见闻讲给人听(第二层虚构)。这就相当于现代小说家在小说中先虚构一个说故事的人物,如《黑暗的心脏》中的马洛,再让他讲述一些虚构的事件,并非人物的见闻,而是叙事者的虚构。也就是说,贾佩兰本来是一个虚构故事中的次要人物,现在叙事者将自己隐身于她,这样做的目的,为的是使故事显得更加真实,"因为对这个时代的听众(读者)来说,还不能接受那种全然没有事实保证的往昔故事,也没有把虚构故事当作虚构来欣赏的心理准备"①。小南先生的分析是有道理的。不过,由于他过多强调这些故事的口头传说性质,因而没有太注意故事的书写者所起的作用。如果考虑到《西京》文本的刊定者是葛洪,他又假托自己是汉代史官刘歆,而"刘歆"叙述的故事又多有来历、虚诞不经,则实际上某些故事已经过了多层叙述,往往不止"双重虚构"。比如卷六"驰象说秋胡":

> 杜陵秋胡者,能通尚书,善为古隶字,为翟公所礼,欲以兄女妻之。或曰:"秋胡巳经娶而失礼,妻遂溺死不可妻也。"驰象曰:"昔鲁人秋胡,娶妻三月而游宦,三年,休,还家。其妇采桑于郊。胡至郊而不识其妻也。见而悦之。乃遗黄金一镒。妻曰:'妾有夫游宦不返。幽闺独处,三年于兹,未有被辱如今日也。'采不顾。胡惭而退。至家,问家人妻何在。曰:'行采桑于郊未返。'既还,乃向所挑之妇也。夫妻并惭,妻赴沂水而死。今之秋胡,非昔之秋胡也

---

① [日]小南一郎:《中国的神话与古小说》,中华书局,1993年版,第149页。

……"

"秋胡戏妻"的故事,是通过驰象之口叙述的;而驰象的叙述,又包含在"两秋胡"的故事叙述中。而"两秋胡"的故事,显然又经过了伪托为"刘歆"的叙事者对已有的口头传说或方士小说的改写,所以其叙述的声音是多层的。这一特点,在以"余"或者"家君"的亲临现场的口气讲述的故事中尤其表现明显,如卷六"广川王发古冢":

> 广川王去疾,好聚无赖少年,游猎毕弋无度,国内冢藏一皆发掘。余所知爱猛,说其大父为广川王中尉,每谏王不听,病免归家,说王所发掘冢墓,不可胜数,其奇异者百数焉。为余说十许事,今记之如左:
> ……魏王子且渠冢:甚浅狭,无棺柩,但有石床,广六尺长一丈,石屏风,床下悉是云母。床上两尸,一男一女,皆年二十许,俱东首裸卧无衣衾,肌肤颜色如生人,鬓发齿爪亦如生人。王畏惧之,不敢侵近。还拥闭如旧焉。

这个故事是爱猛告诉叙事人的,爱猛又是从其伯父那里听来的,爱猛伯父因为和广川王一起发掘坟墓,所以看到了魏王子且渠冢中的情形,还看到了"王畏惧之,不敢侵近"。本来是荒诞不经的"死者犹生"的方士传说,但经过似乎实有其人的目睹和转叙,并通过史学家"余"的记录,造成了逼真的效果。"箓术制蛇御虎"中的方术故事,也是通过这一策略实现其创造意图的,从而使人认同于史。

第一人称"余"的出场,不仅使后世读者在面对这些过去的事迹时克服了时间上的疏远感,而且在阅读中会产生亲耳聆听般的亲近感,在心理上容易对叙事者产生认同。这在叙事者充当故事人物并发表意见的时候,尤其如此。如卷五中的"金石感偏":

> 李广与兄弟共猎于冥山之北,见卧虎焉,射之,一矢即毙断,其髑髅以为枕,示服猛也;铸铜象其形为溲器,示厌辱之也。他日复猎于冥山之阳。又见卧虎,射之,没矢饮羽。进而视之,乃石也。其形类虎,退而更射,镞破簳折而

石不伤。余尝以问杨子云,子云曰:"至诚则金石为开。"余应之曰:"昔人有游东海者,既而风恶船漂不能制。船随风浪,莫知所之,一日一夜得至一孤洲,其侣欢然,下石植缆。登洲煮食,食未熟而洲没。在船者斫断其缆,船复漂荡。向者孤洲,乃大鱼,怒掉扬鬐吸波吐浪而去,疾如风云。在洲死者十余人。又余所知陈缟,质木人也。入终南山采薪还,晚趋舍。未至,见张丞相墓前石马,谓为鹿也,即以斧挝之斧缺柯折,石马不伤。此二者亦至诚也,卒有沈溺缺斧之事,何金石之所感偏乎。"子云无以应余。

这里的叙事只不过是寓言,关键在表达个人看法,是对先秦以来诸子书以事明理、储事言政的写法的继承。叙事者对传统的儒家之道"精诚所至,金石为开"展开反驳,若以"洪曰"领起,恐不能耸动听闻,甚至可能遭来耻笑;而以"余"与杨子云相驳诘的形式展开,"子云无以应余"为结局,宣传效果就大不一样了。另如卷三"曹敞收葬"条,通过"余"对曹敞的见闻发表"方知亮直者不见容于冗辈中矣"的看法,也是同样的伎俩。

《西京杂记》叙事的第二个特点是,其所述事件大都短促、散漫,没有什么故事性,即使是稍长的故事,也往往是两三件相关事情的连缀,表现出与史传串连事迹的类似,而不同于志怪小说中有长度的故事的那种生动连贯的首尾闭合结构,如《搜神记》中的"三王墓"、"宋定伯捉鬼"、"赵公明参佐"等。比如"匡衡":

> 匡衡,字稚圭,勤学而无烛。邻舍有烛而不逮,衡乃穿壁引其光。以书映光而读之。邑人大姓文不识,家富多书,衡乃与其佣作而不求偿。主人怪问衡,衡曰:"愿得主人书遍读之。"主人感叹,资给以书。遂成大学。衡能说诗,时人为之语曰:"无说诗,匡鼎来;匡说诗,解人颐。"鼎,衡小名也,时人畏服之。如是闻者皆解颐欢笑。衡邑人有言诗者,衡从之与语,质疑,邑人挫服倒屣而去。衡追之,曰:"先生留听,更理前论。"邑人曰:"穷矣。"遂去不返。

这里写匡衡有如列传,通过连缀"穿壁引光"和"匡衡说诗"两件事来表彰其人的勤学与才识,又插入时人的评说来代替

叙述者的评价,这都是史书笔法,而不是民间说故事人的叙事法(参见第一章第二节)。又如卷二"赵后淫乱":

> 庆安世年十五,为成帝侍郎,善鼓琴,能为双凤离鸾之曲。赵后悦之,白上,得出入御内,绝见爱幸。尝着轻丝履,招风扇,紫绨裘,与后同居处。欲有子而终无胄嗣。赵后自以无子,常托以祈祷,别开一室,自左右侍婢以外莫得至者,上亦不得至焉。以辇车载轻薄少年,为女子服入后宫者,日以十数,与之淫通无时休息。有疲怠者,辄差代之,而卒无子。

赵飞燕与侍郎宫奴淫通的故事,在民间大约流传甚广,托名汉人伶玄写的《赵飞燕外传》便篇幅曼长,情节繁复。而这里只讲了两件事,且并无内在的关联,没有被"情节化"。此外卷一关于飞燕姊妹的几条,显然也是同一传说之内的,却被分割成几条。在其他条目中,同样可能包含了丰富传说的事件系列也并没有被葛洪写成一个饶有趣味的故事,而是按一定的类别加以组合或分述。比如司马相如的事迹共有5条,其中2条关涉卓文君,3条关涉其赋事,都未能统一起来。其他如戚夫人4条,汉武帝6条,都未能形成独立的故事,而以单纯的事件的形式呈现。这些事件本来是极富口头传说性质的,而口头传说本来是极富于故事性的,为什么会变成如此零碎杂乱的形式呢?

我们认为,这与叙事者所持的书写观念有关。从表面上看,如《西京》后序所说,"歆欲撰《汉书》,编录汉事,未得缔构而亡,故书无宗本,止杂记而已,失前后之次,无事类之辨",零杂的形式是由于当初刘歆来不及结构,还只是为写《汉书》所准备的史料;葛洪抄录出其中若干条,一是为保持历史原貌,一是为补班固《汉书》之阙。而实际上,从叙事中比比皆是的主观叙述和议论来看,葛洪并非简单抄录旧籍(包括史书和百家短书),而是有意为之。他不愿意利用传说资料来缔构情节曲折的故事,以达到娱乐人的目的;也不愿意以正史的鸟瞰世俗世界的态度来重建帝国的恢弘秩序。而这种零散的片断事迹正适合他抒发人生的感怀和发表方方面面的意见。杨义先生讲它归入近子书系统,是很有见地的。不过,和六朝小说普遍的肆意好奇和挥洒才情相比,葛洪似乎还不愿抛弃历史,而是希望以别种材料、别种形式来"增补"历史。所谓"增补",既不是对立、解构,像道家对儒家,神仙对现实,也不是偶然对必然,而是"或者/或者"。葛洪既作《神仙传》,证长生与飞升之实有,又作《西京杂记》,叹历史人生之无常;《抱朴子》"内篇"属道家,"外篇"属儒家,相得益彰。所以说《西京》是"杂史"也好,说是"小说"也对,它既秉承了史传简练、连缀、雅驯的语法,又发挥了小说婉转、好奇、借事抒怀的笔法。也可以说,它是以小说笔法来写史,至少是在历史叙述形式中掺入了小说话语,如在客观化的记叙中搀入第一人称的旁观者的叙述形式,在简练的叙述中加入婉转细致的描写,更不用说插入叙事中的主观评论。关于其话语的具体特征,详见下文。

二、叙事话语及其认同

话语首先是以句群的形式存在的,总是表现为一定的语法关系,所以上文中所述的"叙述形式"特征也可以视为话语特征。表层叙事学研究叙事话语,也多注重叙述人称、描写、评论、直接引语和间接引语等形式问题,如巴尔的《叙述学:叙事理论导论》。后经典叙述学,则更注意话语中的意识形态问题,这大概与福柯以后话语学的兴盛有关。这里对《西京》的叙事话语分析,着重于考察叙事者的身份认同问题,力图使上面讨论的问题进一步深化。

话语总是某一主体对某一个体或群体发表的看法,在叙事话语中,叙事者的价值观往往隐藏在对事件的陈说中,只通过抒情性的描写或偶尔的议论显示出来。在史书中,叙述者为王朝政治的代言者,故力求简练客观,节制个人的看法,其篇末的论赞亦尽量遵循天道,契合于主流意识形态。这与小说的叙事话语有很大的区别。传统的小说本来就具有"储事言政"的特点,其对事件的陈述往往直奔主题,并随时加以议论以突出个人的主张。六朝小说中,志怪小说因为对神道之事本身的欣赏淹没了叙事者的意见,但是其意义指向仍然是可以确定的;而轶事小说在突显"事"本身的知识和审美时,仍保留了较多"储事言政"的话语特征,不过这里的"政",随着文人价值的多元化取向,已经散裂为除政治以外的道德、信仰、财富、生命等多方面的意见了。

《西京杂记》不仅素材类别繁多，其话语含蕴及表现形式也很杂。从形式来说，既有搜神博物体、史传体，有"新序"、"说苑"一类的储事论政体，如"金石感偏"、"驰象说秋胡"、"司马良史"等，也有"语林"一类的"琐语"体。这些不同的话语形式出现在同一部作品中，在六朝小说中是很少见的，这大概与其杂抄多种门类的书籍又未作大幅度的修订有关。与此关联的，便是其话语含蕴的复杂性，方士话语、民间话语、文人话语、士大夫话语杂糅相陈，表现出复杂的身份意向；在不同的条文中，我们还会看到叙事者在价值态度上的相互矛盾。比如"介子弃觚"：

> 傅介子年十四，好学书尝弃觚而叹，曰："大丈夫当立功绝域，何能坐事散儒。后卒斩匈奴使者，还拜中郎；复斩楼兰王首，封义阳侯。"（《卷三》）

这一条的记叙及意义指向与《汉书》对傅介子的表述是一致的，表现的是大丈夫当建功立业的传统士大夫的人生观念。而在更多的时候，《西京》的叙事却以一种游戏人生或感喟生命的方式解构了这种观念。在不少条文中，《西京》对各种游戏娱乐津津乐道，如卷二写"杜陵杜夫子善奕棋，为天下第一人。或讥其费日，夫子曰：'精其理者，足以大神圣教'"，这无疑是为杜夫子辩护。又如卷四写"东方生善啸。每曼声长啸，辄尘落帽"，"京兆有古生者，学纵横、揣摩、弄矢、摇丸、樗蒲之术，为都掾史四十余年，善訑谩，二千石随以谐谑，皆握其权要而得其欢心……京师至今俳戏。皆称古掾曹"，"茂陵少年李亨，好驰骏狗，逐狡兽，或以鹰鹞逐雉兔……""茂陵文固阳……善驯野雉为媒，用以射雉。……阳死，其子亦善其事。董司马好之，以为上客"，卷五写"齐人刘道强善弹琴，能作单鹄寡凫之弄，听者皆悲不能自摄"，对这些游戏娱乐的大量陈述，不仅是要传达一种历史事实，而且通过这些事实传达叙事者的认同：通过游戏来寄托人生。《西京》对皇帝的记述，更突出地表现了这种迥异于正史的认同取向。其中的皇帝的出场，与正史中的超凡形象完全不同，他们或者沉迷于游戏之乐，或者在游戏中怅惘人生。如"贾佩兰"条写汉高祖歌大风诗是在"戚夫人侍高帝，常以赵王如意为言，而高祖思之，几半日不言，叹息凄怆而未知其术，辄使夫人击筑……"的语境下展现的，紧接着又写"尝以弦管歌舞相欢娱，竞为妖服以趋良时"，正如小南先生说，"这与《史记》中描写高祖唱《大风歌》的场面无论怎么说都是很不相同的"①，它传达的是一个软弱颓靡的如同常人的帝王形象。又如卷二"成帝好蹴鞠，群臣以蹴鞠为劳体。……家君作弹棋以献，帝大悦"，"梁孝王好营宫室苑囿之乐，作曜华之宫，筑兔园。……其诸宫观相连延亘数十里，奇果异树瑰禽怪兽毕备，王日与宫人宾客弋钓其中"。对汉武帝的描绘，除了写其服饰日用的奢华，也侧面写了他对游戏的崇尚，如卷三"黄公幻术"写他"亦取以为角抵之戏焉"，卷五"武帝时郭舍人善投壶。……每为武帝投壶，辄赐金帛"。所有这些与正史有别的皇帝形象，让我们清楚地看到葛洪是在一种什么心态下"裨《汉书》之阙"的：他不是在史料意义下增补《汉书》，而是在话语意义上"增补"《汉书》，即改变皇家史官用以表述历史和历史主人公（创造和主宰历史的帝王将相）的那种"崇高"（卓卓功勋与烈烈操守）的话语方式，而以民众或"非士大夫"的文人阶层对历史和历史人物的看法来书写。

《西京》的话语，如果要加以定位的话，可以说是借用民间话语，而以一种带有方士气的文人意趣表达出来的。因为故事的源头多来自民间，即使经过了方士和文人的几番转译，其话语意味仍不可磨灭。比如卷二"作新丰移旧社"：

> 太上皇徙长安，居深宫，凄怆不乐。高祖窃因左右问其故，以平生所好，皆屠贩少年，酤酒卖饼，斗鸡蹴鞠，以此为欢，今皆无此，故以不乐。高祖乃作新丰，移诸故人实之，太上皇乃悦。故新丰多无赖，无衣冠子弟故也。高祖少时常祭枌榆之社，及移新丰亦还立焉。高帝既作新丰，并移旧社。衢巷栋宇物色惟旧，士女老幼，相携路首，各知其室；放犬羊鸡鸭于通涂，亦竞识其家。其匠人吴宽所营也。移者皆悦其似而德之，故竞加赏赠，月余致累百金。

---

① ［日］小南一郎：《中国的神话与古小说》，中华书局，1993年版，第163页。

这里充分肯定的是太上皇虽在宫中却怀念布衣故人的行为，同卷"公孙宏粟饭布被"则对公孙宏（弘）富贵以后以脱粟饭和布被招待故人表示谴责，同时也对民间匠人的技艺表示赞叹。"犬羊鸡鸭于通涂，亦竞识其家"，既暗示连畜生都念旧（更何况人），又暗喻吴宽手艺之高超。这自然是下层民众的自我认同。但在记录传说的时候，突然插入一句"故新丰多无赖，无衣冠子弟故也"，表现了抄录者的别有用意。新丰出于旧丰邑，新丰多无赖，即暗喻高祖出于无赖也，这与元人睢景臣《高祖还乡》对刘邦的调笑如出一辙。这种文人话语在更多的时候会遮没民间话语，但细心地探究还是不难寻其端倪，比如在"匡衡"中，除了称颂匡衡的民谣，给那位藏书甚富的匡衡雇主取名为"文不识"，也是典型的民间幽默。同卷的"惠庄逡巡"，给"口不能剧谈"的长安儒生取名"惠庄"，也具有同样的意味。

《西京》中的方士话语为数也不少，除了描绘灵异、幻术、符兆及言说瑞应之实有，如卷三"陆贾说瑞应"，也有一些与日常生活相关的吉凶与生死的价值关怀，这仍与士大夫的政治、伦理价值相违背，但在六朝文人中却很普遍，《搜神记》、《洞冥记》、《拾遗记》等志怪小说已经充分表现了这种症候。

《西京》的文人话语，一方面表现为对历史或历史事件的独特看法，另一方面表现在对于"文学"本身的认同。所谓对历史的独特看法，指的是叙事者在阅读和叙述历史的时候，采取的既不是士大夫的坚守主流意识形态的态度，也不是庶民的散漫态度（容易认同主流），而是表现出自己的独立立场和深刻洞见。比如卷四之"司马良史"：

> 司马迁发愤作《史记》百三十篇，先达称为良史之才。其以伯夷居列传之首，以为善而无报也；为项羽本纪，以踞高位者非关有德也。及其序屈原、贾谊，辞旨抑扬，悲而不伤，亦近代之伟才。

这一则短文可以看成是叙述者读《史记》的一段感慨，《史记·伯夷列传》中的评论确实流露了"善而无报"、怀疑天道的思想："若伯夷、叔齐，可谓善人者非邪？积仁絜行如此而饿死！……天之报施善人，其何如哉？"而将《伯夷列传》置于列传之首，不是大有深意吗？但《史记》的整体话语含蕴"劝善惩恶"，彰明王道毕竟压倒了其个人的"异见"，超我压倒自我，班彪、班固父子从正统史学观出发，指出"史公三失"、"条例不经"①的同时，又肯定司马迁足为"良史"，重新树立了叙事话语的纯粹性和权威。洪业先生以赞叹的口气说葛洪是"妄信、妄说、妄引、妄辩"之人，非常妥帖。不过这种"四妄"的文人在晋代已不鲜见，《世说新语》可睹。晋代文人竞相作史，而多遭废弃，除了史料多存异说之外，大概也与这种"善而无报"、"踞高位者非关有德"的"不伦"的史见有关。

文人话语的另一种表现是对于文学作为一种独立的话语体系的认同。"文学"话语的独立性在汉赋中已初现端倪，但只有在魏晋以后才被文人以一种"反话语"的形式从经史言说的指称功能中解脱出来。这从晋代小说中的大量文饰、曹丕陆机的文论以及诗赋的大量创作中可以见出。如果说汉赋的创作本来还具有宫廷娱乐和政治讽喻的实用功能，则在《西京杂记》中，它是被当作一种纯粹超逸的话语形式、作为文人的独特的价值表征而被论定的。除了前文所说的文木等八赋的表象之外，还有扬雄对司马相如赋的评说，以及对司马相如和扬雄作赋等事迹的评述。对于这些文学之事，叙述者往往说得神乎其神：

> 扬雄读书，有人语之曰："无为自苦，玄故难传。"忽然不见。雄著太玄经，梦吐凤凰，集玄之上，顷而灭。（卷二）
>
> 相如将献赋，未知所为。梦一黄衣翁谓之曰："可为大人赋。"遂作大人赋，言神仙之事以献之，赐锦四匹。（卷三）
>
> 董仲舒梦蛟龙入怀。乃作春秋繁露词。（卷二）
>
> 司马长卿赋，时人皆称典而丽，虽诗人之作不能加也。扬子云曰："长卿赋不似从人间来，其神化所至邪？"子云学相如为赋而弗逮，故雅服焉。（卷三）
>
> 淮南王安著鸿烈二十一篇。鸿，大也，烈，明也。言大明礼教，号为《淮南子》，一曰《刘安子》。自云字中皆挟风

---

① 参阅《后汉书·班彪传》及《汉书·司马迁列传》。

霜。杨子云以为一出一入，字直百金。

公孙宏（弘）著公孙子，言刑名事，亦谓字直百金。（卷三）

像扬雄著《太玄经》事，《汉书》有明确记载，所谓"有人"，实际上就是指刘歆（原话为"苦自苦，故难传"），葛洪援用这段故实，却把它写得神秘化了。其他诸条显然也是平常之事的神奇化。从其对于创作的神秘化，以及对于作品价值的夸张（"字直百金"）中，不难窥见其强烈的认同感和归属感。卷三中的一条附注，透露了叙事者的真实心理：

扬子云好事，常怀铅提椠，从诸计吏，访殊方绝域四方之语，以为裨补辐轩所载。亦洪意也。

"辐轩"是"方言"的别称，杨子云著《方言》，常从计吏访四方之语。此条大概来自《风俗通义》①。末尾的"亦洪意也"显然是葛洪的旁批舛入了正文。但这一条小注正好透露了葛洪的隐秘的思想。结合《晋书》本传和葛洪自传（《抱朴子外篇》）我们可以发现，葛洪对功名封赏从不计较，而常"欲搜求异书，以广其学"，晚年在罗浮山"优游闲养，著述不辍"。也许，对葛洪来说，"立功"之事虚渺，而立言可以不朽（在此之前，曹丕已明确地认识到这一点，其《典论·论文》云："年寿有时而尽，荣乐止乎其身，二者必至之常期，未若文章之无穷。"），所以当他看到扬雄对语言和著述的沉迷，就情不自禁地写下了"亦洪意也"这一批语。

这种对"文"的认同自然也会在葛洪自己的叙事话语中表现出来。试以卷二"相如死渴"为例：

司马相如初与卓文君还成都，居贫，愁懑，以所着鹔鹴裘就市人阳昌贳酒，与文君为欢。既而文君抱颈而泣，曰："我平生富足，今乃以衣裘贳酒。"遂相与谋于成都卖酒。相

---

① 参见周天游校注：《西京杂记》，三秦出版社，2006年版，第126页。

如亲着犊鼻裈涤器，以耻王孙，王孙果以为病。乃厚给文君，文君遂为富人。文君姣好，眉色如望远山，脸际常若芙蓉，肌肤柔滑如脂，十七而寡，为人放诞风流，故悦长卿之才而越礼焉。长卿素有消渴疾。及还成都，悦文君之色，遂以发痼疾，乃作《美人赋》，欲以自刺而终不能改，卒以此疾至死。文君为诔传于世。

葛洪取《史记·司马相如列传》不录的"鹔鹴裘贳酒"和"文君越礼"等轶闻，采用多维时空聚合的手段，写出了男女爱情的缠绵和生命的悲凉。其"眉色如望远山"一句，展现了葛洪的诗笔之工，体现了杨义所说"意象叙事"①的特点，这在崇尚"简而直"的历史叙事思想中是无法产生的。

又如其记言，也已然抛弃正史的"征实"而求语言的华丽和玄意，可以看作是后来文学叙述的先声。如前引"文章迟速"："军旅之际，戎马之间，飞书驰檄用枚皋；廊庙之下，朝廷之中，高文典册用相如。"又如卷二"百日成赋"："合綦组以成文，列锦绣而为质；一经一纬，一宫一商，此赋之迹也。赋家之心，苞括宇宙，总览人物。斯乃得之于内，不可得而传览。"此皆绣口成章，足可玩味。又如卷二"惠生叹息"：

长安有儒生曰惠庄，闻朱云折五鹿充宗之角，乃叹息曰："栗犊反能尔邪，吾终耻溺死沟中！"遂裹粮从云。云与言，庄不能对，逡巡而去，扪心谓人曰"吾口不能剧谈，此中多有。"

惠庄前言，颇见大丈夫之气，及"逡巡"而后言"吾口不能剧谈，此中多有"，人物的面目恍惚生动，引人遐思。与《世说》借人物之言语，展现生命中片刻的光芒，何其相似。这已是史书记言向文学写言的转化之征兆吧。

当然，葛洪主要的身份认同恐怕是文学（学术）家而不是文章家。观乎《西京》与《神仙传》、《抱朴子》，葛洪的文字总的

---

① 杨义：《中国古典小说史论》，中国社会科学出版社，1995年版，第145页。

来说并不很出色，比起干宝的"直而能婉"、王嘉的文采华丽，洪著的风致还有差距（也说明其才具不够）。鲁迅的"意绪秀异，文笔可观"之评，重在其"意绪"，对其文笔，也只说"可观"而已，本是实事求是的，学者不可过度诠释。

质言之，《西京杂记》是一部奇书，它荟萃了多种旧籍，保存了汉魏以来的民间、方士和子部小说等多种叙事话语，也凸显了晋代文人的叙事思想。它以一种为正史补阙的形式解构着正史叙事的权威，为后来的文人叙事和民间叙事埋下了若干伏笔。在淹没200年后，《殷芸小说》开始引用它，隋唐诗歌、小说则广泛引其典实与文字，宋元小说、戏曲更进一步将其若干故事加以宏大（如赵飞燕、王昭君、秋胡故事等）；唐以后的文人笔记亦多取其叙述形式和话语方式。这些均说明其叙事思想与后人的会通。《四库全书总目》将其置于"小说类"第一，从一个侧面反映出它在叙事脱开正史思想的统治方面有首创之功。关于它的叙事思想研究，今人做得还很不够，本文的话语分析也仍停留在表层，只希望能引起更进一步的探讨，以使其在更广、更深的意义上实现与当今世界的视界融合。

中篇　唐代叙事思想

　　唐代的叙事思想可以 8 世纪中叶为界粗分为两期。前期在实践形态上一方面承续六朝叙事之格局，另一方面也开始探索着富有时代色彩的叙事地图；而在理论上则对四百年来的历史和小说叙事进行了清理，这一清理在重申历史叙事纪律的同时，也使小说叙事有了明确的合法身份。后期在实践上经由传奇文和通俗叙事文学的兴盛和流布，开启了宋元的小说和戏曲叙事。故有唐一代近三百年的叙事思想，既承前启后，又极富于创造，在中国古代叙事思想史上，可谓华彩灿烂的一章。

　　由于唐代通俗叙事与宋元话本关系更密切，故列入下篇。本篇侧重论述唐前期的叙述理论和以传奇小说为主要表征的虚构叙事思想。

第三章　唐前期的叙事观念和《史通》

第一节　唐前期的叙事观念和《史通》的产生

与唐帝国的建立相伴随的，是对于历史的反思（尤其是对三国以来的四百年乱世的反思）。历史反思的表现之一是在短短30年间（629—659）修了八部史书，为历代之最盛；表现之二是对历史书写的理论总结，出现了中国第一部，也是"世界文献史中出现的第一部"史学理论著作《史通》。如果把刘知幾《史通》和魏征、李延寿在《隋书》和《南史》、《北史》中的有关序言总结起来，则可以对这一时期的叙事理论有一个比较全面的把握。

三国以来的历史秩序的混乱和权力的分散导致了叙述种类和叙述形式的不断增加，就是在书面形式上，正统的历史叙事也已经无法一手遮天。志怪、博物、琐言、杂传、逸事、寓言等叙述形式在六朝时期风起云涌，建构着中世纪民间和士人的历史知识和想象。这是初唐历史家在重建历史秩序时所面临的问题，他们一方面要通过历史叙事来确立王朝的权威，另一方面又要顺应潮流、调和矛盾，这使他们在理论和实践中都表现出一种危险的骑墙姿态。比如《隋书·经籍志·小说家类》序言：

> 小说者，街谈巷语之说也。《传》载舆人之诵，《诗》美询于刍荛。古者圣人在上，史为书，瞽为诗，工诵箴谏，大夫规诲，士传言而庶人谤。孟春，循木铎以求歌谣，巡省观人诗，以知风俗。过则正之，失则改之，道听途说，靡不毕记。《周官》诵训，"掌道方志以诏观事，道方慝以诏辟忌，以知地俗"；而训方氏"掌道四方之政事，与其上下之志，诵四方之传道而观衣物"，是也。孔子曰："虽小道，必有可观者焉，致远恐泥。"

首尾两句是承续《汉书·艺文志》中的老话，似乎继续着对"街谈巷语"的民间叙述的不屑，而实际上，正如余嘉锡先生所言，"隋志子部小序，多依据汉志，引申其旨，然意所不合，亦复时立异同。……至以杂记为出于史官，尤与汉志相刺谬"①。汉志说"小说家者流，盖出于稗官"，所谓"稗官"，余嘉锡先生认为是"采道涂之言，达之于君"②的士，蒲江清认为是乡长里长一类的下层官吏。隋志不用汉志之说，而别从周礼之史官（诵训、训方氏）发明小说，并将"小说"与《传》、《诗》并举，无疑是强化小说政教功能的一种策略。这种提升小说地位、使其纳入皇家话语系统的意图在"子部"序言中表现更明显："易曰：'天下同归而殊途，一致而百虑。'儒、道、小说，圣人之教也，而有所偏。……若使总而不遗，折之中道，亦可以兴化致治者矣。"这里，"小说"就被看成是和儒、道一致的"圣人之教"，不可偏废。从所收目录来看，以上表明的还是对于《语林》、《世说》等因言系事的"琐语"的态度，而对于以记事为主的叙事作品，无论是《吴越春秋》、《汉武故事》、《西京杂记》还是《搜神记》、《宣验记》等"虚诞怪妄"之作，都被收在史部各个子类，更能表明其特有的气度。这种气度是与唐朝前期开放、包容的胸襟分不开的。我们由此可以联想到初、盛唐时期的民族大融合、三教并列、科举之门向各阶层士子大开等社会文化事实。

"志怪"和"逸事"被收入史部目录也许还只是表明一种开放的态度，而正史的修纂如果也加入"虚诞怪妄"的事迹并运用诡谬烦碎的小说笔法，则有可能动摇历史叙事之根基。而正是在这一点上，以《晋史》为首的初唐历史著述太过激进，以小说入历史，带来了历史叙事的危机。

马克·柯里（Mark Currie）曾说："对社会叙事学来说……叙事不是大脑的发明，而是政治与意识形态的实践活动，它们如同炸弹与工厂、战争与革命一样，都是现实世界中的物质肌质。"③从这层意义上说，并不存在历史叙事和小说叙事的区别，

---

① 余嘉锡：《余嘉锡文史论集》，岳麓书社，1997年版，第249页。
② 余嘉锡：《余嘉锡文史论集》，岳麓书社，1997年版，第246页。
③ [美]马克·柯里：《后现代叙事理论》，北京大学出版社，2003年版，第99页。

或者历史书法和小说笔法的区别,"小说"或"杂传"之类的贱名,不过是王官史学在维护王道秩序时所使用的一种排除法,《殷芸小说》就是这种排除的结果。对于德理达而言,符号本身就是一种排除结构,它以多种方式压制差异。比如"史"这个词,它从出现的一刻起就假定了某些共同特征,某种它所指称的东西之间的相同性,这种共同本质抹去了历史的丰富多样性,或者说压制了史与史之间的差异性。对于中国古代历史而言,至少从孔子修《春秋》的时代起,史的严格的排除法就成为了后代史官首当其冲的工作。实录、褒贬、简晦成为历史叙事在内容和形式上的标准,非此则打入另册,名为"小说"、"杂录"等。

但是,一方面,历史叙事的排除法使得历史所能表征的只是这个世界的小小的一部分,即使在权力阶层内部,它也会引起强烈的争论;另一方面,所谓的"实录"笔法在重现历史时具有先天的缺陷(时间、空间的疏离,记录的遗缺等原因),传闻、民间载记和历史家的想象必然要成为历史的增补,当这些不同的叙事形式在社会上形成风尚的时候,王官正史也无法阻挡它的入侵,这种"入侵"或主动吸纳在历史叙述史中从来就没有停止过。《晋书》和《南史》、《北史》多采闲言碎语并搀入小说家法,正是六朝以来的叙述风气使然。由此下去,历史叙事就会变得没有体统,王道秩序就会晦而不彰。初唐史学的繁荣中实际上蕴涵着深重的危机,这种危机促成了《史通》的产生(从《史通》许多文章落笔于对当时史书的批评来看,其问题意识显然是因时因事发生)。

《史通》既是对有史以来的历史叙述的清理,也是对所有叙事的清理。"自序"篇清楚地表明了其写作目的:

> 若《史通》之为书也,盖伤当时载笔之士,其道不纯。思欲辨其指归,殚其体统。夫其书虽以史为主,而余波所及,上穷王道,下掞人伦,总括万殊,包吞千有。

刘知幾的写作目的和创作思路都有些类似于刘勰,大概他从《文心雕龙》中获益不少。从写作目的来说,《史通》和《文心雕龙》都是要明道与求统,不过《史通》所要通的道是儒家的王道政教,而《文心雕龙》所明之道则游乎儒道之间;从写作方法说，《文心雕龙》的"原始以表末，释名以章义，选文以定篇，敷理以举统"的操作办法显然直接启发了刘知幾，尤其是"原始以表末"、"敷理以举统"落实得非常彻底。他对每一种体例和书法都能原始察终，叙述其流变，又通过对"六家"、"二体"及各种书法的理论辨析来指明史之道统，这不仅暗合了《文心》对于"文之道"的阐释学思路，也契合于史家对历史的阐释思路："究天人之际，通古今之变。"有趣的是，《文心》中若干关于叙事的观点，如《史传》、《谐讔》、《诸子》等篇，在《史通》中亦常有共鸣。《文心》成书在501年左右，《史通》发表于710年，两本相距200来年的理论著作以其立论的深邃、分析考辨的谨严博得了后人的景仰，成为论文评史不可不熟的经典。

这里只根据本章内容的需要，分别从小说与历史、文辞与史笔两个方面探讨《史通》的叙事思想。此两者又互有关涉，断而不断，但有不同侧重：前者侧重于叙事体例与方法，后者侧重于叙事语言。《史通》关于这两者的认识无论是促进还是阻碍后来的叙事实践，影响都是深刻的。

第二节　《史通》关于小说和历史关系的认识

小说作为一个文类被明确提出，是在东汉。班固《汉书·艺文志》中的"小说家序"给小说类的文字作的说明是"小说家者流，盖出于稗官。街谈巷语，道听途说者之所造也"，但这里的"街谈巷语"究竟是民间流传的故事传说还是杂说议论？是叙事还是记言？因《汉书》所收十五家小说均已遗佚，遂引发后人各种揣测。鲁迅先生"据班固注"认为："诸书大抵或托古人，或记古事，托人者似子而浅薄，记事者近史而悠缪者也。"① 余嘉锡先生认为其中《青史子》、《宋子》等为古小说，此类作品"多为譬喻"，"意欲因小喻大，以明人事之纪"，显然近于诸子，只是因为其书"不能如九家之闳深，流而入于小说矣"；而其中的《封禅方说》、《待诏臣饶心术》、《虞初周说》等汉人小说，"封

---

① 鲁迅：《中国小说史略》，百花文艺出版社，2002年版，第3页。

禅、养生、医巫、厌祝之术皆入焉，盖至是其途始杂，与古之小说家，如青史子、宋子者异矣"①。以此看来，《汉志》中的小说还没有明确的文类规定，在来源、内容和话语形式上都相当芜杂。周楞伽先生认为"小说"的"说"有三种含义，分别指示古小说的三种来源：一是诸子百家的学说，二是纵横家的游说，三是民间的传说②。来自诸子和纵横家的"小说"当以言论为主，但也不免摭拾民间传闻以曲达其情；民间传闻以叙事为主，但叙述中又必包含讽议戏谑。结合汉代史家和现代学者的考辨，大概汉人的小说观包括如下四方面的内容：①浅俗芜杂；②虚诞依托；③琐屑短小；④记言为主。③

从隋志所收的 25 部小说来看，除《燕丹子》为晋以前的杂史，其他均为晋以后的书。其中又有两类，主要者为记言语应对之作，如《世说》、《琐语》等；次要者为记艺术器物游戏的类书，如《古今艺术》、《水饰》等。六朝盛行的记事之志怪书不在其内（大部分编入杂传）。由此可以看出初唐的小说观念对汉志的继承。这一观念在《史通》中仍然存在，兹引两处：

（1）街谈巷议，时有可观，小说卮言，犹贤于己。故好事君子，无所弃诸。若刘义庆《世说》、裴荣期《语林》、孔思尚《语录》，阳玠松《谈薮》。此之谓琐言者也。（《杂述》）

（2）夫载笔立言，名流今古。如马迁《史记》，能成一家；杨雄《太玄》，可传千载。此则其事尤大，记之于传可也。至于近代则不然。其有雕虫末伎，短才小说，或为集不过数卷，或著书才至一篇，莫不一二列名，编诸传末。……斯亦烦之甚者。（《杂说下》）④

（1）段所述同隋志，所举诸书均为琐屑短小的记言之作。

---

① 余嘉锡：《余嘉锡文史论集》，岳麓书社，1997 年版，第 255 页、第 257 页。
② 周楞伽：《中国小说的起源和演变》，《上海师范大学学报》，2004 年第 3 期。
③ 景凯旋：《唐代小说类型考论》，《南京大学学报》，2002 年第 5 期。
④ 刘知幾：《史通》，黄寿成校点，辽宁教育出版社，1997 年版，第 81 - 82 页、第 151 页。

(2) 段是说写"小说"的人不该忝列史传。"小说"与"短才"相对,指涉的应还是琐屑短小的篇章。结合《补注》篇以"委巷小说"称《世说》,《叙事》篇以"杂家小说"与"诸子短书"并举(骈文的互义),可知刘知幾的小说概念与此前的以子部短书(因言系事)归类的小说观念是一脉相承的。

但《史通》对前代小说观念既有相承之处,更有革新之处。其新观念之表现有三:①它通过考镜源流,将小说与诸子纳入史氏流别;②它又将"琐言"与"逸事"、"杂记"并举,把它们都视为小说;③提出小说当为正史所取。这些观念在《杂述》篇中得到了最为集中的论述:

> 是知偏记、小说,自成一家,而能与正史参行,其所从来尚矣。
> 爰及近古,斯道渐烦。史氏流别,殊途并骛。权而为论,其流有十焉:一曰偏记,二曰小录,三曰逸事,四曰琐言,五曰郡书,六曰家史,七曰别传,八曰杂记,九曰地理书,十曰都邑簿。……考兹十品,征彼百家,则史之杂名,其流尽于此矣。①

"偏记"和"小说"在此无疑都是概说。从文章语义来看,"偏记"和"小录"代表了一种类型:"大抵偏记、小录之书,皆记即日当时之事,求诸国史,最为实录",而"小说"包含了其后的"逸事"、"琐言"、"杂记"、"郡书"、"地理志"等类型(有的学者将"偏记小说"连读,以为刘知幾将此十类都看成"小说",是不对的)。这里的"小说"概念尽管仍包容甚广,但毕竟已有较明确分类,为后来胡应麟和纪晓岚的日渐缩小、确定的分类提供了理论基础。其次,刘知幾承认"小说"和"偏记"都是史氏流别,是"史之杂名",强调了小说的叙事性,扭转了汉代将"小说"作为谈说理道的诸子之流的认识。他甚至挑剔《隋志》经史子集四科的分类标准,提请人们注意诸子中的叙事因素以及它与历史的关联:"子之将史,本为二说。然如《吕

---

① 刘知幾:《史通》,辽宁教育出版社,1997年版,第81页。

氏》、《淮南》、《玄晏》、《抱朴》，凡此诸子，多以叙事为宗，举而论之，抑亦史之杂也。"由此看来，一方面，小说的"说"的性质发生了根本性的转变，由原来的"因言系事"变成了"以叙事为宗"；另一方面，小说的历史属性得到了确认，不过因为它背离了实录而只能成为"杂史"（不同于目录学）。而这些"杂史"又是正史所应该参照择取的：

（小说百家）虽复门千户万，波委云集。而言皆琐碎，事必藂残。固难以接光尘于《五传》，并辉烈于三史。古人以比玉屑满箧，良有旨哉！然则刍荛之言，明王必择；葑菲之体，诗人不弃。故学者有博闻旧事，多识其物，若不窥别录，不讨异书，专治周、孔之章句，直守迁、固之纪传，亦何能自致于此乎？……苟如是，则书有非圣，言多不经，学者博闻，盖在择之而已。①

刘知幾是在历史的宏大视野下来看待小说的，他站在他那个时代的高度将所有叙事作品都纳入史的范畴，所以在对历史书法进行讨论时，他也经常会谈到《世说》、《搜神记》等小说（往往并提）。也正是在这种宏观视阈的观照下，来自于个人意识的逸事、志怪和琐言被视为了一类，聚在正史的外围（同一家族内），作为同一种类的叙事而存在。另一方面，他在增补小说入史的同时，又常常以一种蔑视的眼光看待这些小说，对它们严加批判，这就蕴涵着将这种另类叙事重新逐出历史领域的可能。比如《采撰》篇中说到《晋书》采《世说》、《搜神》之事：

晋代杂书，谅非一族，若《语林》、《世说》、《幽明录》、《搜神记》之徒，其所载或恢谐小辨，或神鬼怪物。其事非圣，扬雄所不观；其言乱神，宣尼所不语。皇朝所撰晋史，多采以为书。……虽取悦小人，终见嗤于君子矣。②

又如述及《书事》：

---

① 刘知幾：《史通》，辽宁教育出版社，1997年版，第83-84页。
② 刘知幾：《史通》，辽宁教育出版社，1997年版，第35页。

又自魏晋以降，著述多门，《语林》、《笑林》、《世说》、《俗说》，皆喜载啁谑小辨，嗤鄙异闻，虽为有识所讥，颇为无知所悦。而斯风一扇，国史多同。①

在放宽历史视阈的同时，又对小说叙事进行贬抑，强调小说的另类与差异，这不仍是一种叙事的排除吗？这种排除的后果，使得在强调道德理想主义的宋代，《新唐书·艺文志》中，原来还存在于史部杂传类的志怪、逸事作品终于和琐言一样被归类为小说，从史部脱出，以后小说的性质和范围就基本确定了。

刘知幾为何对同出于史氏的小说如此蔑视？在他看来，小说和历史叙事（或者说好的历史叙事与坏的历史叙事）的差异究竟何在呢？从他对理想的（历史）叙事的反复申明来看，区分的标准是是否和在何种程度上进行了"实录"。

何为"实录"？太史公在《自序》中已有交代："子曰：'我欲载之空言，不如见之于行事之深切著明也。'夫《春秋》，上明三王之道，下辨人事之纪，别嫌疑，明是非，定犹豫，善善恶恶，贤贤贱不肖，存亡国，继绝世，补弊起废，王道之大者也。"意味自己的历史书写将秉承孔子修《春秋》的精神，通过直录人物的行事来明是非，定犹豫，寓惩戒，兴王道。直录善恶是其关键，"余所谓述故事，整齐其世传，非所谓作也"②。班固在《汉书·司马迁传》中则明确界定"实录"：

> 刘向、扬雄博极群书，皆称迁有良史之材，服其善序事理，辨而不华，质而不俚，其文直，其事核，不虚美，不隐恶，故谓之实录。③

班固的"实录"观增加了书法、行文方面的内容，让人注意到"实录"与语言表征的关联；但它省略了关于实录的目的和意义的说明，有可能使后来者方向不明。《史通》追本溯源，多处

---

① 刘知幾：《史通》，辽宁教育出版社，1997年版，第70页。
② 司马迁：《史记·太史公自序》，中州古籍出版社，1994年版，第991-992页。
③ 班固：《汉书》，岳麓书社，1993年版，第1183页。

申说实录,主要是针对现实的流弊,重申前贤的主张,突出实录的方法论意义及道德评价功能。

关于书法:

> 夫所谓直笔者,不掩恶,不虚美,书之有益于褒贬,不书无损于劝诫。但举其宏纲,存其大体而已。非谓丝毫必录,琐细无遗者也。如宋孝王、王劭之徒,其所记也,喜论人帷薄不修,言貌鄙事,讦以为直,吾无取焉。(《杂说下》)(按:宋孝王著《风俗传》,王劭著《齐志》)①

实录的目的是褒贬和劝诫,昭显王道,所以在叙事方法上应着重于宏纲大体,而不必拘泥于琐细之事,如"帷薄不修,言貌鄙事"之类。烦琐的叙录只会使王道隐而不彰。而"近代史笔,叙事为烦",不仅私人琐事被纳入史传,传闻异辞也多混迹其中,《叙事》、《书事》、《烦省》、《点烦》、《杂说》等对此反复提出批评,并发表纠正的意见。《叙事》中提出"简要"的原则。"叙事之工者,以简要为主",如何做到"简要"?刘知幾从"三史"中归纳出四种叙事法:"有直纪其才行者,有唯书其事迹者,有因言语可知者,有假赞论而自见者。"《烦省》中提出"事不妄载"、"量事第篇"的原则等,都是对近代以来的繁冗不堪的叙事的疗救。

关于文字:

> 夫史之叙事也,当辨而不华,质而不俚;其文直,其事该(核),若斯而已可矣。必令同文举之含异,等公干之有逸,如子云之含章,类长卿之飞藻;此乃绮扬绣合,雕章缛彩,欲称实录,其可得乎?(《鉴识》)②

《汉书》在界说"实录"的时候,已经注意到叙事与修辞的联系。刘知幾也承认"文之将史,其流一矣"(《载文》),"史之为务,必籍于文"(《叙事》)。但"文饰"的问题在魏晋以后变

---

① 刘知幾:《史通》,辽宁教育出版社,1997年版,第151页。
② 刘知幾:《史通》,辽宁教育出版社,1997年版,第62页。

得非常严重,乃至于越过了应有的限度,出现华多少实或者文过饰非等情况。刘知幾感三史的文质彬彬,伤近人的"文胜则史",在《载文》、《言语》、《浮词》、《叙事》等篇多处辨析"文笔"与"史笔"的问题,其论说既不乏真知,亦有不少缪见。关于此题,后面将有详述。

关于实录的意义:

实录的意义在于通过直书善行劣迹以"明是非,定犹豫……补弊起废",此"王道之大者也",南、董、史迁正因之而称良史。而近世史臣或悼于权势,或谋于私利,《曲笔》:"班固受金而始书,陈寿借米而方传",或借书史而驰骋文才,遂离"实录"远矣,王道愈不彰矣。刘知幾痛感"当时载笔之士,其道不纯",因而希望以《五经》、"三史"为典范,恢复道统,使(历史)叙事重新走入正轨。

以实录的标准来衡量,小说的特征就比较明显了。其一是事有不核,即所谓不真实的叙事。所谓"不真实",无非来自两途——虚构和传闻。关于虚构,《史通》有明确认识,在《杂说下》追溯了其起源:"自战国以下,词人属文,皆伪立客主,假相酬答。至于屈原《离骚》辞,称遇渔父于江渚;宋玉《高唐赋》,云梦神女于阳台。……以兹叙事,足验凭虚。"骚赋的叙事当然是虚构设喻,以抒情志,《子虚赋》中以"子虚"、"乌有"、"亡是公"发言就毫不避讳这一点。刘知幾也认为汉赋"喻过其体,词没其义,繁华而失实,流宕而忘返"(《载文》),是文而不是史,所以他是反对《汉书》收录赋的,认为这会玷污史的纯洁性。近代的"逸事"、"别传",也有不少来自虚构,如《杂说下》所说"夫故立异端,喜造奇说,汉有刘向,晋有葛洪(指《列仙传》、《神仙传》等)。近者沈约,又其甚也","嵇康撰《高士传》,取《庄子》、《楚辞》二渔父事,合成一篇。夫以园吏之寓言,骚人之假说,而定为实录,斯已谬矣"。《杂述》论"逸事"之"妄者":"如郭子横之《洞冥》,王子年之《拾遗》,全构虚辞,用惊愚俗。"关于传闻,他则用了两套标准——可靠的传闻和不可靠的传闻。前者是经过史家刊核的:"观夫子长之撰《史记》也,殷、周已往,采彼家人;安国之述《阳秋》也,梁、益旧事,访诸故老";后者是流俗增饰虚造的,如"曾参杀人,不疑盗嫂,翟义不死,诸葛犹存:此皆得之于行路,传之于众口，倘无明白，其谁曰然。"当然对刘知幾来说，更重要的区别是功能性的，《世说》、《搜神记》、《幽明录》之类所收录的传闻，"其所载或诙谐小辨，或神鬼怪物。其事非圣，扬雄所不观；其言乱神，宣尼所不语"；而《左传》、《史记》、《汉书》所收的传闻，"此皆当代雅言，事无邪僻，故能取信一时，擅名千载"（《采撰》）。所以无论是虚构还是传闻，重要的不是事情是否属实（大多数神话和传说，史家是无法刊核的），而是话语表达是否可信，是否能得到主流思想（儒家之道）的认同。关于叙事真实性的问题，何以是语言或话语问题，后面还将详论。

小说的第二个特征，是其笔法走向了史的异端。史之叙事是"辨而不华，质而不俚"，近世小说却正好相反。《世说》、《笑林》、《俗说》等"其事芜秽，其辞猥杂"（《书事》），耽于嘲谑，可以说是"俚而不质"；《洞冥记》、《拾遗记》等近代杂书则背离《三史》，取法辞赋，"其立言也，虚加练饰，轻事雕彩；或体兼赋颂，词类俳优"（《叙事》）。六朝小说除了俳谐一流多用俗语而不用雅言，其叙事作品也越来越背离史传的春秋笔法，而转向琐碎的细节描写，这在南朝的志怪小说中表现很明显；又由于骈赋的影响，开始注重语言的雕饰，这一倾向延续到唐传奇。刘知幾没有明论唐传奇，但他不可能没有看到这种叙事语言发展的势头。

小说的第三个特征是价值论上的"非圣"、"乱神"。六朝志怪和王隐、何法盛等人的《晋史》"专访州闾细事，委巷琐言，聚而编之，目为鬼神传录，其事非要，其言非经。异乎三史所书，《五经》之所载也"（《书事》）；而《世说》、《语林》等流俗嘲谑则更是"无益风规，有伤名教"（《杂说》）。此小说所以为"小"也，其真能入乎史乎？

综观《史通》的"实录"思想，并以此考察小说与历史之别，可见关键还不在叙事是否真实，而在是否有益于教化。在实录的过程中，当"其事核"的原则与"明王道"的原则发生冲突的时候，甚至用"曲笔"亦无不可。《曲笔》篇有言："父父子子，君君臣臣，亲疏既辨，等差有别。盖'子为父隐，直在其中'，论语之顺也；略外别内，掩恶扬善，《春秋》之义也。……史氏有事涉君亲，必言多隐讳，虽直到不足，而名教存焉。"为了弘扬名教，"不虚美，不隐恶"，实际上是可以实行两套标准的,《春秋》为贤者讳,《史记》采帝王降生的传闻异辞,《汉书》美饰成、哀诸帝,都是合法的。对于"录异闻"也是如此,《左传》、《史记》"何尝不征求异说,采摭群言",但因其目的在阐明王道,故"能成一家,传诸不朽"(《采撰》)。从这一标准来衡量,《世说》、《语林》等流俗嘲谑,《搜神》、《幽明》等苟谈怪异,《洞冥》、《拾遗》等竞造虚词就是因为偏离了"明道"的叙事轨则,走向了世俗的趣味或新兴的文人集团的趣味,因而应该被打入另册,加以排除的;而不是因为它违反了"事核"或"不虚美、不隐恶"的操作规程。换句话说,好的叙事或"真正的"历史叙事是"明王道"的大说,而偏离这一宏大主题的叙事只能成为"小说"或"杂说"。"叙事"就是"序事","序事"的清整或混乱正是王道彰显的形式,而当代的小说纷纭并杂入王官之史,显然是王道衰败的象征。作为自古以来就职掌叙事的史家,"辨其指归,殚其体统"自是义不容辞。

但叙事的多途并进已是不可避免的大势,刘知幾的道德理想主义犹如孔丘之处礼乐崩坏之乱世而望周礼,即使"泪尽而继之以血"(《自序》),又能如何?就在他潜心创制《史通》的时候,一种比六朝小说更无稽、更华丽的叙事已经悄然诞生,指示着小说叙事将更加壮大、自成一流,无法被某人或某集团加以整合或排除。而《史通》叙事学的影响,也终只能局限于经典(古典,classic)史学之园地而已。

第三节 《史通》关于文辞与史笔的论述

《史通》对于叙事或"实录"既然以名教为旨归,而其名教的理想又如传统儒士一样,是落实于《五经》、"三史"的古代言说,则其关于"道"的象征(symbol,符号)形式所持的尺度就可想而知。在它之前,《汉书》已提出"辨而不华,质而不俚"的载道思想,这也是它所要伸张的;在竞逐绮丽的时代,这一命题尤为沉重而迫切。相对于其关于叙事的旨归和方法的阐述来说,它对叙事语言的阐释有较多积极的方面,当然也有落空之谈。

刘知幾关于叙述修辞的论述,主要针对近人叙事的繁冗和

"文饰"。前者指涉叙事的语法,后者涉及叙事用语的问题,两者当然具有一定的联系。比如六朝的"编字不只,捶句成双",焉得不烦?但对于刘知幾而言,它们毕竟还是两个不同的问题,烦笔属于不"善序事理",还能在史体的范围内加以补救,而文饰则可能损害史的体统,导致"文非文、史非史"的局面。所以文辞是上升到史笔的对立面来言说的。

作为史家,刘知幾自然能看到"文"和"文饰"的区别及其变化过程,更何况此前已有刘勰等人的理论总结可资借鉴。不过《文心》、《文选序》等,是为词人而作,而《史通》则为史家而作,论文的出发点和旨归都不同。《史通》紧扣文与史的关系来谈文饰之弊,对我们研究古典叙事的话语问题提供了更多借鉴。其关于文辞与史笔的关系论断,主要有如下三点:

(一)"文饰"违背"不虚美,不隐恶"的实录精神,往往华而不实,或文过饰非。从历史流变来说,"文之将史,其流一也"(《载文》),《诗经》、《楚辞》的时代,其文不虚,"若乃宣、僖善政,其美载于周诗;怀、襄不道,其恶存乎楚赋。读者不以吉甫、奚斯为谄,屈平、宋玉为谤者,何也?盖不虚美,不隐恶故也"。但自汉代以后,"文之于史,皎然异辙"。汉代辞赋"喻过其体,词没其义,繁华而失实,流宕而忘返,无裨劝奖,有长奸诈,而前后《史》、《汉》皆书诸列传,不其谬乎";至于魏晋以下诏命书札,则大抵"事皆形似,言必凭虚",刘知幾指出其失有五:"一曰虚设,二曰厚颜,三曰假手,四曰自戾,五曰一概。"他通过具体的话语分析,认为这些章表书策大都浮华不实,不应载入史册。

(二)文辞与史笔在汉魏以后已经"皎然异辙",是两套不同的话语体系,也是不同的人才禀赋。汉魏以后,已然出现了这样一个"文士"阶层,他们已形成独特的话语趋向:"其为文也,大抵编字不只,捶句成双,修短取均,奇偶相配。""其立言也,或虚加练饰,轻事雕彩;或体兼赋颂,词类俳优。"以之修史,必然导致"文非文,史非史,……刻鹄不成,反类于鹜者也"(《叙事》)。所以他在《核才》篇强烈反对"齿迹文章而兼修史传"。蒲起龙在《史通通释·核才》的尾批中道出了其论"文"的用心:

《载文》之言曰:"文之将史,其流一也。"《叙事》之言曰:"其为文也,编字不只,捶句成双。"兹又曰:"文之与史,较(皎)然异辙。"盖《三史》以上,文史一揆。骈体既兴,文笔难乎为史笔,其理然也。丽于色者,必靡于质;工为偶者,必拙于疏。盖公之时,值唐初运,连轸六朝,所谓"史局皆文咏之士",故对时局再三言之。①

其后还有一句话:"《史通》极诋俪词,卒亦自为俳体,正所谓拘于时乎?然其言为退之、习之辈前导也。"六朝文辞的弊病之烈,既可从"耻以文士得名,期以述者自命"的刘知幾本人的文风中见出,更可以从后来古文运动的声势浩大可以反观。从表面看,"文笔"和"史笔"是一种叙事体例冲突,因而要将虚华的"文饰"清除出史;而从实质看,是因为文人的个人话语已不复古道,远离《五经》。此前的裴子野著《雕虫论》,就是反对骈俪文的"摈落六艺"、"非止乎礼义";此后的韩愈鼓吹古文也是为了复兴古道。(《答李秀才书》:"愈之所志于古者,不惟其辞之好,好其道焉尔。")当然,和韩愈的贯道之文乃通变之文一样,其对于叙史之文的理解也是通变的,其《言语》篇即就此作出了深入的解析。

(三)"天然"与"隐晦"。"天然"是指史书记言应该追求自然;"隐晦"是指叙事语言应该含蓄有味。先说"天然"。这是《言语》篇的旨归。他先以"文饰"的历史合理性来反振篇意:"盖枢机之发,荣辱之主,言之不文,行之不远,则知饰词专对,古之所重也。"周代大夫、行人"尤重词命",战国游士"以谲诳为宗",此种"文饰"都是合理的。因为"战国以前,其言皆可讽咏,非但笔削所致,良由体质素美",用蒲起龙的话说,"由浑朴而流婉,而谲辩,皆是应声而出(口语),非若后世假章札以为工者"②,"而后来作者,通无远识,记其当世口语,罕能从实而书;方复追效昔人,示其稽古……而伪修混沌,失彼天然,今古以之不纯,真伪由其相乱"。仿古的文饰并不足取,录方言世语才是近真。王劭、宋孝王叙元、高时事,直录当时口语,被

---

① 蒲起龙:《史通通释》,上海古籍出版社,1978年版,第251页。
② 蒲起龙:《史通通释》,上海古籍出版社,1978年版,第149页。

"今之学者"讥以浅俗不文,刘知幾反讥之"犹鉴者见嫫姆多媸,而归罪于明镜也"。所以他认为史家载言应该语贵天然,"言必近真";一味模拟古人文辞其实是未能领悟道之通变,是有悖于史笔之正的。

与之相关的是叙事语言的"隐晦"。所谓"隐晦",刘知幾在《叙事》篇中有如下解释:

> 然章句之言,有显有晦。显也者,繁词缛说,理尽于篇中,晦也者,省字约文,事溢于句外。……夫能略小存大,举重明轻,一言而巨细咸该,片语而洪纤靡漏,此皆用晦之道也。①

可知"隐晦"又与前面所述的"简要"有关。其对叙事语言的要求,统名之"简晦"亦无不可,"简者词约事丰,晦者神余象表"②。但正如蒲起龙所言,"用晦之道,尤难言之"。刘知幾的论述并不很严密,他只是挑出《虞书》、《周书》、《春秋》和《左传》数条来说明"斯皆言近而旨远,辞浅而义深;虽发语已殚,而含义未尽。使夫读者……睹一事于句中,反三隅于字外",然后便转入到对近代"编字不只,修短取均,……弥漫重沓,不知所裁"的繁冗、文饰的批评。这样的对比互勘、厚古薄今,未必能令时人心折。毕竟事势不同,历史和语言都已日渐复杂,仍以经传之"数字包义"、"一句成言"来规范叙事语言,未免有刻舟求剑之嫌。不过他将"辞浅"作为"隐晦"的含义之一,与"天然"呼应,对于纠正叙事中过于追求雕绘辞藻的弊端是有积极意义的。

刘知幾以史笔核叙事文辞,虽不免峻急,但也给我们提供了若干启示。比如要求对语言的记录(直接引语)避免模拟,而直录当时口语,"言必近真",就很是击中了文人的短处。无论历史还是小说,文人在叙述人物对话时总是模拟文饰,给人感觉很不自然。这是中国叙事文学的通病。直到今天,小说家仍未解决好这一言文统一的问题。又比如叙事语言的繁华少实、"词没其义"

---

① 刘知幾:《史通》,辽宁教育出版社,1997年版,第52页。
② 蒲起龙:《史通通释》,上海古籍出版社,1978年版,第175页。

和"虚设"等问题，也很切中时弊，汉赋以后的文人叙事文讲究语言的外饰而不是内质，注重想象和辞藻而不能深入展现现实事件的曲折。由于这种语言形式的"施为性"（performativity）的影响，导致后来几百年的叙事文一直没有找到摆脱公式化的真正力量。宋人嘲笑《传奇》"以对语写时景"，并非来自古文家的高傲，而是普通读者都会有的一种反感。而唐传奇的衰落，也当与文人叙事话语的"美丽的腐化"有关。当然，刘知幾以史笔要求所有叙事语言，其视野未免过于狭窄。在叙事文体已然多途的情势下，语言形态也必然多样，以浑朴隐晦来规范嵇康之《高士传》、康王之《幽明录》（《杂说下》），不是很荒谬吗？

综观刘知幾的叙事思想，有如下值得特别注意之处：首先，他强化了唐前"小说"的叙事性，使隶属于言论的委巷之谈往叙事的方向发展（由《大唐新语》、《隋唐嘉话》、《国史补》等可见一斑）；而同时他指出逸事、杂传记的叙事性质不同于正史，与"小说"同为"异端"，为小说作为一种叙事文类的成立提供了理论准备，诚如程毅中先生所说，"唐代人开始把子部的小说和史部的杂传合并，就是从《史通》开始的。这是唐代小说观的一大发展"①。其次，他以"实录"为核心，提出叙事在方法和旨归上的若干意见，促使叙事取法史传（唐传奇之题材源自六朝志怪，叙述法本于史传），这在中国固有的文化条件下，无疑是给叙事文学指出了一条明路，唐传奇的兴盛即与此相关。其三，他对叙事语言的藻饰之风提出了严厉批判，倡导质朴、通俗、简洁的文风，对后来历史叙事和近史的小说叙事的语言的返璞归真产生了一定的影响。古文运动承其余绪，叙事散文的面目为之一变，取得了骄人的成绩。总的来说，刘知幾的叙事思想介于中古古典主义和现实主义之间，他的不少具体意见为中唐以后的现实主义叙事指出了方向。而他的道德理想主义又使他向往简明浑朴的古代世界（叙述的世界），与正在诞生的新的社会叙述擦肩而过（《史通》对本朝新出现的小说未置一词）。此后的古典思想家中，再没有《史通》这样的宏大叙事理论著作出现，这不能不说是中国叙事理论史上的遗憾。

---

① 程毅中：《唐代小说史》，人民文学出版社，2003年版，第4页。

第四章　唐传奇的虚构叙事思想

"唐人小说"特别是唐传奇的虚构特征，在古典时期就多有论述。不过传奇或"唐人小说"在整体上具有虚构性的发现，应在宋代以后。这一发现显然因为时代的迁移和参照系的扩大而不断清晰和深刻。兹录具代表性的几条：

> 盖唐之才人，于经艺道学有见者少，徒知好为文辞，闲暇无所用心，辄想象幽怪遇合、才情恍惚之事，作为诗章答问之意，傅会以为说。盍簪之次，各出行卷以相娱玩，非必真有是事，谓之传奇。
> ［元］虞集《道园学古录·写韵轩记》

> 凡变异之谈，盛于六朝，然多是传录舛讹，未必尽幻设语。至唐人乃作意好奇，假小说以寄笔端，如《毛颖》、《南柯》之类尚可，若《东阳夜怪录》称"成自虚"、《玄怪录》"元无有"，皆但可付之一笑，其文气亦卑下亡足论。宋人所记乃多有近实者，而文彩无足观。本朝《新》、《余》等话本出名流，以皆幻设而时益以俚俗，又在前数家下。
> ［明］胡应麟《少室山房笔丛·二酉缀遗中》

> 小说出于稗官，委巷传闻琐屑，虽古人亦所不废。然俚野多不足凭，大约事杂鬼神，报兼恩怨，《洞冥》、《拾遗》之篇，《搜神》、《灵异》之部，六代以降，家自为书。唐人乃有单篇，别为传奇一类。专书一事始末，不复比类为书。大抵钟情男女，不外离合悲欢。红拂辞杨，绣襦报郑；韩、李缘通落叶，崔张情导琴心；以及明珠生还，小玉死报。凡如此类，或附会疑似，或竟托子虚，虽情态万殊，而大致略似。其始不过淫思古意，辞客寄怀，犹诗家之乐府古艳诸篇也。宋、元以降，则广为演义，谱为词曲，遂使瞽史弦诵，优伶登场，无分雅俗男女，莫不声色耳目。盖自稗官见于

《汉志》，历三变而尽失古人之源流矣。

[清] 章学诚《文史通义·诗话》

在虞集的眼里，传奇似乎是从骚赋的传统流出的，刘知几也曾认为"辞人属文，皆伪立客主，假相酬答"是文人创作的虚构之源，唐代文人不好钻研经义而喜作文辞，故有了传奇的兴盛。胡应麟比较了解唐人与六朝的"变异之谈"（神怪叙事），认为后者多是"传录"而前者是"作意好奇"、"尽幻设语"。这一比较也被鲁迅作为小说进化为"（有）意识之创造"的口实。章学诚则从小说史的角度清理了"六代"、"唐人"和"宋、元以降"小说的三次变化，说明小说已远非《汉志》所说的稗官所录琐细传闻，也远非"小道可观"了。而这种变化的关键，显然是唐人小说的"附会疑似"、"竟托子虚"，宋元小说、戏曲不过是其形式的更张罢了。

现代的学者因为有现代（西方）小说为参照，自然更容易"发现"唐人小说的虚构，甚至以此为核心，而提出唐人小说的"文体独立"（董乃斌）或"小说的兴起"（韩云波）。在现代性的语境里，这样的阐释思路是不难理解的。因为现代的进化论思想，历史（时间）总是被看成是线性地连续地向现时的挺进，故当我们回顾过去时，容易倾向于寻找这一进化故事的源头、发展和高潮。至少，也会要寻找与现在的"客观对应物"。而唐代小说或传奇就正适合成为这样的目标。因为一方面，唐人小说/传奇的虚构意味正对应了现代"小说"（fiction，虚构的；novel，新奇的）这一名称，文学研究者终于发现可以以"小说"来命名中国古代的某种类型的叙事作品，并建构它的历史；另一方面，唐人小说的情节结构（头—身—尾的有机结构）也对应了现代小说的文体特征。这样唐人小说就成为中国小说兴起的一个界标，此前的"小说"就被看作小说发生的因子，看作"古小说"，看作"向传奇小说演进"（石昌渝）。此后的小说则顺理成章地被看作发展、高潮（白话写的长篇小说的出现，与现代小说如此接近，当然被看作高潮。也有人把唐传奇称为中国小说的"第一个高潮"）。这样的小说故事古人也曾讲过（比如章学诚），但他不会大张旗鼓地张扬，只有受了现代（在某种意义上意味着西方）刺激的现代人，因为感受到小说的重要，才会编出这样一个宏大的小说叙事来。但鲁迅先生究竟重史而不重论，尽管进化论思想甚明，他还是力求还原本相，不勉强古人，不似当今某些学者"强古以就今"。

站在当代来看过去，当然无法回避当下的视角和问题。本章提出唐人小说的虚构叙事，也是如此。但为了尽量实现"视界融合"，本章准备从两方面讨论唐人的虚构：①虚构和历史；②虚构话语如何成为成规。

第一节　唐人小说的虚构及其与历史的关联

唐人小说的虚构在很大程度上是经由宋代以后的文人所陆续发现的，而唐人很少持此观念。唐代中期曾发生过一场围绕韩愈《毛颖传》的争论，确实关乎虚构，但焦点却在"以文为戏"，不足以代表唐人对于当时为盛的传奇体小说的看法。相反，对传奇的有限评论以及创作者的自我表达却往往是从历史的视域中展现的。比如李肇《唐国史补》云："沈既济撰《枕中记》，庄生寓言之类；韩愈撰《毛颖传》，其文犹高，不下史迁。二篇真良史才也。"又如白行简《李娃传》篇尾云："予伯祖尝牧晋州，转户部，为水陆运使。三任皆与生为代，故谙详其事。贞元中，予与陇西公佐话妇人操烈之品格，因遂述汧国之事。公佐拊掌竦听，命予为传。"从征实和道德两方面表达此传奇符合史传的"实录"要求。再如爱情传奇《柳氏传》的末尾赞语："夫事由迹彰，功待事立。惜郁堙不偶，义勇徒激，皆不入于正。斯岂变之正乎？"亦乃史家之叹。——寓言俳谐之笔，何以称"良史才"？传闻虚拟之诗心，何以要攀附史乘？这是一个复杂的问题。

就唐人小说产生的文化语境而言，论者都会提到唐代史官文化和佛道文化等对唐传奇的影响，而尤以为史的影响为巨。比如历史琐闻类小说不仅兴盛，而且多以史家实录要求自己，《唐国史补》、《隋唐嘉话》、《次柳氏旧闻》、《唐阙史》、《唐摭言》、《因话录》等，都力求补史；而像《独异志》、《宣室志》、《酉阳杂俎》等杂俎性的小说集一方面能提供不少传闻性的社会史料，一方面仍以简洁史笔叙事。此皆可证历史观念和书法体例对于小说叙事者的影响。而对于传奇文和传奇集，论者也能找到诸多史的因素，比如均以"传"、"记"或"录"命名；其叙事记人之框架多拟史传体；不少传奇的内容亦有实际的人事依据，如《长恨歌传》、《东城老父传》之叙唐玄宗、《霍小玉传》之叙李益、《莺莺传》之为元稹自传，等等。当然还有许多传奇作者本身就曾为史官（王度、张说、沈既济、陈鸿等，不下十人），史官之身份与其叙事思想当然具有密切的关联。这种浓郁的史的气息显然与多数现代学者所建构的"有意识的虚构"的唐人小说论存在龃龉。而一些"力求还原"的学者也提出要淡化唐人小说"虚构"说的思想，如程国斌所言：

> 在界定唐五代小说之际，也要适当考虑到虚构的原则，但是，从唐五代时期人们的小说观念和当时小说创作的具体情况出发，不应过分强调这一原则。唐五代小说创造受史官文化影响较深，小说作家注重内容真实可靠，这在当时是非常普遍的，如果过分强调虚构的原则，那么，一些笔记体作品，甚至一些传奇名篇能否被称作小说，都要打上问号。比如，元稹创作的《莺莺传》，鲁迅、陈寅恪、孙望、卞孝萱诸位先生都认为它是元稹的"自传"，其内容基本符合史实，我们恐怕不能以缺少虚构这一原则来否定《莺莺传》的小说性质。①

这对于鲁迅、汪辟疆以来的关于唐人小说的现代阐释，无疑是泼了一瓢冷水。

如本章引言所述，鲁迅以来的现代小说史家，主要以现代小说观念框取唐人小说，鲁迅《中国小说史略》以进化思想详述唐传奇，而略去与六朝小说趋同的志怪和杂俎，其选编的《唐宋传奇集》均选唐人小说之富于幻设藻思者，足为其观念的具体展现；汪辟疆《唐人小说》更推波助澜，将唐人本来体例芜杂、包容甚广的"小说"简化为与现代小说同声相应的概念。延至当代，唐人小说就等于"唐传奇"，如章培恒、骆玉明《中国文学史》云："唐代文人创作的文言小说，即'唐传奇'"，唐传奇就

---

① 程国斌：《唐五代小说的文化阐释》，人民文学出版社，2002年版，第6页。

是虚构加藻绘的面目就基本成形了。这当然是偏颇的。程毅中先生就曾指出："唐代的单篇小说，前人多称之为'传奇'，但传奇并不能包括所有的唐代小说。"① 程先生自己的《唐代小说史》，就包含了单篇传奇之外的多种性质的小说集，如传奇、志怪、历史琐闻以及杂史和传记，已经不是以现代的小说概念，而是试图顺应传统来观照古人了。

但回过头来说，唐传奇不正是作为唐人小说的代表而被后人认知的吗（见前引章学诚论唐代小说之变）？虚构幻设不也是作为传奇的显著特点而刺激着宋元明清硕儒们的神经吗（不管是认同还是反对）？传奇作者真的"注重内容真实可靠"吗？如果"史"的文化意识确实对传奇产生作用，唐人的历史意识又究竟如何，虚构和历史又究竟是如何协调的呢？

钱锺书先生说："穷物之几，不如观物之全。"唐传奇的产生过程中，叙事者之虚构未必自觉："苟赋形未就，秉性不知，本质无由而见。"② 而在唐传奇的历史已成过去之后，后人却可以原始要终，推其本质。鲁迅先生曾认为传奇"源盖出于志怪"，后又认为"阮籍的《大人先生传》，陶潜的《桃花源记》，其实倒和后来的唐代的传奇文相近；就是嵇康的《圣贤高士传赞》，葛洪的《神仙传》，也可以看作唐人传奇文的祖师"③，道出了唐传奇与六朝杂传记的关联。今之学者或考定传奇出于史部杂传记④，或以为是"志人志怪的合流融汇"⑤，其立论或说明传奇的虚构传统，或说明其历史传统，或说明其"文备众体"，兼容并包，而见解之分歧颇能说明传奇本身含"方便有多门"。从唐传奇自身的文本特征来说，唐传奇既有正史传记的体例（《史记》对唐传奇的影响尤深），也有六朝杂传记之寓言，更有本朝之诗笔，如赵彦卫所云"文备众体，可见史才、诗笔、议论"⑥。而从其文体来源说，源自杂传记甚明，近人已多有考论（如李剑国、

---

① 程毅中：《唐代小说史》，人民文学出版社，2003年版，第6页。
② 钱锺书：《谈艺录·补订本》，中华书局，1984年版，第37页。
③ 鲁迅：《六朝小说和唐代传奇文有怎样的区别》，参见《鲁迅全集》卷六，人民文学出版社，2005年版，第335页。
④ 孙逊，潘建国：《唐传奇文体考辨》，《文学遗产》，1999年第6期。
⑤ 刘立云：《唐传奇的文本特征》，《四川师范大学学报》，2000年11月。
⑥ 赵彦卫：《云麓漫钞·卷八》，辽宁教育出版社，1998年版，第83页。

王运熙、孙逊、潘建国、熊明等）。但笔者以为，杂传记的出身并非说明它就是历史性的叙事。即以六朝杂传记而言，尽管它源出于史部，但《隋书·经籍志》和《史通》早已指出其多事虚构，不复为史家所囿：

> 又汉时，阮仓作《列仙图》，刘向典校经籍，始作《列仙》、《列士》、《列女》之传，皆因其志尚，率尔而作，不在正史。……魏文帝又作《列异》，以序鬼物奇怪之事，嵇康作《高士传》，以叙圣贤之风。因其事类，相继而作者甚众，名目转广，而又杂以虚诞怪妄之说，推其本源，盖亦史官之末事也。（《隋书·经籍志》"史部·杂传"序）

> 及（向）自造《洪范五行》，及《新序》、《说苑》、《列女》、《神仙》诸传，而皆广陈虚事，多构伪辞。……嵇康撰《高士传》，取《庄子》、《楚辞》二渔父事，合成一篇。夫以园吏之寓言，骚人之假说，而定为实录，斯已谬矣。（《史通·杂说》）

由《隋志》的描述可以清楚地看出杂传逸出正史而转向传闻与虚构的过程。本书对六朝特有的历史意识的分析也表明，文人和方士的历史和人物叙事通过"增补"历史的方式渐渐逸出历史的范畴。六朝志怪中已有不少人物传记，如《搜神记》中的"玄超"、"紫玉"、"李寄"，《幽明录》中的"东方朔"、"庞阿"、"甄冲"等，都杂以神怪，描述中对传闻颇多艺术加工。若把这些作品和《神仙传》、《高士传》结合起来看，鲁迅先生推断"传奇者流，源盖出于志怪"，《大人先生传》、《高士传》等可"看作唐人传奇文的祖师"的进化思想就颇有道理了。刘上生先生认为："（六朝）杂记体小说吸收了杂传体想象叙事的经验，加强人物描写、细节刻画、情节曲折、场景展示，就使纪闻实录的'小说'具有了一定的艺术虚构因素，并形成了初步的虚构意识。……当想象叙事成分不断扩大，以至于突破了事件原型的限制，就变成了虚构叙事。自觉的'意识之创造'就发生了。"他列举"刘晨阮肇"（《幽明录》）——"赵文昭（韶）"（《续齐谐记》）——"萧总"（《穷怪录》）——《游仙窟》的人神遇合叙事的不断委曲化和情境化说明唐人"作意好奇"是在这一基础上发生的"飞跃"①。此说极有见地,恰可以补充鲁迅先生当初的推测。而到了唐代以后,诗歌创造的热潮、行卷的风气、历史意识的变迁以及佛经的大量传播和转变说话等俗文学的影响等因素,造成虚构创作特别是单篇传记文(传奇)的虚构创作的风行,已是历史的必然。

但《隋志》"杂传序"明知六朝杂传广陈虚事、"不在正史",依然认定它"盖史官之末事",李肇明知《枕中记》为寓言,《毛颖传》为俳谐,依然评价"二篇真良史才",说明一方面虚构叙事仍需要在"史"的视域中加以评论,另一方面"史"之观念(历史与虚构的关系)又被新兴的知识阶层重新加以认识。比如,"良史"在传统史家看来,是以叙事的可靠性和"不虚美、不隐恶"的史德为基准的,《枕》、《毛》二篇,是"故为异说",岂得曰"良史"?而在唐代新的知识阶层的视野里,这一基本原则显然被"史才"悄悄置换了。究竟何为"史才"呢?陈平原先生认为,"这里的'真良史才也',指的是叙事能力,而非实录精神"②,"叙事能力"对应于班固所说的史迁"善序事理"这一点。李肇的评语中还有一句"韩愈撰《毛颖传》,其文尤高,不下史迁",也似乎表明他强调的是叙事水平的高超。在这样一个以文学为时尚的时代,"知识和思想的生产与再生产,常常要依靠装饰性的文学词语的推陈出新来维持着它的过程,人们把更多的精力放在文词的琢磨、故事的构思、声韵的推敲上"③,如果考虑到传奇的创作与举子们行卷、温卷的关系,则更可以推测高超的讲故事的能力的重要(迎合达官贵人的阅读心理)。这个时候,《史记》的叙述形式和叙述技巧(结构、描写和语言)显然是传奇作者更为注意取法的方面。但是,唐代对"史才"的认识恐怕不止于"叙事能力",《旧唐书·刘子玄传》曾录传主之言曰:"史才须有三长,……三长:谓才也,学也,识也。""叙事能力"是"三长"中的"才",还需有博通史籍之"学"和"达天人之迹,通古今之变"的"识"。李肇之前"善序事理"的唐代才人

---

① 刘上生:《中国古代小说艺术史·修订本》,湖南师范大学出版社,2003年版,第48页。
② 陈平原:《中国散文小说史》,上海人民出版社,2004年版,第252页。
③ 葛兆光:《中国思想史》第二卷,复旦大学出版社,2001年版,第21页。

及叙事作品众多,为什么独标《枕》、《毛》?盖在其才、学、识三者兼备;特别是其"史识",在思想越来越表面化的唐代士林中尤见深刻。《枕中记》以梦为外壳,通过卢生的宦海风波揭示了历史的真实和此等历史中的意义追求,结尾通过卢生梦醒后的感叹,表达了庄子一般的通脱,可谓独出胸臆,非官修史书论赞中的庸俗论调可比。而《毛颖传》则堪称一则杰出的政治寓言,篇末的议论"颖始以俘见,卒见任使。秦之灭诸侯,颖与有功。赏不酬劳,以老见疏,秦真少恩哉!"比所有儒林传的论赞都更真实有力。难怪在此文受到腐儒"驳杂无实"的攻击时,柳宗元会奋起为之辩护:"韩子穷古书,好斯文,嘉颖之能尽其意,故奋而为之传,以发其郁积,而学者得之励,其有益于世欤!"① 而这两篇的卓绝的历史认识却是通过虚构幻设的形式体现的,它们舍弃历史事迹的形似而力追历史真理的神似。显然,无论从创作者还是从评论者的角度看,人们心中的"史识"和"史才"已非传统的"实录"精神所能涵盖,而强调越出事实是否可靠这样的"低模仿"的层次(这是史匠所做的工作),而走向对历史"内在真理"的寻求。西方历史有两种传统,一种是如修昔底德的对事件的真实记录,一种是如希罗多德的对历史普遍性和永恒价值的追求。在西方文化传统中,对永恒价值的追求无疑是更重要的,这就意味着历史学家要超越真实但偶然的零碎现象,揭示具有永恒和普遍价值的事物。若以此为历史的目标,可证实的真实和想象出来的真实就无需加以分别。诚如洪堡所说:"历史的描述和艺术的描述一样,都是对自然的模仿。两者的基础都是认识真实的形象,发现必然,去掉偶然的成分。"② 希罗多德的历史观念,在司马迁的脑海中同样存在,其著史实践也体现了"究天人之际,通古今之变"的对普遍性的追求。但这种精神被后来的史家以其对"实录"原则的狭窄理解而庸俗化了。如钱锺书先生所言:"刘子玄(知幾)读史具眼,尚未窥此(史具诗心),故坚持骊姬'床笫私语'之为实录,只知《庄子》、《楚辞》之为

---

① 柳宗元:《读韩愈所著毛颖传后题》,《柳宗元集》,中华书局,1979年版,第569页。

② 洪堡:《关于历史学的任务》,转引自张隆溪《中国文化研究十讲》,复旦大学出版社,2005年版,第252页。

'寓言'、'假说'而不可采入史传。于'史'之'通'，一间未达。"① 对普遍价值（在中国古代叙事思想中，更主要地体现在道德价值）的寻求，于是不能仅由史家来承担，而更多地由小说来担当。唐代传奇文，就是以一种史与诗的结合的暧昧形式，来开始历史"内在真理"的寻求，许多史官或抱有浓厚历史意识的文人以虚构的手段解释现实，也许正是超越庸俗化历史的一种尝试。而此种将虚构叙事视为历史建构，并认为是"良史才"的观念，也正是大唐文化开放多元的表征；而此种观念在文人社群中的普遍存在，又反过来使得这种虚实参半的传奇创作成为一种制度化的历史—文学生产。唐传奇的兴盛，正当如此观。

对历史和虚构（小说）关系的辩论，如果局限于所叙述的事件真实与否，是永远也不可能争辩清楚的。一方面，历史不仅是发生过的事实，它更是关于事实的符号再现和叙述，语言的观念性决定它不是在复制（copy）事实，而是在制造事实。在这一层意义上，"叙事与其被当作一种再现的形式，不如被视为一种谈论（无论是实在的还是虚构的）事件的方式"②，在"谈论事件"的过程中，一系列成规（convention）经由各文化群体的交流协商而被确立起来。比如确定历史的起点、所有要处理的事件不可改变、证据缺乏时不可以凭借推测来填补空白等。这样的成规或纪律似乎可以将历史叙事与小说叙事（小说家可以自由地拒绝或改变事件，并任意处理时间）区分开来。然而更重要的历史叙事成规是：①怎样确定时间的开始和结束以便形成一个统一的故事，并借此传达意义；②被涉及的事件必须全部与某一主体有关，如一个人、一个地区或一个国家；③它们也必须被联系于人所关心的某种问题（历史发展规律、人的命运或道德准则）而被统一起来。"没有这些成规，面对一大堆纯粹事实，历史学家就会无从下手。知道什么对人有意义，历史学家就有了一个主题；知道人的思想、感情、欲望，知道它们的变化无穷的表现形式，以及作为它们的中介的社会结构，历史学家就能形成一个假设，以解释某件事

---

① 钱锺书：《谈艺录》（补订本），中华书局，1984年版，第364页。
② [美] 海登·怀特：《形式的内容：叙事话语与历史再现》，北京出版社，2005年版，第3页。

为什么如此发生。"① 而这样的成规，显然是历史叙事与小说叙事所共有的。在小说叙事的事件联系和历史叙事的事件联系之间，不存在可以判断它们的差异的标准。另一方面，历史是对于过去的理解和建构。叙事总是关于过去的，"被讲述的最早的事件仅仅是由于后来的事件才具有自己的意义，并成为后事的前因"，"因此历史、小说、传记都基于一种逆向的因果关系"②。这种逆向的因果关系既是叙事的意义和价值的支撑，也是源出于价值追求的形式设计。在此意义上，历史可以视为是人类追逐意义的虚构行为。海登·怀特认为：

> 与对实在事件的再现中的叙述性相关的这种价值源自一种欲望，即一种让实在事件显示出一种虚构的且只能是虚构的生活途径之一致性、完整性、全面性和闭合性的欲望。实在事件系列具备我们所讲述的有关虚构事件的故事之形式方面的属性，这种观念只能在愿望、白日梦和幻想中找到根源。构造完好的故事一般具有中心主题、适当的开头、中间和结尾以及一种能够使我们在每一个开头都能看出"结尾"的一致性。③

怀特的论述未免有把历史等同于虚构的危险（实际上他也是这么做的），因为历史叙事成规毕竟和虚构（小说）叙事有异（如不可改变事实，不可凭推测补充证据阙失留下的空白等），但对于迷信"史实"（史书记载的"事实"）的中国学者来说，仍不无醒示作用。由于历史话语在中国文化传统中的权威地位，治小说史的学者往往倾向于认为史书语言是透明的，史书叙事是可靠的，从而以一种话语去检索另一种话语的真伪，如把史书话语作为"史料"来检测某部小说的叙事为真或为伪。殊不知史书文献或史书叙事所借用的文献，都是来自人的记录和叙述，除了语

---

① ［美］华莱士·马丁：《当代叙事学》，北京大学出版社，2005年第2版，第64页。
② ［美］华莱士·马丁：《当代叙事学》，北京大学出版社，2005年第2版，第65页。
③ ［美］海登·怀特：《形式的内容：叙事话语与历史再现》，北京文津出版社，2005年版，第32页。

言本身的文化约定性以外，还存在着记录者的主观偏见。所谓事实，是不可能仅仅凭借这些陈述可以直接获得的。当代的语言哲学家（如 J. L. 奥斯丁）认为，真实（reality）不能设想为陈述与现实之间的关系，而应把它设想为语言运用中包含的种种成规的一个衍生物。历史叙事的真实是通过当时种种话语的商榷、参照而加以确定的。当史迁叙姜原践巨迹而孕后稷、刘媪与蛟龙交而生高祖，它们是真实的，因为当时的文化成规对于帝王降生是如此规约的，即使史迁自己有疑问，他也会选择此种叙事方式（话语或成规中包含有权力因素）。而一旦这种成规解除，史学家还以此种"通神"的方式叙述帝王降生的故事，就会受到"不实"的指责。六朝志怪的真实性的确立，同样是这种文化认同的结果。而到了唐代，《志怪》、《搜神》就被认为虚妄，盖因这种人神共处的叙事成规已被解除；根据当时人们（掌握话语权的人）对世界的感知经验，志怪的叙事话语已不是一种指涉性的陈述，而是一种模拟历史话语的、假装的言语行为，因而应该被看作小说。在以文学为时尚的唐代，这种模拟历史叙事的言语行为显然被看成是极为有趣且更有意味的（普遍的、内在的真实）。特别是中唐以后，文人才士从传统和现实中吸取各种话语资源（文学话语、宗教话语、民间话语），将它们加以改造和整合，最终以一种模拟历史叙事（特别是传记叙事）的形式呈现出来。

自鲁迅先生提出唐人"始有意为小说（fiction）"，大概已经没有多少人怀疑此论断的正确性。日本学者竹田晃也曾说："这种由作者有意识地虚构来展开故事的形式的作品，在中国小说史中是何时出现的呢？这就是中唐期（8—9世纪）出现的所谓'传奇'。"① 此说可以作为鲁迅观点的延伸。但他们对于"虚构"都是从作者主观方面加以界定的，如"有意识的"、"想象、幻想的"等，这当然不足以服人，读者大可以提出"你怎么知道……"之类的问题来质疑。当代不少学者显然发现了这一漏洞，纷纷从客观性的语言形式方面来寻求唐人的"虚构"与传统的历史叙事的区别。这些观点大同小异，董乃斌先生提出的关于唐传奇文体特点的六点意见，足为代表：

---

① ［日］竹田晃：《以中国小说史的眼光读汉赋》，《文学遗产》，1999年第4期。

①从它所反映的视野看，是由史著的政事纪要式记述，转变为小说的生活细节化描述；

②它突破了史述的记叙惟真原则，而进入自觉虚构，力求达到可以乱真的"第二自然"，即比史述更典型、更真实的境界；

③由于叙述视角的多样和变迁，它的篇章结构由史述的简洁、直线、顺序变为小说的繁缛、多变、多曲折、多拗逆；

④它在叙述语言的运用上，除继承史著的庄严持重风格外，更创造了多种别调，从而使小说具备了其孕育者历史散文所无的丰富色调和语境；

⑤它引进了戏剧性冲突机制使故事情节在人为操纵下波澜起伏、跌宕腾挪，并使之成为文章主体，成为其最吸引人的特色；

⑥它日益将注意力中心移置于人物形象的塑造上，既以客观描写突破了抒情诗的自我中心视角，又以多种文学手法超越了前人的写人水平。①

唐传奇文体的这六个特点，是董先生提出"文体独立"的理论基础。准确地说，它们是从各个角度标示出传奇写作和史传写作的差异，而不是从严格的文体（style，语言本身或具体语句的选择）比较来解释的。即使使用广义的"文体"概念，这里也只有①、③、④点是从文体上来说明的。其他见解类似的学者也多从这几点来说明唐传奇的虚构特征或小说的形成特征。② 但最关键的问题是，单从文体上是无法辨别唐传奇与史传的本质区别的。比如传奇中明显有"辞章体"和"史笔体"的区分，陈鸿、沈既济的文体如同一般史著的"简要"，他们写作传奇与写作史

---

① 董乃斌：《中国古典小说的文体独立》，中国社会科学出版社，1994年版，第5页。

② 李钊平：《论唐人小说对史传传统的内在超越——中国古典小说文体独立历程再回顾》，《陕西师范大学学报》，1998年1期；韩云波：《历史叙事与中国古典小说的兴起》，《社会科学研究》，2002年1期。

著时在语言选择上并没有明显的改变,但这并不妨碍我们把《长恨歌传》和《任氏传》当作小说来读。我们能够区分《长恨歌传》与《唐玄宗本纪》的根本原因,是因为前者的叙事话语采用了不同于后者的叙述成规,比如对灵境中的杨贵妃的大量描写、杨贵妃语言的虚拟代言,以及用诗歌来强化叙事的情感特质等——而这些叙事方式在史书叙事中都在"禁令"的条例中:不可叙未发生之事,不可凭推测叙人物语言,叙事者不可以动情等。所以对于唐人小说"虚构"及小说与历史的分离,既不能从作者主观方面加以判断,也不能从表面的"文体"形式加以论定,而应从话语成规的变化进行推断。

需要指出的是,尽管唐人小说对传统和当时的各种话语(文学话语、宗教话语、民间话语等)的认同和整合已足以使它创造出新的叙事成规——如诗赋言情、虚拟代言、情节化建构等——从而为后世演义戏曲开辟了所谓"文学叙事"的轨则,也使当今学者找到了"文体独立"或"小说兴起"的若干依据,但是通过严格的审查我们会发现,包括"传奇"在内的大部分作品,并未摆脱其对于历史叙事成规的模仿和依伴,说"兴起"、"始有意为小说"则可,说"独立"则未必当。站在唐代崇尚史学、多元话语交流共通的语境下,我们不妨把它们看成是历史话语成规复杂化的一种表现。在《朝野佥载》、《纪闻》、《阙史》等小说集中,这种试图靠近正史,又杂以各种叙事形式的作品,非常多见,表现出一种面对各种叙事成规无法裁定而又无何不可的心态。高彦休《阙史》"自序"以一种洋洋得意的心态表达了当时的情况:

> 皇朝济济多士,声名文物之盛,两汉才足以扶轮捧毂而已,区区晋魏周隋已降,何足道哉!故自武德、贞观而后,吮笔为小说、小录、稗史、杂录、杂记者多矣,贞元、大历以前,掇拾无遗事,大中、咸通而下,或有可以为夸尚者、资谈笑者、垂训诫者,惜乎不书于方册,辄从而记之。

无论是抄录他书还是自己创作,在这部以史为名的小说集里,真实与虚诞,历史与传说,史笔、文笔与俗说,都被一锅煮了,也没觉得有什么不妥。在这样一个大时代里,旧的成规未去,新的不断孳生,简单地认定和勉强地命名,是不合适的。

"唐传奇"作为小说的现代发现，诚然是有意义的，但论者对其虚构性的阐释，不可超过必要的限度，这一限度就是当时的文化成规。

第二节　唐传奇的叙事成规

上文已经阐明，"虚构"并非意味着语言与事实之间的不相对应，或者是对不存在之物的指涉，而是指偏离普通语言的一种虚拟的叙事成规。对于唐传奇来说，它主要是通过偏离历史的叙事成规来获得自己的身份的。但"传奇"之所以为传奇（fiction），不是因为其所述事件的新奇性，也主要不是因为其作者"作意好奇"，而是因为其有别于史传的叙事成规的形成。这种文本内部的属性决定把它当作历史性的杂传记是不正确的，而把它看作是与后代的演义戏曲一脉相承的游戏之作才可谓独具慧眼。唐传奇的虚构故事在后来的宋话本、宋元戏曲、明传奇和拟话本中一再出现，说明其虚构话语所具有的普遍价值，以及其叙事成规的持续影响。那么，唐传奇在其形成和发展的过程中，究竟形成了哪些较为稳定的叙事成规呢？它们又是如何形成的呢？这一问题对于我们理解唐代叙事思想以及以后几百年的叙事思想，显然都是极为关键的。

唐传奇的产生，通常认为与唐代文人社群的形成以及这一社群的经常性的游宴、宴会上的"宵话征异"密切相关。元人虞集曾提出"盍簪之次，各出行卷以相娱玩，非必真有是事，是谓传奇"，一方面认为传奇是文人们以前的"行卷"之作（可能出自赵彦卫的说法），另一方面又认为与朋友聚首（"盍簪"）的场合有关，态度比较暧昧。从不少传奇作品自身的交代来看，更多的情况是，传奇产生于宴会上的说故事行为，大家觉得某故事很有趣味或很有意义，便提请某人把它写下来。如《任氏传》云："浮颖涉淮，方舟沿流，昼宴夜话，各征其异说。众君子闻任氏之事，共深叹骇，因请既济传之，以志异云。"《长恨传》中还提到在一次聚会中，话及玄宗杨妃事，王质夫举酒提请白乐天为之歌，"乐天因为《长恨歌》"，"歌既成，使鸿传焉"。类似的情况在《李娃传》、《古岳渎经》、《庐江冯媪传》、《莺莺传》、《异梦录》等篇中都有说明。可以推知,聚会上的这些朋友将是这些作品的最早的读者,并由他们把这些作品在更广的文人阶层传播开来,从而引发讨论、唱和或竞赛。如沈亚之《湘中怨解》,就是与南昭嗣《烟中之志》的同题竞争;而李复言在聚会上读了李公佐《谢小娥传》后,复改作《尼妙寂》。因而,不管是追求"好奇"还是文采,文学之士组成的精英阶层的阅读期待将成为传奇书写的主要的考虑因素,并在此基础上形成传奇创作的基本成规。

从文本分析来看,传奇作品的写作成规在与历史传记仍保留若干相似的同时,对传统的历史叙事成规进行了较大的改造,比如时间的交代可能会被虚化,议论有时被植入过多的个人因素,对人物行状的直书中加入大量更具主观性的描写等。而更大的变化是,这些以"传"、"记"或"录"为名的作品实际上已有了另外的创作目的,或叙奇异故事,或抒个人怀抱,或俳谐游戏,或展示文字等,它们吸纳整合了历史之外的各种话语方式,自觉或不自觉地创造出一套新的叙事成规。从主要的和具有普遍性的方面来说,有如下三种:①"个人化"观点;②情节化修辞;③诗赋言情。传奇运用诗赋叙事的特征及意义,前贤已有较多论述,这里只就①、②两点进行阐述。

一、"个人化"观点

众所周知,中国古代的史家叙事严格遵守一种"全知"的观念来叙述事实,即使对于传闻故事,叙事者也常常做出无所不在的目击者的姿态,记录下他作为史官的所见所闻,比如《史记》中的"高祖斩蛇"、"留侯遇圯上老人"等均如是。这样的无所不在的目击者的姿态,我们可以称之为"史家"观点。六朝志怪叙述和杂传记叙述,基本上秉承此观点。只不过在志怪小说中,已渐渐出现少量从人物(或"行为者")观点出发的叙事(见第一章)。这种通过作品中某一人物的眼光和意识来讲述故事的方式,我们称之为"个人化观点"。在唐传奇中,这种"个人化"观点叙事显然已经成为一种成规,与"史家"观点叙事交相迭代转换,形成一种独特的叙事风格。

"个人化"的观点,又有两种情况,一是这种个人观点始终统一,不管他是主要人物还是次要人物,聚焦总是固定在他身上；一种是聚焦的滑动、变换，从此人的观点过渡到彼人的观点，并常常与非聚焦的史家观点相糅杂。这两种情况在唐传奇中都不少见。

第一种情况，也有两种形式：如《游仙窟》、《秦梦记》、《周秦行记》等，它们与现代小说一样，采用了第一人称的叙述形式；而在《玄怪录》、《东阳夜怪录》、《灵应传》等志怪作品中，却发展了第三人称的个人观点的叙事。正如布斯所言："说一个故事是由第一人称还是第三人称来讲述的并不重要，除非我们变得更加精确，能说清楚叙述者的特性如何与叙事文的特殊效果发生关系。"① 相对来说，第一人称的选择局限性较大，如果"我"没有充分的活动空间和接触对象，不仅叙述的可信性大打折扣，而且过多的自我抒发也会减弱叙事文的阅读效果。另外，这种人物的自我言说也与中国古代的价值观念有较大冲突。像《游仙窟》那样公开地、露骨地表述自己的情欲，几乎是不可接受的；假托牛僧儒的《周秦行记》写"余"与历代宫妃宴会嬉戏，虽只及外貌、神态和语言描写，亦被李德裕指为"将有意于狂颠"②。所以在本可以称"余"的主人公观点叙述的《古镜记》和《秦梦记》中，作者自称"度"和"亚之"，犹如《史记·太史公自序》以第三人称的"迁"来自称一样，以求得与读者的阅读心理（"慕史"之心理）的会通。正因为这些原因，第三人称的人物观点才更多出现。而这种类型的叙述观点大量出现在志怪类传奇作品中，也别有意味。我们可以自觉运用这一叙事法则的《玄怪录》为例加以说明。

《玄怪录》中以第三人称的人物聚焦来讲述故事的作品非常多，如《崔环》、《杜子春》、《郭代公》、《元无有》、《刘讽》、《柳归舜》等。除了《刘讽》和《元无有》等是由次要人物充当观察者外，多数作品都是主人公观点的叙事。这些作品尽管叙述声音来自故事外的叙述者，叙述眼光的区域始终不离聚焦人物。比如《元无有》，写元无有在一空庄小屋见闻四人吟诗，天明"就寻之，堂中惟有故杵、烛台、水桶、破铛，乃知四人即此物

---

① W. C. Bush: *The Rhetoric of Fiction*, Chicago, 1961, p150.
② 见汪辟疆校录《唐人小说·周秦行记·附录》，上海古典文学出版社，1955年版。

所为也"。从见、闻到"知",叙述者的意识始终不超越主人公,以传达真确的经验。同样以俳谐示人的《东阳夜怪录》也遵循这一成规,只不过在篇幅上更加扩大,加入了大段的人物自叙。《杜子春》中一连串的考验都从杜子春的感观着笔,令人惊惧不已。《崔环》除开头、结尾几句为史家式交代外,其他内容始终以崔环的视角为转移,叙述崔环在地狱中的见闻或感受。这种亲历地狱的叙述方式与《冥祥记·赵泰》等类似陈述非常相似,显然是释氏辅教小说的发明:借主人公的亲历亲闻,可以证地狱之实在。但牛氏的叙述显然更加深入,比如写崔环在"人矿院"被锤一段:

> 军将怒曰:"看既无端,问又不对,旁观岂如身试之审乎!"敕一吏拽来锻之。环一魂尚立,见其石上别有一身,被拽,扑卧石上,大锤锤之,痛苦之极,实不可忍。须臾,骨肉皆碎,仅欲成泥。

这种描述因为不仅一般地传达人物的视觉和听觉,还尽量传达聚焦人物的心理感知,产生的文学效果就更强烈一些。不过这种心理上的感知,在第三人称的观点叙述中,毕竟不如第一人称聚焦的小说那么来得方便——即使在《周秦行记》等第一人称的叙事中,也很少直接呈现内心的经验,而是通过景物描写和人物语言(又常常以诗赋的形式)间接地传达——这种"自我意识"的缺乏,与史家叙述的压力是有一定关系的。

第二种情况:人物观点或聚焦的变换。在志怪传奇中,聚焦的变化主要表现在人物(行为者)之间的自由转换;而在"现实主义"传奇中,却往往表现为内在式聚焦(人物聚焦)与外在式聚焦(史家叙述者眼光)之间的"越界"。前者可以《灵应传》、《玄怪录·张左》、《玄怪录·齐饶州》为代表;后者则在《莺莺传》、《长恨传》、《任氏传》、《霍小玉传》、《湘中怨解》、《谢小娥传》等小说中大量存在,常表现出在叙述者的外在式聚焦中,插入人物的内在聚焦方式,在冷静的史家陈述中,也不忘传达人物的热烈感受。

在志怪传奇中,传达怪异经验的需要使得不同的行为者都有可能成为聚焦对象。在《灵应传》这个篇幅漫长的小说中,节度使周宝、龙女、关使郑承符先后成为聚焦者。在周宝的眼光里，既有天上的符兆，又有龙女的绝世容仪，以及龙女自叙和论辩的博通恣肆；而龙女和郑承符的叙述眼光却与其长篇自叙重合。整篇文字里史家似的旁叙很少，大部分叙述由人物的见闻和言语构成。在《张左》这一简短而有趣的文本中，聚焦也经过了三次转换：第一次是张左见老父之神异而请"先生赐言，以广闻见"，实际上是让张左成为叙事者的代言人；第二次聚焦是老父陈说自己的经历（包括梦境）；第三次是占卜者陈述老父的前身薛君曹的经历。第三次聚焦又在薛君曹和占卜者（薛君曹耳中童子）两边转换。叙述者在任意展开叙事游戏的同时，也造成了叙述上的混乱，请看：

> 占者曰："汝前生梓潼薛君曹也，……八月十五日，（汝）长啸独饮，因酒酣畅，大言曰：'薛君曹疏淡若此，何无艺人降止！'忽觉两耳中有车马声，因颓然思寝。才至席，遂有小车，朱轮青盖，驾赤犊，出耳中，各高二三寸，亦不觉出耳之难。……"

既然是占卜者对老父的陈说，应该使用全知的记录语言或从占卜者眼光出发展开叙述才对，而这里却不合情理地出现了以老父（薛君曹）为焦点的叙述（而且是感受性叙述），真是"物无非彼，物无非是"，牛僧儒的"狂颠"，在此可见一斑。

在"现实主义"风格的传奇作品中，观点的变化常常表现在故事外的叙述者对不同观点的调节，在整体上以"全知"的观点叙事，而在具体的场景和细节中，却悄然选择人物的眼光来代替自己的眼光，造成对事件的多角度透视。比如李公佐的《谢小娥传》，前半部分叙小娥姓氏、籍贯、身份，及父夫被盗贼所杀、托梦等事，全然史家观点。自"至元和八年春，余罢江西从事……登瓦官寺阁"，转入第一人称的个人观点，如"余""乃凭栏书空，凝思默虑"以及小娥与"余"的对话等。而自"小娥因问余姓氏官族，垂涕而去"以后，所述小娥寻凶、报仇之事，又用"史家"观点，如"兰引归，娥心愤貌顺，在兰左右，甚见亲爱，金帛出入之数，无不委娥"，"初，兰春有党数十，暗记其名，悉擒就戮"；再从"其年夏月，余始归长安"，又转入第一人称的个人观点，叙述我和小娥的重聚、对话并转入末尾议论。在议论中，当事人"余"的视角与抽象的史家叙述人视角合而为一。这种"现实主义"传奇叙事显然既受史传叙事的深刻影响，又蕴涵着小说（虚构）叙事的新变，比较一下《新唐书·列女传》对此故事的史家叙述，中唐传奇的这一特点很容易理解。

在史传中，也有过选择人物观点叙述的情况，如《史记》：

《汉高祖本纪》：其先，刘媪尝息大泽之陂，梦与神通。是时雷电晦冥，太公往视，则见蛟龙于其上。已而有身，遂产高祖。

……常从王媪、武负贳酒，醉卧。武负、王媪见其上常有龙，怪之。

《刺客列传》：高渐离念久隐畏约无穷时……

鲁句践已闻荆轲之刺秦王，私曰："嗟乎！惜哉其不讲于刺剑之术也！……"

这种选择人物的眼光中来"看"和"想"的做法，在史传中是为了扩大史家全知的领域，以求得更具普遍性的历史真理。不过它也存在违反"禁令"的风险，所以史家叙事一般避免这种做法。《新唐书》的《谢小娥传》就将文中当时人的经验全部置换为史家式的记录。唐人传奇对历史和现实的描述目的不在普遍性的历史真理，而是求得特定阶层的思想和情感认同。如《南柯太守传》云："虽稽神语怪，事涉非经，而窃位著生，冀将为戒。后之君子，幸以南柯为偶然，无以名位骄于天壤间云。"表明其历史寓言是为"窃位著生"的"君子"们而作；而沈既济在《任氏传》中提出"察神人之迹，著文章之美，传要妙之情"，更能表达文人作浪漫传奇的特殊宗旨。这种新派文人的内在动机，及其集体性的观照背景，促使叙述者在采用史家观点的同时，会不时地以人物（作为叙述者自身的代言）的经验视角来看待具体的人物和事物——不是为了让人明了帝王人臣之道，而是让人感受人生的宿命，事件的新奇、神秘，以及被宏大历史所忽略的个人情感历程，在王朝大历史与个人或文人社群的小历史之间，就需要不断进行观点的调节。我们试以表达男女爱情关系的"浪漫传奇"为例加以说明。

在《莺莺传》、《霍小玉传》等最为出色的"浪漫传奇"中，我们可以看到关于女主人公的叙述，都不是像史传那样无中介地传达给读者，而是在一个特定的场合，经由人物的眼光和感知展现的，让我们感到叙述者就在现场（出自他的记忆或观察）。我们以《莺莺传》和《霍小玉传》这两篇作品加以说明。先看女主角的出场：

> 久之，乃至。常服睟容，不加新饰，垂鬟接黛，双脸断红而已。颜色艳异，光辉动人。张惊，为之礼。因坐郑旁，以郑之抑而见也。凝睇怨绝，若不胜其体者。（《莺莺传》）
>
> 遂命酒馔，即令小玉自堂东阁子中而出。生即拜迎。但觉一室之中，若琼林玉树，互相照曜，转盼精彩射人。（《霍小玉传》）

这些人间尤物的出场都出现在男性主人公的眼光之中，并伴随着一阵惊艳。《霍小玉传》中的李生不等看清对象"即拜迎"，是因为曾听长安名媒鲍十一娘对他说过"有一仙人，谪在下界"、"姿质秾艳，一生未见，高情逸态，事事过人，音乐诗书，无不通解"。女主人公先被大略介绍，继而在男性主人公眼光中展现其神情态度，也是后来小说中经常使用的一种成规——如《红楼梦》第三回从宝玉眼光中展示黛玉的外貌神态。这在唐传奇中已经大量出现，如《任氏传》、《柳毅传》等，与史传的客观化的人物描写有很大差异。不难看出，这种描写方式当是从辞赋中演变过来的，如《高唐赋》、《洛神赋》等，是文人叙事者个人的经验和想象的产物。

再看对男女主人公密室欢娱的描述：

> 俄而红娘捧崔氏而至。至，则娇羞融冶，力不能运支体，曩时端庄，不复同矣。是夕，旬有八日也。斜月晶莹，幽辉半床。张生飘飘然，且疑神仙之徒，不谓从人间至矣。（《莺莺传》）
>
> 须臾，玉至，言叙温和，辞气宛媚。解罗衣之际，态有余妍，低帏昵枕，极其欢爱。生自以为巫山洛浦不过也。（《霍小玉传》）

这两段情爱描写极其相似，都是在一种"中立"性的视角下描绘了女主人公的性感之后，再从内视角写男主人公的感受。而产生这种感受的一个重要因素是，两人刚刚在一个非常私密的空间极尽欢娱。这是属于情人之间的私人空间，这一空间中的灵与肉的交流是不足以为外人道的。事实上外人也无法获悉；史书对于床笫之事（包括言语）的记叙一般情况下被视为禁令，而在传奇中，却可以通过男主人公对友朋讲述自己经历的方式被人获知。在《莺莺传》的末尾，叙述者设置了一个张生和朋友讲述自己故事的情境，这就使得这种床笫之事在逻辑上让人可以接受。

朋友或宾客的在场在"现实主义"风格的传奇中扮演了极其重要的角色。一方面它不会让男女主人公沉溺于在与外界隔绝的情况下必然导致的情欲放纵，如《游仙窟》或某些发生在坟墓和荒屋中的艳鬼传奇，另一方面主人公的故事只是在一个小圈子的感知中展开，因而有别于史传的无限的公共性。通过这些在场的宾客的观察（或评价），事情在保持奇特性的同时，又仍保持了可靠性。比如，在《莺莺传》中，莺莺对张生所说的话"始乱之，终弃之，故亦宜矣"及其弹奏《霓裳羽衣序》，都是在宾客的眼光中展现的"左右皆唏嘘"；而莺莺写的长篇情书，也由"张生发其书于所知"——杨巨源、元稹等名流都在现场——而为时人所闻。在《霍小玉传》中，不仅霍小玉临终前的情态及恸号而死的悲剧高潮是在众宾客的眼光中展现的，"坐皆唏嘘"、"一座惊视"，而且李益对霍小玉的绝情显然也一直被"风流之士"和"豪侠之伦"所关注，"风流之士，共感玉之多情，豪侠之伦，皆怒生之薄情"，从而引发豪士劫持李益接受小玉和同侪道德审判的情节。这一文人群体的视角的存在，对唐传奇的独特叙事成规的形成起了关键的作用。它将先前的权威的史家观点转换为一种有限的观察，而这一有限的观察无疑包含更细致的经验性内容，如思想、想象、记忆、痛苦等，从而诱发以一种经验的真实代替表面的事实的真实。同时，由于这一群体观点的存在，外部的和内部的、普遍的和个人的事实和命令（道德律令）被连成一体。这两种事实结合在一起，足以说明历史叙述之外的"现实主义"（在18—19世纪的欧洲，"realism"和"fiction"是相互指涉的用语）的诞生，——尽管可能要过了很久以后，读者才会把这种现实主义当作一种虚构艺术，或者"浪漫传奇"。

以上的分析表明,以《玄怪录》为代表的志怪传奇和中唐时期大量出现的"现实主义"传奇在使用个人观点观照世界这一点上是共通的,不过前者在此方面的尝试和探索似乎走得更远,而后者即使表达梦幻和情爱,也仍难以摆脱史家观点的压力,如《任氏传》开头"任氏,女妖也"的介绍就非常刺目。不过从中唐以后的大量作品来看,无所不在的史家旁观者视角不再居于垄断地位,当事人视角以及或隐或显的"嘉宾"旁观者视角的悄然引入,使得关于现实人物和事件的叙述具有了更多的小说意味。

　　在这种选择人物作为叙述观点的小说中,我们还应注意叙述声音与叙述观点(视角)的区别。热奈特曾经在《叙事话语》中批评布斯把两者混淆;巴尔也认为两者应该区别对待:"叙述者与聚焦(观点)共同确定所谓的叙述——这样说不对,因为只有叙述者在讲述,即说出可以被称为叙述文的语言。"① 叙述声音是我们听到谁在讲述的问题,而聚焦是"视觉"(当然也包含世界观)问题。谁"看"与谁"说"是应该区分的。这样来看第一人称和第三人称的叙述,就有一定区别:第一人称的叙述声音与聚焦人物的观点相对统一,如《游仙窟》中的叙述者的声音来自主人公"余";而第三人称的叙述声音来自故事外的叙述者,叙述者的声音和聚焦人物的眼光常常不一致,比如当《崔环》中的崔环只知道自己行将被锤死的时候,叙述声音显然比他知道得更多。所以一般叙事学家都把叙述人称作为分析叙述者或叙述声音的基本步骤。当然,"第一人称"与"第三人称"在本质上是无法分开的,第一人称叙述无可避免地要包含第三人称叙述,而第三人称叙述中也会时时流露出"我"的情感态度和思想倾向。正如 H. P. Abbott 所说:"语法人称是叙述声音的一个重要特征,但更重要的仍然是我们要意识到故事叙述的声音色彩。在这一意义上,叙述声音是故事建构的关键因素。因此对叙述人而言,决定人称的类型十分关键,因为这将让我们知晓'它'是怎样将自己的需要、愿望和限制注入叙述,以及是否我们要完全相信我们所得到的信息。"② 以此观照中国史书叙事及六朝小说,我们就能

---

① [荷]米克·巴尔:《叙述学:叙事理论导论》,中国社会科学出版社,1995年版,第139页。

② H. P. Abbott: *Narrative*, Cambridge University Press 2002, p65 - 66.

发现《史记》、《冤魂志》等作品的叙述者的强烈的个人态度（第三人称史家视角下的自我个人声音）；再以此观察唐传奇的叙述声音，即使仍然保存了外在于故事的叙述视角，但发扬的却是《史记》中的《项羽本纪》、《伯夷列传》、《游侠列传》中的那种强烈的个人"观点"（viewpoint）。尽管我们可以轻易指出传奇叙述者在讲故事时所受到的种种限制——比如用第三人称过滤人物的声音——但表达个人思想、情感和奇特生命体验的愿望已经在叙事实践中形成一种"个人化观点"的叙事成规，应是毋庸置疑的。

二、情节化修辞

"个人化观点"如果和情节化修辞结合起来看，唐传奇的虚构艺术特征就会愈加显明。"情节"（plot）这一概念自从亚里士多德在《诗学》中提出以来，虽然一直被长期使用，但其含义已日渐模糊，正如 Abbott 所言，"英语世界的'plot'已经基本残废，因为我们通常已不是用它意指叙述中的事件的安排，而是相反——意指故事"①。而中文世界的"情节"观念，也与此相类，很多学者依从福斯特的以"因果关系"区别情节与故事的观点，实际上仍未能摆脱将情节理解为故事的传统观念。所以一般叙事学研究者都以"叙述话语"来表述与"故事"相区别的对故事的建构。但对于本文而言，"叙事话语"显得过于宽泛，故仍用"情节"来表述叙述文本对事件的安排或对故事的编织，它相当于俄国形式主义的"情节"；另一方面，中国读者心目中的情节观念，仍是本文所需要的。

一般认为，中国史传的叙述是比较松散的编年式叙述，没有刻意去营造内在圆满的故事（情节）。魏晋六朝小说较多地吸收民间叙述形式，出现了一些短小的故事，但由于受史传"实录"观念的影响，叙述者对民间传说或宗教故事都采用"征引"的态度，大多没有有意去幻设和编织，如鲁迅先生所说，"六朝志怪与志人的文章，都很简短，而且当作是记事实"②。由初唐的《古

---

① H. P. Abbott: *Narrative*, Cambridge University Press 2002, p16.
② 鲁迅：《中国小说的历史的变迁》，《中国小说史略·附录》，百花文艺出版社，2004年版，第243页。

镜记》、《梁四公记》、《冥报记》中的故事叙述可以见出这种承传。但从《补江总白猿传》和《游仙窟》开始，唐传奇的有意的情节修辞已渐趋浓厚，到中唐《莺莺传》、《长恨传》、《柳毅传》、《李娃传》等竞相推出的时候，"记叙委曲"、"缠绵可观"（鲁迅语）已成为多数传奇小说的话语特征。试以《白猿传》和《李娃传》为例观其大概。

《白猿传》的故事，可作如下概括：别将欧阳纥携美貌的妻子南征至险峻之地——一个阴风晦黑的晚上妻子突然失踪了——欧阳纥到处寻找妻子，一个月后找到妻子的一只鞋——又过了十天，在一个石洞中发现了妻子和其他妇女——洞中妇人告诉他如何制服劫持她们的神物（白猿），约定十天为期——十天后欧阳纥率兵将白猿杀死——一年后欧阳纥妻生下一个儿子，酷似白猿，"聪悟绝人"，后来知名于世。

单从故事本身来看，《白猿传》本身是一个由因果链环环组接的具有内在的有机结构的统一体，即所谓"情节完整"，和纯粹的以时系事、"以文运事"的史传式叙述有很大的区别。但更能体现出"传奇"特色的，是叙述者的情节化修辞。比如在纥妻被窃前，就安排了部人的预告："地有神，善窃少女，而美者尤所难免。宜谨护之。"这就导致一个选择：或信或不信。欧阳纥信了，并果断采取措施，"匿妇密室中，谨闭甚固"，但妻子还是很怪异地（"关扃如故"）失踪了。又当叙及欧阳纥来到洞中，见到妻子后，并不是直接带她逃走或杀死白猿，而是约以十日为期，等妇女们灌醉并捆绑它以后再加以解决，从而突出白猿的神力。而在故事已经结束后，又通过诸妇人之口补叙了白猿的经历和神通，特别是它预知自己"死期至矣"。——通过部人预告和隐蔽神物身份设置悬念，渲染气氛，又通过寻找和解决的曲折掀起波澜，后面又运用补叙使故事更完整、严密。整篇小说的艺术不仅表现在事件本身极富因果内涵（失妻—找妻—解决；神猿—异子—发达），更表现在叙述者运用多种技巧来建构故事。唐人所谓的"幻设"，如果在情节而非题材、故事的意义下解读，当更为准确。

再来看《李娃传》。这是一部人物众多、情节曲折的传奇，和《莺莺传》、《长恨传》一样对后来的戏曲小说影响甚大，宋代罗烨《醉翁谈录》将它缩写为《李亚仙不负郑元和》话本，元代石君宝将其改变为杂剧《李亚仙花酒曲江池》,明代薛近兖将其扩充为传奇《绣襦记》,而才子佳人故事中的"落难公子中状元"的母题,大概也滥觞于此。这篇传奇不涉怪异,是中唐现实主义传奇的代表作。其内容相当曲折,大略说来,写荥阳公之子(以下称"荥阳生")为妓女李娃所诱,流连妓院一年,耗尽资财,被李娃和鸨母设计抛弃,流落凶肆。他在凶肆歌艺比赛中声名远播,为父所知。其父恨其辱没家门,生被鞭打殆死,遂流落街头,以乞讨为生,冬雪饥冻濒死,为李娃所救。李娃痛悔,励其志于学。生应试高中,李娃亦被明媒正娶,并封汧国夫人。

这是一个双重"复活"的故事而不是一个普通的"浪漫传奇"。李娃从一个倚门卖笑的风尘女子而与名门之后结为伉俪,乃至被皇帝封为汧国夫人;荥阳生由一个好色的纨绔子弟而中进士,而"累迁清显之任",这双重复活的主题需要绵密的情节构造。鲁迅先生称白行简"叙李娃的情节,很是缠绵可观"①,那么叙述者究竟是如何通过情节化的修辞来抓住读者心理、表达宏大主题的呢?

总的来说,《李娃传》的情节是一个青年男女由相见、相知到圆满结合的"上升式"结构,但其中又包含"转祸为福式"和"难题-解决式"等局部结构。"转祸为福"是以荥阳生为主体加以结撰的,它包含如下几个基本"情节"(不宜采用普洛普的"功能"概念,因其"功能"是固有于素材的):

①荥阳生耽于美色,忘却功名,耗尽资财,终被李娃抛弃;

②荥阳生沦为凶肆挽郎,得名师指教新声,在歌艺比赛中夺魁;

③在京师被亲戚认出,回到父亲身旁。

这是第一段"转祸为福",见到父亲是祸福相倚,随即引起第二段"转祸为福":

④因辱没门庭,父亲将儿子鞭打几死并抛弃街头,从此沦为乞丐;

⑤冬日大雪,多不开门,冻馁将死;

⑥李娃闻声来救,旧情重生,既活其身,更励其志;

---

① 鲁迅:《中国小说的历史的变迁》,《中国小说史略·附录》,百花文艺出版社,2004年版,第244页。

⑦经过三年苦读和李娃勉励,生考中进士,复考中直言极谏科第一。

这两段"转祸为福式"情节可以合为一个,盖因祸起李娃,福亦因李娃,首尾闭合。它又镶嵌于整体的上升结构中。

"难题-解决"的情节运用于关于李娃的叙述,也可以分为两段:

①李娃有意于荥阳生,而受制于鸨母。(难题设置)

②李娃陈述利害,允以赎金,终于摆脱鸨母。(第一个难题解决)

③情人获得功名,又是名门之后,但自己出身倡门,门户不当,难为婚姻。(难题设置)

④李娃提出在剑门分手,荥阳生答应了。(延宕)

⑤荥阳公了解了李娃的节行,深为感动,遣媒聘娶李娃。(难题解决)

这两个"难题-解决"又可以合为一个,即一个地位低下的妓女如何与贵公子结秦晋之好。这个情节又与"男女相悦-结合"的整体结构相统一。

《李娃传》内容复杂而头绪井然,充分体现了叙述者高超的结构技巧。但这种技巧又不是人为的造作,所有的"事出有因"都显得是出于自然。尽管考据家发现其内容多为假托,甚至连男主人公的姓名都刻意隐略,但其对日常生活的描写(对非本质细节的包容)及其对事件进程的舒缓推进却很能造成一种"文化逼真"的感觉;其制作的"现实"(包含妓女因节操而升为贵妇的理想)因为契合当时的经验和知识而被认为是真实的,这正是现实主义情节修辞的秘密。

以上对两个小说的情节修辞的辨析只是表明,唐传奇的情节修辞已成为其叙述体的基本成规。我们相信,这种有意识的结构及其结构的复杂多样性随着作品分析数量的增加会更明确地被指认。韩国的宋伦美女士曾对《玄怪录》的情节和结构作过分析和概括,她以结构主义方法将所有58篇小说分为五种情节模型①,这样的分析当然也可以运用于其他传奇作品。比如《枕中记》、

---

① [韩]宋伦美:《唐人小说〈玄怪录〉研究》,北京大学出版社,2005年版。

《南柯太守传》中的主人公历经梦幻世界而回到原来的位置，可以和《杜子春》、《刘讽》、《崔环》等一样同属于"循环还原式"，《李章武传》、《任氏传》等人鬼恋爱悲剧一如《崔书生》、《王煌》一样为"下降式"情节，等等。这对于认知唐传奇的情节修辞之成规无疑具有积极意义，但是也存在将传奇作家自由创造的艺术简单化的风险。

关于唐传奇超越史传的编年体情节和六朝小说的概要情节能获得充分发展的原因，学者们多有推测，近来一种比较典型的观点是佛教的影响。比如蒋述卓认为佛教视世界、人生为虚幻的意识在六朝已被志怪小说所"翻版、借用和仿效"，"随着这些故事的输入，助长了中国小说的虚构意识。它是真正触动中国小说发生根本变化的原因"①。韩云波认为："在唐代小说兴起的过程中，至关重要的是小说叙事如何从历史中独立出来。……要从历史叙事内部获得小说叙事赖以发展的原动力，几乎是不可能的……小说的兴起，必须借助其他的因素。""这个'其他的因素'，必然是历史叙事之外的对处于萌芽状态的小说叙事的强大引导和冲击。佛教叙事就在从六朝到唐初的历史发展中，承担起了这一光荣而艰巨的人物。"其具体的举证，就是佛教小说的"因果报应"对于唐代小说的启发："其一是使故事的因果关系趋于完整"，"其二是使故事的因果关系趋于深入"②。

针对以上的观点，我们认为有如下值得商榷的地方。首先，如前面所说，虚构不应该被理解为对虚幻之事的指涉，而是对普通语言的模仿，历史不仅包含虚构，其情节修辞本身也可以视为虚构。只是在中国史书文本成为权威的再现结构的情况下，我们才把与之相异的话语结构视为虚构。正是在此意义上，表现不存在之物的六朝志怪能够凭借其话语结构与史传的同一性而被排除在虚构之外。而唐传奇的话语结构（情节、言语）与史传出现明显的分流而能被视为虚构。其次，亦如前所述，情节不是指具有因果关系的故事，而是对故事的建构。正是这种主观的认为的对

---

① 蒋述卓：《论佛教文学对志怪小说虚构意识的影响》，《比较文学研究》，1987年4期。

② 韩云波：《唐代小说观念与小说兴起研究》，四川民族出版社，2002年版，第256–257页。

事件的安排或编织才体现出虚构的基本性质。尽管传统小说因为读者对有因果关系的故事的兴趣导致小说作家对因果关系的重视，但此"因果关系"不能只是理解为故事的功能。佛教的"因果报应"在六朝小说及唐传奇中的移入或借用，往往是"功能"性的而非情节意义上的，比如《霍小玉传》的末尾写霍小玉鬼魂作祟报复李益，就是对"因果报应"的故事功能的借用。但显然小说叙事者对事件的因果联系的设置却不是"因果报应"所能涵盖的，比如李益抛弃霍小玉的原因是太夫人为他定了亲，对方是表妹卢氏，门第高贵且家财万贯，而"生家素贫"——现实的考虑让他背弃了当时的誓约，这岂是"因果报应"所能解释的？而对霍小玉而言，其被抛弃的命运难道是自己造业所致？叙述者显然没有这方面的暗示。由此可论及最后但并非不重要的一点：唐传奇的情节（故事建构）并非来自或主要来自佛教叙述方法的影响，而是博采传统的史传、辞赋、寓言、道教小说、俳谐说话等多种叙事技巧①，又在当时"人间小说"和古文叙事的促动下不断依据现实来创造和完善的产物。比如辞赋通过对话推进故事的方法在《甘泽谣》、《传奇》中就多有表现；《东阳夜怪录》、《元无有》等对俳优小说的吸取；《东城老父传》、《任氏传》对史传和杂传记的融化，等等。佛教小说的情节技巧也许在志怪类小说的情节中有较多传承或依傍，因果报类故事的罪过—灵应—报应；报恩类故事的施恩—困境—受报；地狱游行类故事的入冥—审判—游历地狱—受法醒悟等，但在"现实主义"类型的小说中，这种技巧的影响是有限的、局部的。即使在志怪类小说中，称得上"传奇"的作品，如《玄怪录》、《续玄怪录》中的许多作品，亦在宗教叙述模式中添加了许多来自史传、俳谐、辞赋和寓言的结构技巧，甚至以他种结构来解构宗教叙述，如《张左》、《顾总》，而使虚构行为本身成为阅读的趣味所在。

综上所述，唐传奇融合了传统叙事文的各种叙事技巧，着意打造适合于表达自身生命体验的叙述形式，创造了这个时代所特有的虚构叙事话语。它们有的以塑造故事见长，侧重表现事件的奇特，结局让人惊奇，如《霍小玉传》、《无双传》；有的以展示

---

① 李宗为：《唐人传奇》，中华书局，2003年版，第33－37页。

人物内心或才情见长，侧重展示一连串的片断的光华，如《游仙窟》、《莺莺传》、《长恨传》；有的甚至以炫耀自己的结构技巧为功，对传统的叙述加以游戏性的解构，如《元无有》、《张左》、《毛颖传》等，已经具有元小说（metafiction）的创造尝试。这些情节修辞作为一种共时的叙事秩序，在认同史传叙述的前提下，开拓了不同于史传的虚构叙事成规，在古代叙事史上写下了浓墨重彩的一笔。在宋元明清时代，不仅文人小说家和戏曲作家承袭了它许多叙述技巧和母题，就是民间说话艺人也在演说其中一些故事的同时，继承了其结构故事的方式，比如障碍的设置、非本质细节的陈述、用诗文来延宕事件的进程等。对于今天的小说家来说，唐人传奇的幻设技巧也仍然没有褪色，比如在武侠、玄幻等类型小说中，我们还可以看到它闪耀的光芒。

附录　唐传奇的时间叙述

前人之于叙事文学的虚构性，多注目于人物与事件的非真实性，因而对唐传奇的研究，多侧重于叙事与本事的区别，或者流连于其叙述的诗意效果。我们认为，唐传奇之所以能获得现代意义的"小说"或"文学"之名，概因其叙述者开始以一种新的想象和语言方式重构其生存经验。而在这种充满创造力的文学建构中，时间和空间叙述是最基本的维度。对于深受历史语境压力的传奇叙述者来说，时间的处理当然应放在更重要的位置。

一、错时

"故事中的安排与素材的时间顺序之间的差别我们称之为时间顺序偏离（chronological deviations）或错时（anachronies）。"① 需要指出的是巴尔的"故事"范畴对应于多数叙事学家的"情节"或者"话语"，而其"素材"概念对应于"故事"。"错时"在叙事文本中的出现，是很早就有的事情，《左传》、《史记》等历史文本已大量运用倒叙。有学者考证，《左传》中作为倒叙标记的"初"字出现了86次。② 《史记》则更多运用倒叙。但准确地说，史传中的这些倒叙在历史的顺叙中显得波澜不兴，微不足道，只起到一种交代事件起因或强化细节的作用，而不能改变其历史叙述的基本框架，也就是说，其故事时间与素材时间顺序基本上是对应的。道理不难明白：叙事者的记录历史的意识压倒了其主体再现的意识，历史的真实压倒了想象的真实。

唐传奇则不同。尽管其大多篇什以"传"、"记"的名目出现，所记的人事也多有历史的依据，但历史在这里更多是一个背景，一个让叙述者附会穿凿的时空舞台。比如《霍小玉传》，从时间、地点、人物到事件，表面上凿凿有据，实际上，整个作品有案可查的，只有李益这个人物及其多疑的性格，而其他人物如

---

① [荷]米克·巴尔：《叙述学：叙事理论导论》，谭君强译，中国社会科学出版社，1995年版，第59页。
② 傅修延：《先秦叙事研究》，东方出版社，1999年版，第201页。

霍王、霍小玉、鲍十一娘、营十一娘等，皆为虚构，作品中的李益，在这样的人物关系网络中，显然也不再能以历史的真实来把握。与之相比，假借了杨素、李靖、李世民等历史人名的《虬髯客传》就更加不受历史事实的约束，它的整个"素材"，包括时间、地点，全系虚构。正因如此，传奇中关于人物行动，以及由这些行动构成的事件的叙述，就应理解为叙事者的刻意编排（ordering），而不是历史学家忠于实际事件过程的记录。也就是说，它表现出亚里士多德所说的现实性与可能性的世界的对立（历史和诗的对立），或者托多洛夫所说的"事件秩序"与"词语秩序"的对立。这样，唐传奇的大量错时，才可以得到充分的理解。

西方叙事学家一般认为，错时主要有两种形式：一为倒叙（retrospection），一为预叙（anticipation）。前者是回忆或追述在叙事中某一事件之前发生的事，后者是预先叙述后来才发生的事件的手法。两种手法在唐传奇中都非常多见，共同构成唐传奇缠绕交错的时间结构。

倒叙在唐传奇中的呈现尤为明显。唐传奇中的名篇如《霍小玉传》、《任氏传》、《柳毅传》和《无双传》等都普遍使用了倒叙。以前三个爱情故事为例，三者都从中间写起，直接写男女主人公的相遇（在《霍》文中表现为一种"神遇"），然后再由主人公或旁观者叙述其身世经历，然后再往前推进故事。而在故事的推进部分，又往往穿插倒叙或预叙，从而使故事峰回路转，摇曳生姿。比如《任氏传》，开头直接写郑六乘驴而南，"偶值三妇人于道中，中有白衣者，容色姝丽。郑子见之惊悦，策其驴，忽先之，忽后之，将挑而未敢。白衣时时盼睐，意有所受"。而后写二人欢会，税屋以居，乃至韦崟侵犯任氏，闻其义烈之言，而愈爱之，终成不乱之知己。到这时，才由任氏自叙生平："某，秦人也，生长秦城；家本伶伦……"而这段倒叙又成为随后的任氏为韦崟罗致美妇的情节的前提。在以后的叙述中，又穿插了多处倒叙。如韦崟请任氏为自己设法得到昨日在刁将军府见到的美人宠奴，任氏乃出入于刁家，不二日，刁府派人来请任氏，任氏笑着对韦崟说，事情办妥了，然后才倒叙任氏之所为："初，任氏加宠奴以病……任氏密赂巫者……"其后又写任氏让郑六买病马以获利的事情，用的是同样的手法，以显任氏之奇。

唐传奇运用倒叙的手法，大概有两个目的：一是为人物传"奇"，一是在情节上设置悬念，增加阅读的趣味，两者又是相互统一的。《任氏传》中先写人物的美貌、刚烈之行，非凡之智，最后才交代其原为"非人"，可谓奇也。《柳毅传》中写钱塘君同样如此，先写柳毅的闻见"大声忽发，天彻地裂……俄有赤龙长千余尺……"的奇观，然后才写柳毅在宴会上见到此人，并由龙王兄弟的问答才知刚才钱塘君"杀六十万"、"伤稼八百里"，吞吃泾川次子的事迹。这是传人物之奇。而后叙柳毅娶卢氏女，一个月之后的一个晚上，"视其妻，深觉类于龙女"，于是以昔时事相探，未果。直到生下孩子一个月以后，龙女才笑着对柳毅说："君不忆余之于昔也？"由此才自叙龙宫别后的曲折。这一段倒叙，可谓一波三折，使读者兴味盎然。薛调之《无双传》中的倒叙，更是情节之奇的典范。其中侠士古生营救无双出宫的一段，扣人心弦。先写古生为救无双，要王仙客借女仆采苹一用，不久仙客却探听到无双已经被杀了。正当仙客悲痛欲绝的时候，古生背着死者无双回来了，让仙客灌汤药活之。这一系列叙述留下许多空白，让人满腹疑云，经由古生的叙述才一一解开。

使得唐传奇的叙述迤逦曲折的，还有预叙的作用。预叙在西方传统叙事文学中比较少见，远不如倒叙普遍，这大概是因为倒叙可制造悬念，而预叙则可能消解悬念。而在中国，先有殷商卜卦传统，后来有佛教的轮回果报思想的传入，使得预叙成为了中国叙事文的一种常规手段。在甲骨文中，可以见到一种由"前辞"、"命辞"、"占辞"和"验辞"所组成的叙述套式，所谓"占辞"，就是卜卦者看了卦象后对事情的预判，然后再由"验辞"陈述某事发生的具体情况。"占辞"就是一种预叙。由于卜筮文化的源远流长，即使在历史叙述文本中也常常见到由梦兆、鬼兆或物兆引起的预叙。傅修延说："中国早期叙事中常露出一种对未来事件的兴趣。以《左传》为例，据统计有关龟卜和筮占的详细记载有19次，日常占问不计其数，对梦兆、鬼兆和物兆的叙述也极多，而且这些'事先叙述'全都获得程度不同的应验。"[①] 其实，不只是早期叙事中有这种"事先叙述"的兴趣，

---

① 傅修延：《先秦叙事研究》，东方出版社，1999年版，第50页。

随着中国叙事文学的发展成熟，预叙已经成为一种传统，一种小说家创作武库中的常用工具，在唐传奇、宋元话本、明清小说乃至现代小说（如张爱玲《传奇》集）中均大量使用。

唐传奇的预叙的使用主要有两种方式。一种是在开头以概要的形式叙述主要人物的命运或结局，如《古镜记》、《枕中记》、《李娃传》等。这是一种外式预叙，里蒙－凯南对此的界定是——"故事外预叙法指的是（对）在主叙事的时间限制之外发生的事件（的叙述）。"①《李娃传》的开头即是这样一种形式——"汧国夫人李娃，长安之倡女也，节行瑰奇，有足称者。"另一种是内式预叙，即"处于主叙式内却在事件上居于主叙事后"。如李复言《定婚店》，写韦固想要早日娶妻而不得，一天，遇到来自幽冥世界的掌管婚事的老者，问他"今天将要见到的潘司马的女儿，可以成吗？"老人说，不成，你的妻子是此店北面的卖菜的陈婆的女儿，"适三岁矣，年十七，当入君门"。而后果然应验。《任氏传》写韦崟招市人张大为任氏买衣，张大见了任氏，惊谓崟曰："此必天人贵戚，为郎所窃。且非人间所宜有者，愿速归之，无及于祸。"即预示了任氏的"非人"的身份和后来的灾祸，也是一例。除此之外，唐传奇中还有一种预叙与倒叙相嵌入的叙述形式，这种形式的叙述无疑更增加了故事的魅力。如《霍小玉传》中叙述黄衫侠士挟持李益来霍之居所后，追述头天晚上，霍小玉梦见黄衫客抱李生来，席间李生让小玉脱鞋，梦醒后自解"鞋者，谐也。脱者，解也。既合而解，亦当永诀。……相见之后，当死矣。"这种因梦成谶的预叙，较为多见。但此处是包含在倒叙中展开的，使读者既生悲悯，又怀希冀。《任氏传》文末写郑六请任氏同去金城县，任氏再三拒绝，问其故，曰："有巫者言某是岁不利西行，故不欲耳。"任氏所言也是倒叙中包含预叙的话语形式。

二、节奏

节奏，或称"时长"，描述的是"素材诸事件所包含的时间

---

① 赵毅衡编：《符号学文学论文集》，百花文艺出版社，2004年版，第455页。

总量与描述这些事件过程的时间总量之间的关系"①。而在文本内部，又往往体现为一定的叙事速度的落差。早在20世纪初，卢伯克（Percy Lubbock）就对概要的加速的叙述和延宕的、场景似的描述作了区分。20世纪60年代后，西方叙事学家对叙述节奏作了更细致的研究，区分出四种（热奈特）或五种（巴尔）节奏类型，包括"省略"、"概要"、"场景"、"减缓"、"停顿"等。这一概念及其分类方法，对于我们理解唐传奇的叙述奥秘，无疑是有帮助的。

唐传奇以前的叙事，就素材时间和叙本时间的关系来看，整体上是前者大于后者，因而多属于"概要"（summary）的节奏类型，这里既有叙述话语对历史的臣服的原因，也有早期历史著述的简约风格的影响。但从文本自身的叙述速度来看，又总会有快有慢，张弛有度，因而不难见到叙本时间与事态时间大体相当的"场景"（scene）的节奏类型，如《左传》中的对话描写和《史记》中的场面描写。但唐传奇对于叙事节奏有它自己的创造，并对后来的叙事文学带来深远的影响，这突出地表现在"场景"和"停顿"（pause）两种节奏类型中。

我们先来探讨唐传奇中的"场景"。我们知道，唐传奇的"传记"体写作本受《史记》的影响，因而许多"场景"描述和《史记》中的有关片断相似。如对人物的对话、行动的细节描写，仿佛是实际的行为过程的再现。但唐传奇的"场景"中出现了下述新特点：①许多"场景"中包含着倒叙、预叙和非叙述的描写、评论等片断，这有助于读者更进一步摆脱述本与事实本身的联系而专注于前者。如前述《霍小玉传》中黄衫侠士引李益至霍府，直到小玉"长恸号哭数声而绝"，是一个大的"场景"，但其中又穿插了倒叙和预叙，并对人物神态作了趋向于静态的描写："……含怒凝视。不复有言。羸质娇姿，如不胜致，时复掩袂，返顾李生。"在这种情况下，"场景"实际上是反直线的，述本时间和事态时间的对应只不过是徒有其表，而这在历史叙事中是不可思议的。②在"场景"中，唐传奇的叙述者似乎有一种把时间节奏变为空间节奏和心理节奏的倾向，在与事态时间保持大体一

---

① ［荷］米克·巴尔：《叙述学：叙事理论导论》，谭君强译，中国社会科学出版社，1995年版，第77页。

致的外壳下,通过空间话语(景物、场面描写)和情感话语(对话和诗词)来造成抒情意境。在这种情况下,客观上的一个事件的发展过程被内化为一种无时间性(准确地说是"超时间性")的情感和情绪。如不足千字的《湘中怨辞》中的这一段,非常典型:

> 会上巳日,(郑生)与家徒登岳阳楼,望鄂渚,张宴。乐酣,生愁吟曰:"情无垠兮荡洋洋。怀佳期兮属三湘。"生未终,有画鲈浮漾而来。中为彩楼,高百余尺,其上施帷帐,栏笼画饰。帷褰,有弹弦鼓吹者,皆神仙蛾眉,被服烟霓,裾袖皆广长。其中一人起舞,含颦凄怨,形类氾人(郑生妻)。舞而歌曰:"溯青山兮江之隅。拖湘波兮褭绿裾。荷卷卷兮未舒。匪同归兮将焉如!"舞毕,敛袖,翔然凝望。楼中纵观方怡。须臾,风涛崩怒,遂迷所往。

这段话中,郑生和氾人的唱词(不是吟唱行为)成为突出的重点,两者互相照应,造成一种感情的应和,而环境描写虚渺飘浮,更加剧了作品的抒情气氛,使人忘却了现实的时间流动而进入到虚幻的情境,时间已然被空间化了。唐传奇中大量出现的诗赋,其在叙事中的功能大都如此。

其次说到"停顿"。《史记》中的停顿往往出现在人物传记的开头部分的外貌描写和结尾的议论或偶尔的人物事件交代,而中间叙述的大部分,往往马不停蹄,江河直下。而唐传奇作品中却出现了许多停顿,且停顿的方式除了文末议论明显承袭了史传外,有两种新的停顿方式很值得注意。

一是大量的诗歌造成的停顿。这些诗歌可能出现在文本中间,也可能出现在文尾。前者如《莺莺传》、《李章武传》,后者如《长恨歌传》等。但文中的停顿其实才是真正意义上的停顿,它具有很强的延缓效果,对读者而言,我们很容易忘记素材已经停顿,而沉浸在对事件的审美感受中。

其次是外貌、神态、环境描写和心理描写造成的停顿。如《游仙窟》中的自然环境描写:"深谷带地,凿穿崖岸之形,高岭横天,刀削冈峦之势。烟霞子细,泉石分明,实天上之灵奇,乃人间之妙绝……"《莺莺传》中写张生与莺莺初次欢会的情形,将神态描写与环境相交融，渲染了一种美的气氛："至，则娇羞融洽，力不能运肢体，曩时端庄，不复同矣。……斜月晶莹，幽辉在床。张生飘飘然，且疑神仙之徒，不谓从人间至矣。"《谢小娥传》中对谢小娥诛杀仇人的当晚的心理描写显然也造成了停顿。这样的因神态、环境和心理描写造成的停顿具有极大的美学意义，对后来的文学叙述产生了积极的影响。

三、时间叙述的文化内涵

以上我们讨论的时间叙述，或叙述时间，借鉴了西方叙事学家的相关法则。但是从本质上讲，对于时序或节奏的叙述分析是不能以这些法则简约化的。法国哲学家保罗·利科曾经批评结构主义叙事学家忽视了"由情节建构的叙事模型中时间的复杂性"，他认为"情节"既包含了时间又是叙述的表征，它是人类的"时间经验的现象学"，可惜的是，结构主义叙事学家抛弃了这一重要概念，与此同时，他们建构的叙述法则也就失去了真正的时间性①。

利科的叙述时间观念来自现象学，海德格尔在《存在与时间》中对时间性的阐释直接启发了他。海氏认为此在的基本结构是时间性的，而历史之为历史的历史性正奠基于此在的时间体验之上："首要地具有历史性的是此在"，"只有那同时既是有终的又是本真的时间性才使命运这样的东西成为可能，亦即使本真的历史性成为可能"。②

现象学的时间观念把我们的目光引向世内生存的男男女女，引向他们的"操心"、记忆和梦幻。他们对生命时间的领会及其叙说，因而也获得了对于历史——历史学家处理的历史——的优先性。

但现象学的视角仍有其局限性，因为在个体的不同经验的情节叙述之外，还有不同文化群落的时间范型和叙述范型（可以"情节模式"加以统括）的问题。在讨论唐传奇的时间叙述的时

---

① Paul Ricoeur: *Narrative Time*, W. J. T. Mitchell（ed）, On Narrative [C], Chicago and London: The University of Chicago Press, 1980: 165-186.

② [德]马丁·海德格尔：《存在与世界》，陈嘉映、王庆节译，三联书店，1999年版，第431-436页。

候，分析其文化方面造成的原因是内在必要的。

讨论唐传奇的时间叙述时，首先不可回避的是历史时间在传奇中的位置。不管是讲述男女情爱、人鬼遇合还是其他的种种奇闻异事，"天宝十年"、"元和八年"、"大历十年"之类的显在的历史时间总是叙述者所着意提到的时间标记，不仅在故事开头点明，而且还经常贯穿于行为者的行为历程之中。论者常以为这是史官文化和史传文学的传统的影响。这一点当然是不能否认的。但同样不可忽视的是，作为一种叙事话语，这样的"大历史"的时间，连带故事发生的真实地点、人物籍贯或者真实的人物姓名，它们赋予故事以权威性。这种权威性一方面确立了传奇的"现实主义"地基，另一方面也标识出叙述者的意识形态承诺。它表明叙事主体对外在历史压力的屈从，同时也是其自我认同的一种方式。犹如在20世纪中后期，很多人的名字带有诸多大历史的时间标记——"国庆"、"建国"、"跃进"——一样，此在的历史性与"大历史"相交缠。我们很难说这样一种取名方式就是非本真的。它不过是诸多上手方式中的一种。时代的递变会改变这种对大历史的信奉，比如蒲松龄的传奇小说便不再有这种大历史的时间坐标，而21世纪的人们也很少以"国庆"、"奥运"或"神六"给孩子命名。

而唐传奇体现其"浪漫传奇"或"诗性叙述"的特点的时间叙述，特别是其慢叙或所谓的"停顿"，常常与现代小说中的诗意场面极为相似。

这种节奏减缓乃至停顿的时间叙述，杨义先生曾以"时间幻化"为之命名，并解释为神仙佛教观念的作用①。但我们认为，人仙（或人鬼）遇合、梦境等，其实和现实境遇一样（如张生与崔莺莺的交际），都是人类的一种经验时间。唐传奇大量描写男主人公或女主人公的凝望、思念、梦境或者吟咏，绝非宗教文化所能解释的。我们认为，这是唐代文人摆脱外在历史束缚而追寻内在生命意义的一种努力。在《游仙窟》、《莺莺传》这类带有自叙特征的浪漫传奇中，情爱经验典型地传达了这种生命经验及其领悟。只不过神鬼佛教文化的广泛传播，使得种种奇幻的空间化

---

① 杨义：《中国叙事学》，人民出版社，1997年版，第二章。

的时间在当时人们的经验世界中，确乎占有一定的位置，成为人们超越现实时间的一种重要媒介，正如显性的历史时间在人们的理性意识中占据一定位置一样。

对于个体心理经验的推崇，这在魏晋以来的文学著述中已经非常普遍，唐诗的兴盛已经表征了这种文人文化。在抒情性的诗赋中，时间往往仿佛停止；而在叙事文中，景物、人物外貌或者场面的描写，也被叙事学家理解为"停顿"。其实这不是无时间性的"停止"，而是超时间性（超越外在历史）的"展开"。从海德格尔"对此在的领悟本质上是时间性的"命题来理解，这种超时间性的静态描述，仍然是时间性的。这种诗意景观的大量出现，反映的是中国"中世纪"末期（借用汉学家谢和耐的说法）文人对生存意义的领会。他们写下众多男男女女的"传"和"记"，绝非是为了"补史之阙"，而是要留下自己发现的存在意义，就如同他们用诗歌揭示存在意义一样。

诚然，这种诗性的时间叙述也不可过高地加以估计。因为一方面，在实践形态上，唐传奇的慢叙和静叙只是我们拿它与传统的历史叙述相比较时见出的一个突出特征，而这些叙述片段在文本中并不占据主导地位；特别是中唐以后，由于受古文运动的影响，简约而快速的事件叙述成为传奇文的一种主导方式。即使是《玄怪录》这类以超验世界的灵异事件为题材的作品，其叙述节奏也以快为主。另一方面，从理论上说，关于经验时间的叙述如前所述从属于情节，而情节的编织不仅得力于先后发生的事件，同时也依赖于叙事者所属的文化观念。利科认为："情节的基本特征，即是把事件联结为故事。而每一个对事件的叙述都包含着这样两个不同比例的维度，一种是时间性的，一种是非时间性的。前者可以叫做情节性维度，它以'然后……然后'的形式将事件编成故事；后者是构型的维度，通过它情节将零散的事件建构为有意义的整体。而这种构型的叙述行为来自一种判断，准确地说，是康德意义上的反思的判断力。"[①] 康德的"反思判断力"是一种先验的模型，如时空结构和因果律等，是人类认识的基础。在这一点上利科的认识还需要修正，即将这种"反思的判断

---

① Paul Ricoeur: *Narrative Time*, W. J. T. Mitchell (ed), *On Narrative* [C], Chicago and London: The University of Chicago Press, 1980: 165–186.

力"理解为不是康德意义上的,而是威廉斯意义上的:不同历史传统、不同文化模式下的人们有着对于时间经验的不同解释,正是这种"阐释的结构"把散落在时间中的事件建构为一个含有因果关系的连续体。而这样一种"阐释的结构"既允许个体在其中展示自己的生存经验,又会以群体的目光检视、评论乃至控制这种诗性经验的传达。

如此,我们就能理解唐传奇为何一方面留存了显在的历史时间的外观或框架,而另一方面却着意于人物内在的经验时间。唐传奇在一个规范的历史时序中,去展现人们对过去的记忆、对现时的感受以及对未来的筹划或希冀;在一个具有时代特征的历史节奏中,表达人物对世界的复杂感受或世界对人的感动。叙述者交相使用这两种时间(外在的和内在的),反映出当时文人创作者的文化矛盾。

下篇　唐宋元通俗叙事研究

第五章　宋元白话小说叙事思想

第一节　通俗叙事在唐代的形成

无需任何假定我们就可以知道，凡有人生活的地方就有故事，不管这讲故事的媒介和讲述的形式如何。鲁迅先生推测小说起源于劳作后的休息，因为人们在休息时，"必要寻一种事情以消遣闲暇。这种事情，就是彼此谈论故事"①。顺着这个意思我们还可以推测，人们讲述的故事是关于他们自己的生活和对世界的想象，他们讲述故事的语言是他们日常交流的语言。这在今天的民间口述故事和儿童讲述故事的形态中可以推出。但随着阶级的出现和书面记叙故事的出现，大多数人的生活故事被遮蔽了。文字一出现，即为统治阶级所掌握和控制，成为一种统治工具："夫经籍也者，先圣据龙图，握凤纪，南面以君天下者，咸有史官，以纪言行"（《隋书·经籍志》）。马克斯·韦伯很敏锐地发现，"在中国，举凡礼仪书、历书、史书之撰写都可以追溯到史前时期。即使在最古老的传说中，古代经籍亦被视为神奇的东西，因而精通这些典籍的人被看作是神奇的卡理斯玛的持有者"②。秦汉帝国建立以后，一方面，确立了"惟圣人之意尽心"的"帝王将相的家史"的历史叙述的原则，另一方面，也是非常

---

① 鲁迅：《中国小说的历史的变迁》，见《中国小说史略》附录，百花文艺出版社，2002年版，第234页。

② ［德］马克斯·韦伯：《经济·社会·宗教——马克斯·韦伯文选》，上海社会科学出版社，1997年版，第106页。

具有中国特色的，是确立了文言叙事的原则。本来，各国的文字都应该是口语的延伸，言文最初大致是平行发展的。但汉文字特有的保守性使得文字跟不上口语的发展。更重要的是，秦帝国的"车同轨，书同文"的文化政策加大了这种言文分离的距离。汉武帝时的文化和教育制度（"罢黜百家，独尊儒术"）以及培养通经博士弟子等举措更加固了文言（古文学习和写作）的垄断文化的地位。胡适曾经在《白话文学史》中大发感慨："汉武帝到现在，足足的二千年，古体文的势力也就保存了二千年。元朝把科举停了近八十年，白话的文学就蓬蓬勃勃的兴起来了；科举回来了，古文的势力也回来了，直到现在，科举废了十几年了，国语（白话）文学的运动方才起来。"①

但白话或通俗的叙事，显然不是始于元朝（胡适本人也无此意）。鲁迅先生在《中国小说史略》第十二篇"宋之话本"中就说"然用白话作书者，实不始于宋"，他指的是敦煌石窟中发现的《唐太宗入冥记》、《秋胡小说》等"俗文体之故事"。对于这一批以变文、俗赋、话本等文体形式叙述的故事，其语言到底是文言还是白话，或者说在"文白夹杂"的形态中到底是文言为主还是白话为主，学术界尚无定论。但把它们作为通俗（白话）小说的源头，应该没有疑问。王国维先生在《敦煌发现唐朝之通俗诗及通俗小说》中说："伦敦博物馆又藏唐人小说一种（按：指《唐太宗入冥记》），全用俗语，为宋以后通俗小说之祖。"②鲁迅和王国维先生的意见，也基本为当今学界所认同。

但叙事显然不仅仅囿于小说，历史、歌谣、诗赋都可以叙事。唐前的小说被看作是杂史杂传，因而和历史一样，必须以一种严肃的态度来书写，除了偶尔的疏忽，白话一般是进不去的。诗歌却有些不一样，尽管有"言志"和"诗教"的伦理约束，但《诗经》以来的传统却给诗歌的叙事留下了一定的空间，不仅民间的叙事可能以诗歌的形式被官方采取，如汉乐府，而且文人，特别是混迹于民间的下层文人叙述庶民故事的白话诗歌也可能被保存下来，如《孔雀东南飞》和《木兰诗》。但在崇尚王道教化

---

① 胡适：《白话文学史》，安徽教育出版社，1999年版，第12页。
② 周绍良、白化文编：《敦煌变文论文录》，上海古籍出版社，1982年版，第3页。

的儒家文化一统天下的时代里,这种以民间俗语叙述民间故事的书面文本只可能偶尔、零碎地出现在历史典籍中。胡适曾以西方的 Epic（史诗）来比附中国古代的叙事诗,可谓不伦不类,但他关于"故事诗"（epic）在中国不能成气候的原因,分析得极为恰当:"纯粹故事诗的产生不在于文人阶级,而在于爱听故事又爱说故事的民间","故事诗的精神全在说故事:只要怎样把故事说的津津有味,娓娓动听,不管故事的内容与教训。这种条件是当时的文人阶级所不能承认的。"①

中国文人阶级对皇家权力的依附性以及儒家观念的正统性决定了在他们中间不可能产生白话通俗叙事（无论是诗体还是散文体）,那么民间的歌谣和"说话"如何呢？自先秦至唐代的汉民族民间歌谣即便含有叙事成分,其主要功能也不是在讲述故事（没有发展成为西方或中国少数民族中那种历史叙事和英雄传奇）,而是抒发情感;其中文人诗赋对这些歌谣的影响也很明显。至于唐前民间说故事或说话技艺的发展情况,从散布在历代文献中的材料来看,也并不像许多学者所推测的那样,是朝着唐五代"说话"② 的"成熟"水平不断演进的。李骞的《唐"话本"初探》,胡士莹《话本小说概论》,萧欣桥、刘福元《话本小说史》等均从《史记·滑稽列传》中的倡优行止、曹植"诵俳优小说数千言"、吴质召优"说肥瘦"、隋侯白与杨玄感"说一个好话"等事例中描画出一个"中国说话发展史"的演进图,这一图示暗示:敦煌变文和话本的叙事规范,不过是本土的说话形式的必然发展,而佛教的转读和唱导等形式,只不过对这种新的叙事规范起了一种"催生"的作用。如李骞在讨论唐话本的形成时说:"唐代'说话'是在古代的宫廷优人说故事的基础上发展起来的。它是由短小的笑话,即兴的插科打诨一类的故事,发展成短小的民间故事与历史故事,以后又在这基础上形成说话的形式和内容。"③ 又如程毅中从变文和我国传统的赋的联系提出:"变文和

---

① 胡适:《白话文学史》,安徽教育出版社,1999 年版,第 64 页。
② 根据孙楷第《说话考》:"大概转变、说话,细分则各有名称,笼统的说则不加分别。"《说话考》,见《师大月刊》,一九三三年第十期。
③ 李骞:《唐"话本"初探》,《敦煌变文论文录》,上海古籍出版社,1982 年版,第 791－792 页。

赋之间并无不可逾越的界限。……我们有理由设想，变文是在我国民族固有的赋和诗体骈文的基础上演进而来的。"① 胡士莹《话本小说概论》分三节展示了从先秦到唐代的发展过程，暗示出民间说话不断进化的规律，第三节末尾总结说："唐代'说话'，源流上是继承了前代民间"说话"和俳优们的遗范，形式上有了改进，故事性大大加强了，比起魏晋六朝的"说话"来，有进一步的发展，达到了成熟的阶段。"② 萧、刘所著《话本小说史》则以"中土化"概念强调说话的内部发展规律："过去的俗文学研究者往往把敦煌俗讲文、变文看作是印度佛教文学的产物，而忽视了它们的中土化的特征。……实际上，唐五代俗讲无论从内容到形式都有极其鲜明的中土化特征，它虽有印度佛教的印迹或影响，但更多的或说更主要的是在中国传统文化、民间艺术的熏染和影响下产生的。"③ 该著还显然把唐代元稹、段成式等人记载的说话和"市人小说"看成是俗讲僧说话的影响源，在"唐五代的说话"一节的末尾明确地说："《庐山远公话》显然是俗讲僧借用说话艺术形式进行宗教宣传的一篇话本，它使我们想到唐五代的说话并不限于民间艺人，而且还扩大到了寺院僧侣。"④

很有意思的是，新中国成立以前的前贤，很少有持这种"本土中心论"的，胡适的观点"佛教禅门是白话文和白话诗的重要发源地"不必多说，我们看看郑振铎先生的关于变文格式的看法：

  在古代，散文里偶然也杂些韵文，那也"引诗以明志"的举动，和"变文"之散韵交互使用者并非"同科"。……
  "变文"（广义）的来源，绝对不能在本土的文籍里来找到。
  ……
  从唐以后，中国的新兴的许多文体，便永远烙印上了这种韵文散文合组的格局。

---

① 程毅中：《关于变文的几点探索》，《敦煌变文论文录》，台湾明文书局，1985年版，第372－396页。
② 胡士莹：《话本小说概论》，中华书局，1980年版，第27页。
③ 萧欣桥、刘福元：《话本小说史》，浙江古籍出版社，2003年版，第17页。
④ 萧欣桥、刘福元：《话本小说史》，浙江古籍出版社，2003年版，第37页。

讲唱"变文"的僧侣们，在传播这种新的文体结构上，是最有功绩的①。

再看饶宗颐对于变文文体渊源的看法：

印度人将故事随时插入诗歌，用一边讲一边唱之表达方式，表现于佛经中为散文与偈颂杂陈。通过翻译传入中国，引起一般僧人及文士注意和仿效②。

五四一代的向外看与新中国成立后一代的向下（民间、"人民"）看的不同意识形态背景都是我们所熟悉的，问题是两者还有一种共同的历史意识，即把历史看成是一种不断进化的统一整体，把话语的散布、并存看成是连续的非此即彼的历史运动，从而使之显示出某种规律，并用这种规律来逆向演绎、整合那些散落在历史各个角落的材料，正如福柯所言："人被询问自己是什么时，……历史连续性的主题又被旧话重提：一部历史不可能是断裂，而是变化（演进）；不可能是关系的游戏，而是内部的动力；不可能是系统，而是自由的艰苦劳作；不可能是形式，而是某种意识不懈的努力……"③ 胡适的白话进化史以及后学的"说话"发展史所依据的其实是同一逻辑，都出自一种未经反思的心理综合机制。只不过胡适一辈的注重"小心求证"的学风部分地消解了这种心理机能，而后学则在某种基本原理的指导下更强化了这种机能。

诚然，通俗叙事在唐前一直以口头传说的形式存在，但它未必是唐代盛行的"说话"（或"俗讲"）的先声。前述学者在"说话溯源"中找到的那些资料，正好说明唐前中国本土的"说话"一直停留在一个较低的发展层面上，多是发生在宫廷或贵族府邸的即兴表演，是没有什么情节的寓言或笑话④，与唐代的《伍子胥变文》、《庐山远公话》等不可同日而语。这些所谓的本

---

① 郑振铎：《中国俗文学史》，商务印书馆，2005年版，第169页。
② 饶宗颐：《澄心论萃·史诗与讲唱》，上海文艺出版社，1996年版。
③ ［法］福柯：《知识考古学》，三联书店，1998年版，第16页。
④ 《文心雕龙·谐隐》研究了这些发生于上层社会的谐言隐语，可参看。

土说话一直没有文本记录和流传从另一方面说明，这些服务于统治阶级娱乐的"说话"不可能层层累积成为唐代的说话技艺。事实上，如果要寻找唐代"说话"的源头（假如这种"源头"存在的话），应该从民间口头传说中去寻找，比如西王母的故事、孟姜女的故事、董永和七仙女的故事以及三国故事等，这些故事比宫廷或贵族府邸中的说笑有更加丰富的情节内容，它们为后来的职业说话人提供了丰富的素材。《吴越春秋》、《搜神记》、《世说新语》等杂史杂传以及裴松之的《三国志》注释就吸纳了不少的民间传说。但所有这些散落的叙述（神话故事、历史故事和民间故事）只有在一定条件下才能被高度形式化，而达到成熟的形态。唐代寺僧俗讲的展开，以及这种"说话"活动从寺院走向间巷，才使通俗叙事产生历史性的飞跃，并留下了这种口头叙述的文本形式。"说话"的行业概念产生于唐代（有学者追溯到隋侯白的"说一个好话"，但这里的"话"是"故事"的意思，侯白是官员而非伎艺人），而最早的职业说话人显然是六朝时期俗讲活动开展后渐渐分化出来的专以俗讲为业的俗讲僧。已有的资料表明，唐代的说话活动绝大多数发生在寺院斋会，像元稹《酬白学士代书一百韵》诗及自注中记录的说话情况（一个民间艺人"自寅至巳"，说了八个小时），应该是寺院俗讲的延伸和影响所致，而不是民间说话传统的必然发展；吉师老《看蜀中女转昭君变》则明显表明，这位来自蜀中的女艺人从说唱形式到说唱内容都出自于寺院的俗讲转变。可以说，是官方的允许、俗讲僧吸引徒众的动机和市民的需求几方面的综合作用促成了说话技艺的产生和发展，说话技艺是在俗讲僧手中酝酿成熟，然后才有民间说唱艺人模仿这种形式的说话活动的产生。

从说话形式来看，唐前的"诵俳优小说"或"说肥瘦"是只说不唱的，而印度说唱艺术却早已非常成熟，从演说（唱）佛教故事的《维摩诘经》、《降魔变文》中就可略见一斑；公元纪年前后梵剧产生，并出现马鸣、首陀罗迦等著名剧作家以及宏大的戏剧理论著作《舞论》。当这种强大的叙事艺术遇到中国的"俳优小说"时，会是谁影响谁呢？[①] 敦煌变文和话本中的韵散交织的

[①] 潘建国：《佛教俗讲、转变技艺与宋元说话》，《上海师范大学学报》第28卷。

叙述形式难道不是佛教（译经和俗讲）影响下的产物，而是本土的遗传吗？前人和近人的大量研究，已经给予这一问题以结论性的回答。①

综上所述，中国的通俗叙事（叙通俗之故事，以通俗的形式叙事）尽管在民间长期以口头形式存在，但一方面零散粗朴，不成系统，一方面隐而不显，顶多成为上层的戏谑玩笑，或以文言改写成历史资料，散落在历史的暗角。至佛教传入中国，唐代俗讲盛行，不仅原有的民间故事得到了组织和记载，而且在佛经传译和俗讲的过程中叙述故事的形式获得了长足的发展。自此以后的宋元说话和弹词宝卷等正是继承了这些说唱形式才获得了自身的独立体式，通俗叙事才成为与官方正史和文人小说比肩而立的"第三世界"，乃至成为现代文学和现代思想的重要资源。

至于何以说明唐代"说话"及"话本"具备了通俗叙事的特征，则只能通过书面文本和相关转变说话的记录加以说明。敦煌石室中发现的大量叙事文本（讲经文、变文、话本和故事赋等）显示：①这些文本主要是用当时的俗语而不是古雅的文言写成的。书写的情况比较复杂，需要考虑到僧侣知识分子的身份和原有的文言书面语的传统，以及书写的时代变迁，但总的来说，民间俗语已经大量进入这些文本，并有一种由雅趋俗的趋向。②这些文本的写作大约是说话人的底本，或者是说话的记录本，从题名、叙述语气、语言形式等方面都可以看出一些当场演说的痕迹。从题目看，《庐山远公话》即标为"话"，王庆菽认为《韩擒虎画本》的"画"当为"话"，张震泽认为《叶静能诗》的"诗"当为"话"。"话"的意思，据孙楷第《说话考》："凡事之属于传说不尽可信，或寓言譬况以资戏谑者，谓之话。"另外它还应该有用日常口语来说这种"话"的意思，如《任氏传》载作者与裴冀、孙成、崔需等人"水陆同道"，"浮颍涉淮，方舟沿流，昼宴夜话，各征其异说"。变文一类，原标题中的"变文"或"变"（如《舜子变》、《汉将王陵变》、《降魔变文》）表示是当场"转变"的底本或记录本，孙楷第曾说："说经中之事而不

---

① 孙步忠：《敦煌藏卷中白话小说的"韵散相间"体式与佛典传译》，《敦煌研究》，2000年第4期。

唱经文，当时谓之'转变'，谓其本曰'变文'，亦省称曰'变'。"① 从语言形式看，文中存有大量的说话标记，如"若为陈说"、"谨为陈说"、"说这惠远"、"说其中有一僧名号法华和尚"，等等，以及说书人模拟听众的自问自答的演说套语"是甚人"、"争（怎）得知"、"当尔之时，有何言语"、"当去之时，道何言语"、"当时有何言语"、"排此阵时是甚时甚节"等。如果把这种叙事格局和宋元说话联系起来，则"话本"（说话人的底本或抄本）的概念就可以成立。前贤在为敦煌文本分类时将这类以散文体叙事为主的文本命名为"话本"，一般出于此种逻辑。③大量文献表明，唐代俗讲已经大规模、经常性地展开，敦煌文献中的这些通俗叙事文本与当时和尚在斋会上口头演说的情形是正相呼应的。

日本和尚圆仁《入唐求法巡礼行记》记载了寺院奉敕命开俗讲的情况：

> 九日五更时，早朝归城，幸在丹凤楼，改年号，改开成六年为会昌元年。又敕于左、右街七寺开俗讲。左街四处，……右街三处：会昌寺令内供奉三教讲论赐紫引驾起居大德文溆法师讲《法华经》。城中俗讲，此法师为第一。慧日寺、崇福寺讲法师无此名。
>
> 又敕开讲道教。
>
> 从太和九年以来废讲，今上新开，正月十五日起首至二月十五日罢。
>
> 九月一日，敕两街诸寺开俗讲。
>
> 会昌二年正月一日，……诸寺开俗讲。
>
> 五月，奉敕开俗讲，两街各五座。②

这个入内大德文溆开俗讲的情况，在许多文献中都有记载，如唐赵璘《因话录》：

---

① 孙楷第：《唐代俗讲轨范与其本之体裁》，载《敦煌变文论文录》，台湾明文书局，1985年版，第71－128页。

② ［日］园仁：《入唐求法巡礼行记》，上海古籍出版社，1986年版，第26页。

> 有文淑（溆）者，公为聚众谈说，假托经论，所言无非淫秽鄙亵之事。不逞之徒转相鼓扇扶树，愚夫冶妇，乐闻其说，听者填咽。寺舍瞻礼，呼为和尚。教坊效其声调，以为歌曲。其诳庶易诱，释徒苟知真理及文义稍精者，亦甚嗤鄙之。近日庸僧以名系功德使，不惧台省府县，以士流好窥其所为，视衣冠过于仇雠。而淑僧最甚，前后杖背，流在边地数也。①

赵璘对于文淑法师的俗讲显然很是鄙夷，对文淑被流放的命运还有些幸灾乐祸，这里很可以看出当时的正统文人对佛家俗讲通俗化的不屑心态。《资治通鉴》二百四十三卷载："宝历二年（826）六月已卯，上（敬宗）幸兴福寺观沙门文溆俗讲。"元胡三省注云："释氏说法，类谈空有，而俗讲者又不能演空有之义，徒以悦俗邀布施而已。"大体相类。

俗讲发展到唐代中后期时，"除了在帝都按期敕命开讲以外，在各地寺庙民间社邑亦尝举行，流行极普遍"②。傅芸子在《俗讲新考》中认为，唐代自"安史之乱"后，皇室已不能对佛教寺院"作种种的布施为经济的援助了。当时的民间团体乃能作经济或物质的援助，代替富豪阶级成为寺院的保护者"。他从敦煌地区的文书资料"社司转贴"（社内的通知书）中发现民间"社邑同人轮流送纳物品供给寺僧，作为每次俗讲寺僧酬劳之用"③ 的情况，与胡三省"徒以悦俗邀布施而已"的说法可以互相参证。在这种社会条件下，俗讲内容越出佛教本身的教义和故事，而加进了许多民间传说、歌谣、历史故事甚至时闻，就容易理解了。郑振铎先生则从受众心理来推测俗讲内容的变化，亦颇有道理，他说："为什么在僧寮里会讲唱非佛教的故事呢？大约当时宣传佛教的东西，已为听众所厌倦。开讲的僧侣们，为了增进听众的欢喜，为了要推陈出新，改变群众的视听，便开始采取民间所喜爱

---

① 李肇、赵璘：《唐国史补·因话录》，上海古籍出版社，1979年版，第94页。
② 关德栋：《谈"变文"》，《敦煌变文论文录》，台湾明文书局，1985年版，第185－224页。
③ 傅芸子：《俗讲新考》，《敦煌变文论文录》，台湾明文书局，1985年版，第147－156页。

的故事来讲唱。"① 从上述《因话录》所述文溆俗讲的效果来看，演讲（唱）非佛教的通俗的民间故事必成为俗讲法师难以移易的策略。另外，根据近人的考证以及由变文至话本的叙事模式的定型过程来看，"随着世俗情趣对僧侣影响的进一步加深和僧侣队伍内部的分化，一部分俗讲僧侣离开正宗的教团组织，'舍本逐末'，成了事实上的'说话人'"② 也很有可能。职业说话人的出现，以及稳定的成规模的受众群体的形成，势必导致通俗说话创作的体制化以及"话本"（包括俗赋、词文、变文和话本）叙事艺术的不断完善。直到宋初（真宗）一道禁令中止僧侣演说之后，佛家的通俗说话才告一段落，但它的影响，却早已传开。从元稹《酬白学士代书一百韵》诗及自注、孙棨《百里志序》以及吉师老《看蜀女转昭君变》等文献来看，唐代转变说话已从寺院走向了文人府邸和民间"市场"，说话人已由俗讲僧扩大到民间艺人和女优，成为一种与佛教无甚关联的新型娱乐形式。到宋代，随着更具活力的市民阶层的形成和勾栏瓦舍的出现，"变文的名称虽不存，……但它却幻身为宝卷，为诸宫调，为鼓词，为弹词，为说话，为说参请，为讲史，为小说，在瓦子里讲唱着，在后来通俗文学的发展史上遗留下最重要的痕迹"③。

  而从历史发展的逻辑来看，通俗叙事在唐代形成气候也是必然的。首先，是佛教翻译对文言的冲击和佛教经典对传统儒家书面文化的消解。尽管真正系统地用白话翻译佛经是在唐宋以后，但佛教的口传传统和佛经本身的通俗性质使得汉语译文不得不尽量浅易，甚至吸纳口语。佛教经典，特别是《维摩诘经》和《佛本行经》一类的叙述性经典打破了汉文化本有的叙事传统（编年体和史传体），为新文体的开创准备了条件。其次，俗讲活动的展开迫使说话人不仅在内容上采取俗众喜闻乐见的历史和传说故事，在语言及音乐形式上也必须接近群众，尽管在敦煌相关抄本中尚未充分反映出来（存在传统书面语体的制约作用），但说话语体的变迁已可以看出口头语体对传统文言书面语的解构过程。

---

  ① 郑振铎：《中国俗文学史》，商务印书馆，2005年版，第228-229页。
  ② 潘承玉：《古代通俗小说之源：佛家"论议"、"俗讲"考》，《复旦学报》，2001年第1期。
  ③ 胡士莹：《话本小说概论》，中华书局，1980年版，第244页。

再次，佛教和道教的广泛流布、市民阶级的兴起以及唐代相对宽松的文化政策（三教论衡和敕命开俗讲等）导致儒家文化垄断地位的丧失，文化权力开始下移，并由儒家向佛家和道教扩散，由庙堂向民间扩散。庶民的历史记忆和历史想象，以及他们的价值诉求经由寺庙斋会到民间"市场"的不断扩大的场域得到了表现的空间。如果说叙事不仅是对人类行为的一种语言形式的组织，它还是不同文化、不同阶层的人群的一种交流形式的话，通俗叙事的产生正是话语公共空间产生的一种表征。尽管这一空间看上去还那么狭小，远配不上人们常说的"盛唐气象"，但它毕竟还是在帝国的统治下出现了。

第二节　宋元说话与白话小说概说

有唐一代，寺院和市场等场合已产生说话活动。到宋代，城市经济更加繁荣，市民阶级发展壮大，说话和其他一些技艺活动（如嘌唱、杂剧、傀儡、影戏、诸宫调等）成为市民精神生活的必需品。这些演艺活动的场所主要集中在瓦舍勾栏，北宋的瓦子数目已相当多，《东京梦华录》记载都城汴京的瓦子有新门瓦子、桑家瓦子、朱家桥瓦子、州西瓦子、保康门瓦子、州北瓦子等，其中"桑家瓦子……其中大小勾栏五十余座"，最大的勾栏，"可容数千人"，可见规模之大。南宋都城临安瓦子更加发达，据《南宋市肆记》记载，"有瓦子勾栏，自南瓦至龙山瓦，凡二十三瓦，又谓之邀棚"。在这些瓦子里，说话及其他诸种色艺繁盛发达，吸引着包括士人和城郊贫民在内的广大群众，据有关学者的推算，开封和杭州的瓦舍勾栏里的观众数量每天大约在五万人左右。与唐代市民娱乐相比，不仅参与人数大增（新兴市民数量增加），而且市民街头娱乐也不限于节日，勾栏里的节目是常设的，"不以风雨寒暑，诸棚看人，日日如是"①，宋代的社会生活，确实是大变了。说话的兴盛，正是在这样的条件下发生的。

说话在北宋已分出明目，各有名家，据《东京梦华录》卷五

---

① 《东京梦华录》卷五"京瓦伎艺"。

介绍:

> 崇、观以来,在京瓦肆伎艺:张廷叟,孟子书主张……孙宽、孙十五、曾无党、高恕、李孝祥,讲史。李慥、杨中立、张十一、徐明、赵世亨、贾九,小说。……吴八儿,合生。张山人,说诨话。……霍四究,说三分。尹常卖,五代史。

从中我们可以看到,北宋的说话已有了明确的分类,如讲史、小说、合生、说诨话等,说话人各据勾栏,吸引着相对固定的听众群体,特别是"讲史"一类中还分化出"说三分"和"五代史",并产生了演说这两种类型的著名人物。这是通俗说话渐趋发达的标志。到南宋,不仅有学者明确提出"说话有四家,各有门庭"①,而且"小说"分类也开始明确,如《都城纪胜》:"烟粉、灵怪、传奇、说公案、说铁骑儿。"《梦梁录》:"烟粉、灵怪、传奇、公案、朴刀、杆棒、发迹变泰之事。"罗烨《醉翁谈录》:"灵怪、烟粉、传奇、公案,兼朴刀、捍棒、妖术、神仙。"这些"小说"分类尤其具有意义,它表明说话人已不再是满足于演述帝王和英雄的"他们"的故事,而是开始表述下层作为民众的"我们"的故事。这显然是由听众(他们多是商贩、店员、医生、妓女、落魄书生和流浪汉一类的"市民")的要求所决定的。叙事不仅是一种认知方式,也是一种表达方式,尽管在讲史类的通俗历史叙事中说话人也代表听众表达了他们的情感评价和历史想象,但毕竟不如"小说"那样具体现实地再现他们自己的日常行为和喜怒哀乐。在烟粉、传奇、公案、发迹变泰的故事中,不同的人群看到了自己的爱情、遭遇和梦想,看到自己琐碎低下的生活获得了历史的实现形式,从而感到获得了"身份"和主体性。南宋"小说"的异常发达②,可以说正是市民意识高涨的表现。

南宋说话的发达,不单表现在说话分类的细化和说话人数的

---

① 耐得翁:《都城纪胜》,吴自牧:《梦梁录》。
② 胡士莹统计南宋说话艺人名录中,讲小说者64人,讲史书者33人,从一个侧面说明"小说"比"讲史"更受欢迎。另《醉翁谈录·小说开辟》中记录的小说话目有107个,实际的话目肯定要超过这个数字。

剧增（北宋有名有姓的说话人有14人，南宋有110人），还表现在行业性组织的形成，如"雄辩社"。关于"雄辩社"的具体介绍目前还缺少材料，胡士莹推测它"是说话人自己磨砺唇舌训练技术的组织"，"凡是入社的社员，非伎艺精熟不可"①。张兵认为，"雄辩社的出现，必然会提高'说话'的表演技艺。原先的师徒私相传授开始受到冲击，而代之以'市头'的统辖"②。还有一个行业性组织——书会，也是在此时开始形成的，周密《齐东野语》卷二十《隐语》云："古之所谓廋词，即今隐语，而俗所谓谜。……若今书会所谓谜者，犹无谓也"。书会的创作，除了小说，还有唱词、杂剧、隐语等，到元代，有名的书会和书会成员的记载渐渐增多，前者如永嘉书会、玉京书会、九山书会、元贞书会、敬先书会等，后者如李时中、马致远、花李郎、红字公（均为元贞书会成员）等。书会的产生，以及书会先生创作的白话创作的产生，无疑是在通俗演艺蔚然成风的背景下产生的，但胡士莹认为它们是"编写话本（说话底本）的团体"，却并不正确。这一判断的失误与当时对"话本"的片面认识有关，下文将会详细辨析。

13世纪后期，元灭南宋，统一中原。尽管城市经济依然繁盛，足以维持说话和戏剧等通俗文艺的存在，但由于政治意识形态的考虑，蒙古人对"聚集人众"、"恐别生祸端"的说话弹唱等伎艺活动明文加以禁止。特别是"随意据事演说"的"小说"（说话一家），因为更容易反映出当代的民族矛盾和社会矛盾，禁令的实施恐怕最力，而杂剧却因为统治阶级的喜爱而得到充分的发展。元人写的小说，多是对故宋生活的记忆，而很少看到元代世俗生活的图景，可以见出元代艺人和文人对现实的"麻木"。讲史尽管还有生存的空间，但显然已大不如前了。南宋有名的说话人据统计有110人之多，元代有名字记录的说书人只有时小童母女、胡仲彬兄妹和朱桂英等寥寥几位，可见说书的消歇景观之一斑。对于寻常百姓来说，听说书的消遣可能被看戏和看小说所代替。

---

① 胡士莹：《话本小说概论》，中华书局，1980年版，第71-72页。
② 张兵：《南宋"说话"的特征及其成因初探》，《广州师院学报》19卷第10期。

说话早在唐代已经明显地产生了，到两宋时期已经达到高峰，经过数百年的发展，必有相应的书面文学——白话小说——的产生。但白话小说是如何产生的呢？它与说话艺人的口头说话究竟是怎样的关系？在展开此讨论之前，不可避免地要涉及近二十年来聚讼纷纭的一个概念——话本。自从鲁迅在《中国小说史略》中提出"话本"为说话人的底本的判断以后，这一观念基本上成为流传于海内外的通识（20世纪80年代以前），而在国内最甚。至今为止的古代文学教科书，基本上都把宋元小说视为小说人的说话底本，学术界治小说史的著名学者，如程毅中、萧欣桥等先生，也仍持"底本"概念。这一概念还意味着，宋元时期的《大唐三藏取经诗话》、《五代史平话》、《大宋宣和遗事》等长篇被看成是"讲史话本"，《清平山堂话本》、《熊龙峰小说四种》等收集的短篇被看成是"小说"话本，明代的"三言"、"二拍"等被看成是"拟话本"。由是创作（或编写）小说与艺人说话夹杂不清，谬种流传，给古代白话小说叙事和民间口头叙事的研究都蒙上了一层迷雾。但自从1988年日本学者增田涉提出"'话本'一词根本没有'说话人的底本'的意思"的观点①以来，经过反复讨论，这一层迷雾正渐渐消散，尽管还没有结论，但估计新的共识在不久后将会产生。

国内关于"话本"及其与白话小说的关系的一些新观点有如下一些（择其要者）：

石昌渝《中国小说源流论》认为："话本"不是说话人的底本，从明代文献看，"话本"有三种含义——传奇小说、"抽象语"的故事、白话故事本子。"话本小说"（短篇）来源于"说话"，是"说话"这种口传文学书面化的结果。"说话人的底本只是口头文学的附属物，性质仍然是口头文学，不应与书面文学的话本小说相混淆。"②

---

① 原文《论"话本"的定义》发表在日本《人文研究》16卷第5期，1981年译成中文发表在台湾《中国古典小说研究专集》（第三集），7年后流入大陆学界，发表在《古典文学知识》1988年第2期。

② 石昌渝：《中国小说源流论》，三联书店，1994年版，第222—231页。石昌渝"话本"的辨析尽管依据明代文献，尚未回溯到"话本"一词的起源，但足以辨明"底本说"之偏颇。但石先生依然用"话本小说"指代宋元通俗小说，并认为它们是"口传文学书面化的结果"，还值得进一步商榷。

胡莲玉《再辨"话本"非"说话人"之底本》①则通过语义分析巩固了增田涉的观点，即"话本"的意思是"故事"，而不是"说话（或故事）的底本"。她还认为，石昌渝判断"话本"有"传奇小说"的含义也是错误的。论文最重要之处，恐怕是在对"话本"一词"最早"出现的《梦粱录》和《都城纪胜》的相关文字的读解，这两段文字也曾是"底本说"的重要依据，不妨再引：

> 凡傀儡，敷衍烟粉、灵怪、铁骑、公案、史书，历代君臣将相故事，话本，或讲史，或作杂剧，或如崖词。（《梦粱录·百戏伎艺》）
> 凡傀儡，敷衍烟粉、灵怪故事、铁骑、公案之类。其话本或如杂剧，或如崖词，大抵多虚少实。凡影戏，乃京师人初以素纸雕镞，后用彩色装皮为之，其话本与讲史书者颇同，大抵真假相半。（《都城纪胜·瓦舍众伎》

胡莲玉认为这两段文字的"话本"都作"故事"解。单看第二段，"其（傀儡）话本……大抵多虚少实"、"其（影戏）话本……大抵真假相半"，把"话本"理解为"故事"显然比理解为"说话或故事的底本"要恰切得多。但《梦粱录》中的一段却颇令人费解，一直以来很少有令人信服的标点和解读。胡氏认为"历代君臣将相故事"应为解释"史书"之语，此段当读为"凡傀儡，敷衍烟粉、灵怪、铁骑、公案、史书（历代君臣将相故事）话本，或讲史，或作杂剧，或如崖词"。如此，"话本"作"故事"解也说得通了。

许并生《"话本"词义的演变及其与白话小说关系考论》②则认为，上引两段文字中的"话本""是傀儡和影戏表演时用的文本"，"话本的'话'指为傀儡和皮影发声、说话。这种特殊演唱文本被宋代人称作'话本'"。他还根据民间的皮影戏表演的情况说明，"演唱者往往是一人手持唱本替数个皮影形体发声"，

---

① 胡莲玉：《再辨"话本"非"说话人"之底本》，《南京师范大学学报》2003年第5期。
② 《明清小说研究》，2004年第2期。

"把傀儡和影戏的演唱本称作'话本',这是'话本'的原始含义"。许并生这一观点非常新颖,可惜还缺少文献证明,基本上仍是从原文中读解出来的。如果此说成立,则不仅"底本说"不能成立,"话本小说"的概念也不能成立。

海外的研究,除了增田涉的观点,另有汉学家韩南和韩国学者金敏镐的看法值得重视。前者的《中国白话小说史》在描述所谓的"宋元话本"时用的是"白话小说"的概念,认为《清平山堂话本》和"三言"中保存的宋元旧本主要不是供讲唱用的,而是供阅读的,他审慎地提出:"约在元代已经有了一个白话小说的读者群,供阅读一定已成为写作白话小说的目的之一,甚至还是主要目的。"① 后者在论文《〈清平山堂话本〉不是"话本"》② 中认为,"说书人没有带着我们现在看得到的话本小说那样的底本。……现存《清平山堂话本》对故事的记述比较完整而细密,是非提纲式的文字,具有供人阅读的品质,是说书人的底本的可能性很小"。金氏的论据和解释都比较充分,令人信服。

综合以上诸家所说,笔者认为,"话本"当作说话人底本或"故事底本"没有充分的证据,理解成"故事"或"故事本子"比较可靠。但对"话本"的正确理解,还有赖于对"说话"和"白话小说"的关系的审辨。关于两者的关系,胡士莹先生的研究影响比较大,他的推理过程是这样的:

> 最初……说话艺人是没有底本的,说话内容的传授只靠口口相传。其后,说话的品目多了,篇幅大了,没有"本",就难以记忆,而艺人(包括才人、书会先生)的文化水平逐渐提高,写、印的条件也逐渐改善……唐代开始,就有了各种话本(从敦煌变文中可以略见,其名虽并非"话本"二字,其实确为说话或其他伎艺之底本),到宋代,话本便盛极一时。而后,话本逐渐被整理刊印成读物,并被不断加工甚而拟作,成为保有说话艺术特色的书面文学,亦即长、短篇的白话小说;这些经过反复加工的长、短篇白话小说,反

---

① [美] 韩南:《中国白话小说史》,浙江古籍出版社,1989年版,第31页。
② 《中国古代小说研究》(第一辑)。

过来又成为说话艺人的新的底本……①

根据这一推理，不仅"底本说"得以阐明，"话本小说"（对话本进行整理、加工或拟作而成的读物）的概念也自然形成。正是基于这样的逻辑，才导致学界长期认为宋元白话小说就是当时说话人的底本。这段论说问题不少，试一一指明：

首先，为了帮助记忆而编写话本的说法是一种常识性的错误。金敏镐和台湾学者王秋桂都以实证说明艺人帮助记忆只需要简单的提纲（人物姓名字号、武器名称、典型场景及韵文套语等），其他全凭临场发挥。已有的关于口头演艺的研究也表明，艺人的即兴表演程度很高，能力很强（胸中装有万千套数），在不同场次、不同场合演说的同一故事往往有变，艺人背诵的不是所谓"话本"中的情节和描写，而是大量程式化的诗词歌赞。艺人（特别是那些瞽叟）的记忆力是惊人的，据说有一个俄罗斯文盲能够演唱一首长达4万行的史诗②。西方学者对于荷马史诗的研究也表明，"《伊利亚特》和《奥德赛》属于口头文学范畴，创作于心中而非纸上，保存于记忆中而非书本上，通过诵演传达给听众"③（荷马的时代文字尚未发明）。世界各地口头演艺的情况至少有一点是类似的，那就是他们并不依赖写在纸上的故事，而是通过记忆和"程式"创造故事。我国的说话艺人如果说拥有底本的话，它们不可能是《清平山堂话本》或《五代史平话》这样的"话本"，或者如某些学者认为的《醉翁谈录》、《绿窗新话》一类的故事简本，这些都只是他们的参考书，真正的底本应该没有什么连贯性，更不会有生动、细致的文字描写。

其次，胡士莹把"艺人"与"才人"、"书会先生"混同，通过假设两者的身份同一性和活动统一性，而将后者编创的白话小说与"话本"自然地联系起来。这一假设的合理性是值得怀疑的。胡先生自己就曾提出了艺人的"雄辩社"与"才人"组成的

---

① 胡士莹：《话本小说概论》，中华书局，1980年版，第155页。
② Alastar Fowler：*A History of English Literarure*，Harvard University Press，1989，p2.
③ ［美］约翰·迈尔斯·弗里：《口头诗学：帕里-洛德理论》，朝戈今译，社会科学文献出版社，2000年版，第145页。

"书会"的不同划分，并推测书会"还有可能兼营刻书和发兑业务"，说明书会和说话人应该是各有所司的（在元代的分别就更加明显）。身份较高的、会写作故事的文人不可能附属于身份较低的艺人；说话艺人也无须依赖文人来给他们写脚本，他们自有广阔的故事来源。口头诗学的著名学者帕里在对西方口头诗歌传统的研究中指出：

> 正如"特洛伊陷落"的故事那样，"拉不达刻司之屋"的故事和其他希腊英雄史诗传奇，就其本身而言，它们并非源于某一特定作者的虚构，而是全体人民的创造，并一代又一代相传下来，欣然地传给那些乐意讲述它们的人。因此，在讲述中呈现的风格也不是一种个体的创作，而是大众的传统，并且这是在经过了若干世纪的发展，在诗人（演唱者）和听众中逐步形成的传统。①

这段话启示我们，说话艺人和西方口头诗人一样，他们所演说的故事和讲（唱）故事的形式实际上来自于民间。为什么"虞舜之父，杞梁之妻，于经传所言者不过数十言耳，彼则演成千万言"②？只是因为舜子和孟姜女的事迹经过民间代代相传，已经演变成了丰富动人的故事。北宋时尹常卖以讲五代史著名，他的底本是什么？难道是金元时的《五代史平话》这样的著作？鲁迅和胡士莹俱认为《五代史平话》是说话人的底本，但近人考证，《五代史平话》抄袭或改编史书（主要是《资治通鉴》）之处占据了全书四分之三的篇幅，且出自史书的部分基本上保持了文言的基调；更重要的是，关于五代史的史书《通鉴》、《新五代史》等的产生与尹常卖几乎同时，尹氏（或才人）据此编订脚本的可能性非常小。唯一合理的解释，只能是五代的故事在民间广为流传，特别是朱温、刘知远、郭威等人的发迹变泰故事，很能激发民间的想象，已经产生无数活泼动人的故事，这些故事才是尹常卖的真实"底本"。如果依据《五代史平话》这种大部分是僵硬

---

① ［美］约翰·迈尔斯·弗里：《口头诗学：帕里－洛德理论》，朝戈今译，社会科学文献出版社，2000年版，第48页。

② 郑樵：《通志·乐略》。

的史事叙录的文本来说话,岂可令尹常卖知名?

再次,如果以上的论述成立,则胡士莹所说的"话本整理成读物、加工成白话小说后,再反过来成为说话艺人的新的底本"的说法也不正确。胡氏大约想说明,像明清说书人演说"三国"、"水浒",又以根据"话本"加工而成的《三国演义》、《水浒传》为底本。实际上,说书人仍然不是以这些书面故事为底本,说书人说的是"水浒",不是《水浒传》。《水浒传》产生之前和之后民间流传的、不断丰富的故事才是说书人说的主体内容,《水浒传》顶多是说书人的参考书而已。再说,说话故事一旦整理、加工成读物,它就成了为了读者而写的读本,而不是对说书人的演出提供帮助的底本。研究一下《水浒传》的写法就可以知道,其布局和描写是专为阅读而设的,说话人不可能依此将故事送达听众的耳朵。同样的道理,《清平山堂话本》和"三言"中保留的宋元短篇小说,尽管模拟了书场说话的格式和口气,布局和描写还比较粗糙(也有些比较婉转),但它们一旦形诸文字,就不可能成为可资说话的底本,而只能是供阅读的文本了。

但是胡士莹先生认为白话小说是在说话的基础上逐步产生的,应该没有错。早期的白话小说,大约是根据"说话"整理加工而成的。有这么几个方面的证据:一是现考订为宋元小说的作品,如《红白蜘蛛》、《三现身》、《张生彩鸾灯传》、《王魁》、《杨温拦路虎传》等都可以在《醉翁谈录》的"小说"(说话一家)名目中找到出处。二是小说的体制是模拟书场的。入话、头回、正话、篇尾的结构,以及韵散相间的形式,应该是从讲唱伎艺中发展出来的。"正话"前加以"入话"和"头回"①,应该是说书人的发明,其作用是边讲边等待听众入场,并使先来的听众安静下来。"正话"中插入的诗词,最初应该是唱出来的②。从有关记载来看,宋代的说话往往采取边讲边唱的形式(大概是受变文演出形式的影响),只是到后来,演唱和说话发生了分化,说

---

① 鲁迅、胡适辈将"入话"和"头回"笼统称为"得胜头回"。
② 胡士莹先生考订为宋人话本的《刎颈鸳鸯会》中,穿插《商调醋葫芦》小令十首,每首由"奉劳歌伴,再和前声"提示语引起。参见马幼垣:《熊龙峰所刊短篇小说四种考释》注19,见马幼垣编:《中国小说史集稿》,台湾时报出版公司,1985年版。

话中的诗词部分（包括入话诗和散场诗）由唱改成了念白。三是语言。"却说"、"且说"、"话说"、"话分两头"是说话人关目转换时的常用语，无需多言。早期小说中还保留着"未知久后成得夫妻不？且听下回分解"以及"话本说彻，权作散场"等语，也显然是说话标记。最重要的是，宋元白话小说几乎是用纯白话写作的，很少唐代通俗小说写本的文白夹杂的情况，形成这一书面叙述的重大转折的动因固然是多元的，如佛教的白话叙录、口头演唱的发达等，但民间说话艺术的影响应该最大。民间说话人的语言应该是当地人的方言（从各地的相声和说书中可知），不可能是官话或文言，早期的小说模仿说话人的说话形式和语言（小说的读者和说话人的听众应有相当大的重叠），遂导致小说语言的白话化。在缺少外证的情况下，我们可以通过白话小说的语言和形式分析鉴别出白话小说发展的三个阶段：口头文本、模拟口头文本和写作文本。宋人白话小说大概停留在前两种形式；元代应该已经产生写作文本，但还不能摆脱模拟的风习；只有到了明代，其小说的创作或改编才完全与当时的说书无关。

综上所述，宋代说话在唐代说话的基础上产生了巨大的飞跃，不仅说话内容渐渐挣脱宗教的羁绊，庶民的现实生活故事也渐渐成为了说话的主体。在说话形式上，不仅有说史、说经（完全世俗化了）和"顷刻间捏合"的小说，而且小说更细化为数家，从而大大促进了叙事艺术的发展。庶民对故事的迷狂还导致了白话小说的产生，一大批因为受日常生计或交通条件限制不能现场听话的商人或文士需要故事，他们成为白话小说最早的读者群；而一些沉抑下僚、经常出入于勾栏的文人（或书会才人）因迫于生计，或出于兴趣，渐渐成为这些故事的编创者，有一定文化的说话人也可能自己把有关故事记录下来。到元代，随着印刷技术的发展和说话活动受到限制，以及大量文士仕路受阻①，白话小说的创作、出版和阅读成为一种显在的现象，并产生了伟大的成就。其中历史小说的成绩尤为引人瞩目，除《五代史平话》、《大宋宣和遗事》、《全相平话五种》等在此时刊印外，《三国演

---

① 1238年举行了一次科举考试后，停了77年，后来重开科举也不过是聊胜于无。

义》、《水浒传》实际上也在此时写成①。短篇白话小说方面，元代文人除整理刊行宋人小说，也有自己的创作，胡士莹考订至今流传的"宋元小说"中有元代小说16种，并考证《古今小说》卷三十二《游丰都胡母迪吟诗》的头回，就是（或源自）元代作家金仁杰的小说《东窗事犯》。元代的历史小说创作，其实已经经历了一个从形式粗糙到形式成熟的过程（罗贯中等高级文人的加入所致）。由元入明，历史小说愈加成熟；白话短篇创作，在晚明的冯梦龙那里，可以说达到了一个高峰，而宋元小说文本中的故事和叙事艺术对他的滋养，也是不言而喻的。

第三节　宋元小说文本的范围与话语形态

前一章的论述已经表明，"话本"不是说话人的底本，而顶多是对说话人所说故事的抄录。而这也只是在原始的"话本"中是这样。近世学者在《清平山堂话本》、《熊龙峰小说四种》、"三言"和《西湖二集》中所考证出来的几十种宋元话本，时间经历了四百余年，相当于明朝末年到抗日战争的时间长度，小说的形态变化可想而知。但由于这些文本均见于明代的刊刻本，特别是冯梦龙的"三言"对宋元旧本作了或多或少的增删润饰，给宋元小说的鉴别、断代，以及这些文本与"说话"的距离的判断都带来很大的麻烦。好在先贤如郑振铎、胡士莹、程毅中等先生已经就此作出了大体令人信服的考据。郑振铎先生考订宋人或宋元"话本"46种，胡士莹先生考订宋代"话本"40种、元人话本16种，最近的程毅中《宋元小说家话本集》（2000）考订宋元"话本"40种。程先生的考订是在前人基础上的再考订，更为稳妥可信，本文所论宋元小说，基本囿于这40种文本。

这40种小说，出自《清平山堂话本》的，有《柳耆卿诗酒玩江楼记》、《简贴和尚》、《西湖三塔记》、《合同文字记》、《风月瑞仙亭》、《快嘴李翠莲记》、《洛阳三怪记》、《张子房慕道记》、《阴骘积善》、《陈巡检梅岭失妻记》、《五戒禅师私红莲

---

① 程毅中《宋元小说研究》即包括此两种，说明甚详；早年的谢无量《中国大文学史》也将此两者列为"元代小说"。

记》、《刎颈鸳鸯会》、《杨温拦路虎传》、《花灯轿莲女成佛记》、《曹伯明错勘赃记》、《错认尸》、《老冯唐直谏汉文帝》等17种。胡士莹也认为《清》本内有17种宋元话本,但略有出入,胡先生认为《张子房慕道记》与《老冯唐直谏汉文帝》非宋元话本,而另两篇《董永遇仙记》与《蓝桥记》是宋元话本。

《熊龙峰刊小说四种》中有两篇是宋元小说——《张生彩鸾灯传》与《苏长公章台柳传》,另两篇是明人所作,程、胡所论一致,另有马幼垣详细考证前者为宋代"原始话本",后者为"元人话本",令人信服。

出于"三言"的有《闹樊楼多情周胜仙》等21种(不含重复者),不列。

《清平山堂话本》与《熊龙峰刊小说四种》风格古朴,较少润饰的痕迹,一般认为接近宋元小说的原始形态,而"三言"中的作品,则对宋元旧本作了或多或少的加工,如将原标题改为章回小说回目的形式,删去一些口头说话标记如"权做个笑耍头回"、"话本说彻、权作散场"等,对文字进行了修改润色。这些修改应该说只是加强了文本的阅读效果,无伤于旧本的本来面貌。比较大的修改是增补"入话"和"头回",如《柳耆卿诗酒玩江楼记》、《五戒禅师私红莲记》在《清平山堂话本》中无"头回",在"三言"中加入"头回",以及对故事情节的增补(或删改)。这样的修改已经大大地改变了原文的结构,甚至变更了原小说的主题意义。如《众名姬春风吊柳七》(《柳耆卿诗酒玩江楼记》)和《明悟禅师赶五戒》(《五戒禅师私红莲记》)实际上已成为冯梦龙的再创作了。① 过去认为是"影元代写本"的《京本通俗小说》,尽管刊本后来证明是赝品,但其中的7种小说中有5种仍被学术界证明是宋元旧篇。② 这7种小说以及未刊入的《定山三怪》、《金主亮荒淫》两种全都出于"三言",其中《碾玉观音》、《西山一窟鬼》、《错斩崔宁》、《定山三怪》在"三

---

① 通过比勘"三言"中对《清平山堂话本》和《熊龙峰刊小说四种》中的9篇宋元白话小说的修改可以发现,改动了情节结构的占了三分之一,所以对"三言"中的"宋元旧本"的实质需要认真考量。

② 马幼垣:《中国小说史集稿·京本通俗小说各篇的年代及其真伪问题》,台湾时报出版公司,1980年版。

言"中都注明"宋人小说"或"宋人作"、"古本"字样,但这些宋人写就的古本显然已经经过了冯梦龙或多或少的加工,比如《错斩崔宁》、《西山一窟鬼》中精彩的描写,应该是经过了冯梦龙的润色的,而不是胡适当年所说的"南宋晚年(13世纪)的说话人已能用很发达的白话来做小说"[①]。通过比勘《清平山堂话本》与"三言"中的修辞就可发现,宋元的白话短篇小说在结构的衔接及人物的描写等方面与明代文人的书面表达尚有一定差距。尽管同一时代的书面写作水平存在参差不齐的情况,但阶段性的特点和差异还是可以看出来的。

我们可以把宋至元明时代的小说看作白话小说的三种形态:口头文本、模拟口头文本和书写文本。"口头文本"是对说话人说话的记录和整理,其布局和修辞都源于说话人的创作,很少文人的润色。此类文本主要产生于才人的记录整理,以供给那些不能到现场听书的人们;这些读者也是把它们当作说书人所说的故事来加以理解的。随着阅读"说书"的兴趣增加,故事的"文本性"渐渐凸显出来。比如故事渐渐被定型,人们会觉得书中的故事比口传的故事更为可信,"口说无凭,立字为据";书写的故事在中国文化传统中具有权威性,它们往往被当作历史;又比如书写的故事被人们反复玩味,"说话"当中的许多随意的敷衍,情节的不相连贯或相互矛盾、引述诗词的差错,以及过多的套语(说书人背诵穿插很多套语以唤起记忆或拖延时间)等情况都会招致读者的不满,这些情况导致了"模拟口头文本"的产生。"模拟口头文本"一方面保存了那些民间口传的鲜活故事和说话人惟妙惟肖的说话口气,另一方面也在文本的自身统一性方面下足了功夫;同时,文人创造者的经验和修养以及道德观念也不可避免地加入了进来。所以,"模拟口头文本"已经不是口头说话的文字版,而是说话故事和所有民间口头故事的再创作。"口头文本"和"模拟口头文本"的产生尽管有着先后之分,但它们在很长一段时间内是和"说话"演艺并行发展的。但随着元代说话活动的颓靡,特别是"小说"类说话的湮灭,"模拟口头文本"成为白话小说的主要创作形式。而在元明时期高等文人("名

[①] 胡适:《宋人话本·序》,亚东图书馆本《老残游记·宋人话本·十二楼》,海南出版社,1996年版。

公")加入到小说创作队伍中后,个人性的"书写文本"就产生了。个人性的书写文本和"模拟口头文本"在故事来源和表达形式上会有一些相似(受后者影响),但也有一些原则上的区别,比如其素材主要取自于史书或文言小说等书面材料,或者个人的(时事)听闻和经历,而叙事话语则明显地自成风格,人物描写、场面的渲染烘托等方面都渐渐雅化,书场演说的表层结构下面潜藏着文人匠心巧设的深层结构,等等,比较一下"三言"中的宋元小说和明代小说,这一差异不难发现。《杜十娘怒沉百宝箱》、《蒋兴哥重会珍珠衫》就是这种"书写文本"的典范之作。但"书写文本"不一定要到明代才得以产生,"三言"之中一些元人(胡士莹考证)的作品,如《汪信之一死救全家》、《张孝基陈留认舅》就可以看成是这样的作品。而元明之际的长篇小说《三国演义》、《水浒传》(显然是我们所说的"书写文本")也可以做个旁证。

在这三种形态的叙事中,口头话本出现最早,但保存下来的最少。绿天馆主人(冯梦龙)《古今小说·叙》云:

> 按南宋供奉局,有说话人,如今说书之流。其文必通俗,其作用莫可考。泥马倦勤,以太上享天下之养,仁寿清暇,喜阅话本,命内珰日进一帙,……然一览辄置,卒多浮沉内廷,其传布民间者,十不一二耳。

太上皇所读的这些"话本",应该是原始的口头话本了,它们只是皇帝消遣的玩意儿,自然不会被皇家收藏,因而留下来的极少。而文本流传的过程往往是一个再创作的过程。特别是对于没有什么正典意义、没有权威作者的小说文本而言,读者在传抄过程中根据自己的好恶随意增删是很自然的事。章培恒先生曾有一篇文章《关于现存的所谓"宋话本"》[①],其结论是:"今天所见话本,实没有一种是货真价实的宋话本,至少已经过元人的增润。"这一结论至少在理论上是可能的。但早期刊刻的短篇小说中,确实也有一些像是"口头文本"(记录说话的"话本"),如

---

① 章培恒:《关于现存的所谓"宋话本"》,《上海大学学报》,1996年第1期。

《杨温拦路虎传》、《错认尸》和《张生彩鸾灯传》等。这些文本都有一些共有的特征，试以《杨温拦路虎传》为例：

1. 诗词极多，全文 8000 多字就穿插了诗词谚语二十多首，其中的许多诗词或片语来自于说话人的"套语仓库"，与上下文并无内在的联系，如：

  祸出师人口，休贪不以财
  会思天下计，难免目下灾
  一声鸡叫西江月，五更钟撞满天星

  将身投虎易，开口告人难

  求人须求大丈夫，济人须济急时无
  渴时一点如甘露，醉后添杯不若无
  好鸡无双对，快马只一鞭
  云鬓轻梳蝉远，翠眉淡拂春山。朱唇缀一颗樱桃，皓齿排两行碎玉。花生丹脸，水剪双眸。意态自然，精神更好。
（描述一名被劫持的妇女）

2. 除了套语，文中还有许多重复的语句（包括套语的重复），比如杨达对杨太伯的一段话后来又重复说一次，说话人的评论"会思天下计，难免目下灾"后来又变格重复一次："会思天上无穷计，难免今朝目下灾。"重复，和套语一样，是说话的显著标志。

3. 情节的连缀很松散，缺乏内在的因果联系，重心、详略概不讲究。小说先写杨温携妻子冷氏去东岳还愿，路上客栈中妻子被强人劫去，此后遇到杨玉员外，与杨员外及马都头先后比试棍棒，杨员外带杨温去东岳庙会打擂，杨温与先前见过的李贵比武获胜。到这里已经占据全文一半以上的篇幅。而接下来的事情似乎才是更重要的：杨温随杨员外去他父亲的山庄，在那里知道杨太伯与山大王杨达是一伙的，正是山大王劫了冷氏夫人，杨温在前去侦察的路上被另一伙山贼所缚，此贼首陈千对杨温久闻大名，杨温借助陈千之力打死杨达，救出冷氏。全文没有统一的线索，也没有形成统一的主题。在失妻与夺妻之间穿插了大量的比武的记叙,特别是杨温与李贵比武写得较为详细,作为文本阅读,这也是全文唯一出彩的地方,大约这也是说话人擅长之处。除杨温外的其他人物都是招之即来,挥之即去,如李贵的退场与陈千的出场均如此。对冷氏的唯一描写是借杨员外的眼光引出的一段套语,被山贼劫持了居然是"意态自然,精神更好"。比较一下同为宋元小说的《陈巡检梅岭失妻记》,不难发现,后者的布局和描写是颇具匠心的,已成为文人构设的"模拟口头文本"。

4. 语言极为朴素,几无描写,只有对于对话和行动的简略记叙,对话多是宋人口语,如"拥他来,问他则个"、"路中多少事,却怎的空手"、"叵耐(可恨)这汉忒欺负我"、"不妨事,大伯自是怎地生受(麻烦)"等。这样枯干的记叙读起来是极其无聊的,但在说话中,说话人的表情和动作却极为丰富,加上诗词的歌唱,应该另有一番况味。

"模拟口头文本"已经不是对"说话"的直接抄录整理,而是针对读者有意识地编写口头流传的故事(很多是从说话人那里传来的)。因为要叫读者读起来有意味,它就不仅要对故事记叙个粗枝大叶,还要有情节的内在紧张和生动的文字描述。说话人的拖沓、随意、断裂必须被消除,故事的生动、新奇必须通过想象加以再现。尽管"呈现"依然附属于"讲述",并且往往还是通过诗词加以表现,但这里的诗词已经大大地消除了原有的"套话"色彩,说话人的"套话"往往只是与内容有牵强的联系,甚至毫无联系,而加强了具体场景的表现功能或议论的针对性,成为了叙事话语的有机成分。另外,叙述角度的调整、详略的取舍、白描的运用、文法的严密和语言的婉转等都已经表明,这些后期的文本,无论是出于对口头文本的改写,还是出于对流传下来的说话人故事的编写,都有着一种明确的"读者意识",是为读者的阅读而写成的。

这样的文本在宋元小说中占了绝大多数。"三言"中的宋元小说,除了少数可能是文人创作的"书写文本",其他基本上都是"模拟口头文本"。但这些"模拟口头文本",我们以为,并非就是冯梦龙对原始的"口头文本"加工的结果(许多研究"话本"的学者是这样认为的)。通过比勘《清平山堂话本》和"三言"中的相应篇目就可以发现,除了《刎颈鸳鸯会》、《错认尸》两篇具有"口头话本"的面貌,其他5篇,如《陈巡检梅岭失妻记》、《简贴和尚》、《风月瑞香亭》等,已经具备"模拟口头文本"的特征了。由此可以推知,早在《清平山堂话本》和"三言"之前,宋元文人,特别是元代文人已经对原始口头文本进行了结构和语言上的改造,使它更适合于阅读,或者说,像《三国演义》和《水浒传》的情形一样,文人根据前代的说话故事,为读者创作了白话小说。比如元初的陆显之,谭正璧先生和胡士莹先生都认为他就是《宋四公大闹禁魂张》(《好儿赵正话》)的作者。胡先生认为,"他的《好儿赵正话》,当是根据当时说话人的口头讲说写成的"①;谭先生认为,"他是从宋人旧本加以编写而成,则应是无可置疑的"②。见解略有出入,但都肯定《禁魂张》出自陆显之个人手笔。而从小说叙事的细密来看,它与早期口头文本的风格已经有了非常明显的差异,而很接近《水浒传》了。

我们试以《陈巡检梅岭失妻记》、《简贴和尚》等作品为例来说明"模拟口头文本"的特征。

1. 插入诗词减少,并且大都是作者根据情境需要拟作,具有较强的表达功能。《简贴和尚》正话部分插入诗词7篇,其中5篇是对人物的描写。另一篇是简贴僧写给杨小娘子的一封"情书":"自从夫婿上边回,懊恼碎情怀。……自从别后,孤帏冷落,独守书斋。"此情书正是情节展开的诱因。还有一篇是文末的论赞,是就结局来提示故事的主题的。值得注意的是这篇论赞的领起语:"当日推出这和尚来,一个书会先生看见,就法场上做了一只曲儿,唤作《南乡子》。"正表明这篇故事来自于书会先生的手笔。过去常把这种标志作为书会先生给说书人写"话本—底本"的证明,是本末倒置了。《陈巡检梅岭失妻记》中诗词较多,但大都是根据情景而作的,比如写陈巡检听了张氏的话,将保护神罗童打发回家后,"正是:鹿迷郑相应难辨,蝶梦庄周未可知。神明不肯说明言,凡夫不识大罗仙。早知留却罗童在,免交洞内苦三年"。前两句是套语,后四句却是根据情节所设。很可能口头文本中只有前两句,后四句是文人添加的。再如张氏被神猴所劫后,不肯受辱,被罚上山挑水,"正是:宁可洞中挑水苦,不作贪淫下贱人。世路山河险,石门烟雾深。年年上高处,

---

① 胡士莹:《话本小说概论》,中华书局,1980年版,第286页。
② 谭正璧:《三言两拍资料》,上海古籍出版社,1980年版,第213页。

未肯不伤心",其评论和描写都与语境结合很紧,已非口头文本的套语所能比。

诗词大量减少的特点在"三言"中表现更加明显。以《古今小说》为例,本书含宋元白话小说14篇,除去见于《清平山堂话本》中的4篇和《熊龙峰刊小说四种》中的1篇,剩下的9篇中共插入诗词(正话中)45首,其中,《赵伯升茶肆遇仁宗》(13首)和《杨思温燕山逢故人》(8首)中的诗词多为主人公所抒发,是情节所需。其他7篇中的诗词,或描写,或议论,都只是叙事中的点缀。诗词的减少,明显表现出对叙事本身的强化。这种倾向和明清白话小说引入诗词数量的减少的趋向是一致的。说书人当初在演说时引入大量诗词,是因为表演的需要,有些人唱功极佳,一词打动听众,或如鲁迅先生所推测,是为了表现自己"讲得字真不俗,记问渊源甚广"。① 但一旦这种临场表演转变为文本阅读,诗词就必然被紧凑的情节所排挤;留下的少量诗词,在表现文人的才华之外,还要与文本有内在的关联,否则会遭到读者的厌弃。

2. 情节紧凑、连贯,表现出作为阅读文本的"头、身、尾"的有机统一特征。口头文本反映的是说话人当场演说的情况,内容的松散、断裂之处很多,因为说话人面对听众所作的是一种"即时"敷衍,听众(看官)反应强烈,就会多敷衍一些,听众反应冷谈的片段,即使在故事中关系甚紧要,也不得不略去。而"模拟口头文本"着重考虑的是阅读心理,它必须通过故事情节的内在运动——悬念、详略取舍和高潮——来调动阅读兴趣,必须以牢固的因果关系赢得读者对故事的信任。比如《简贴和尚》的开头并未交代给杨小娘子写信的和尚是何来历,甚至不知道他是一个和尚,开头的肖像描写及称名都是"官人",直到在故事的高潮部分,才通过人物(行者)介绍了此人的来历。同样,搭救了杨小娘子、自称是她姑姑的婆子也一直未介绍,而是由人物和读者自己去分辨。情节的详略也很讲究,比如简贴僧与婆子如何勾结,略去不写,最后大尹审案,当事人的申诉只用"皇甫殿直和这浑家把前面说过的话对钱大尹历历从头说了一遍"带过

---

① 鲁迅:《坟·宋民间之所谓小说及其后来》,人民文学出版社,1973年版。

（与《错认尸》的重复演说不同）。而大相国寺夫妻相见一场，却写得极为详细，故事的线头在此解开，并形成高潮。而情节的每一步发展以及故事的高潮和结局，无不是内在的逻辑使然。相比之下，《杨温拦路虎传》和《错认尸》中的情节带有很大的偶然性或"自然性"，因而未产生真正的高潮。《陈巡检梅岭失妻记》的"头、身、尾"的结构极为清晰，紫阳真人的前后出场、陈巡检失妻后巡检的为官经历与妻子的洞中经历的两头分叙都安排得井然有序。详略的处理也非常分明，比如巡检为官的三年，只略写了镇压强人杨广一事，200来字，就用"疏忽却早三年官满"一语转入对"救妻"的描述。故事的高潮集中在两天时间，花了近5000字来描写。其结构艺术可见一斑。

3. 注意对人物的刻画和描写。口头文本注意对行动加以展示（在"说话"中说话人有充分的形态展示）而相对忽视对人物内心的揭示；阅读文本在失去了故事的视觉展示后，开始注意以人物的内心展示来打动读者。比如《简贴和尚》故事的转机，即来自皇甫殿直对妻子的思念：

> 迤巡过了一年，当是正月初一日。皇甫殿直自从休了浑家，在家中无好况，正是：
> 时间风火性，烧了岁寒心。
> 自思量到："每年正月初一日，夫妻两人双双地上本州大相国寺里烧香。我今年却独自一个，不知我浑家那里去了？"簌地两行泪下，闷闷不已……

《陈巡检梅岭失妻记》中陈巡检在妻子被劫后，文本也多次写到他的内心："化作客店，摄了我妻去，自古至今，不见闻此异事。"巡检一头行，一头哭："我妻不知着落！"陈巡检为因孺人无有消息，心中好闷，思忆浑家，终日下泪。"三言"中的宋元小说的心理描写就更丰富了，最典型的是《勘皮靴单证二郎神》中对韩氏的心理刻画，作品的前三分之一几乎全是对韩夫人的寂寞思春的心理描述，用诗词描写、对话和内心独白等手段，将韩夫人的心理刻画得极为细腻。这种描写与说话人的距离已经非常遥远，且非高等文人不能为之。他也许出自冯梦龙的手笔，但出自元代的名公之手也有可能。

　　内心世界的展示是人物形象凸显的重要手段之一，尽管在依赖"说话人"充当叙述者的叙事格局下，心理描写难有较大的发展空间，但随着小说文本与"说话"距离的越来越远，人物及其心理将越来越受到重视，我们在明清小说的发展中可以清晰地看到这一动向，《红楼梦》和《老残游记》是这一发展的高峰。

第四节　宋元白话小说的故事类型与结构

　　白话小说的叙事既受说话人表演实践的制约，又对说话进行了文本化的规约，渐渐形成一定的结构体制。但我们发现，这种结构体制除了有早期（口头文本）和中期（模拟口头文本）的不同，还与故事的题材类型存在紧密的关系。比如单纯的男女情感故事和单纯的鬼怪故事的结构往往比较简单，而结合了爱情与鬼怪的故事就要复杂一些。公案故事和发迹变泰故事头绪更加繁多，它们往往将其他故事类型中的叙事层次包含进来，形成更复杂的情节联系。但不管怎样，故事类型对于这一故事的结构模式具有决定性的影响，却是早期白话小说的重要特征。宋代"小说"说话的分工不仅是内容的一种分别，而且这种不同内容的演说实践也铸成了不同的结构模式，如"传奇"类的"遇—合"结构与公案类的"犯罪—勘查—惩罚"结构等，这些结构模式在很大程度上是由接受者（听众—读者）所决定的，反映出接受者对不同故事的不同的心理期待。当然，文本结构和故事类型的关系未必——对应的，同一类故事的结构也未必没有变异；如果考虑到故事的历史变迁的因素，变异却正是很常见的。无论是说话人的说话还是后来编创者的小说，每一部作品都是先前存在的那套故事范型的一个产物；每一部作品又或多或少地改变着传统的范型，这是不言而喻的。正因为如此，我们将不会轻视对具体作品的分析。但只要个别作品的结构变异还没有冲破传统的范型，小说的结构模式的研究仍然具有积极意义。

一、烟粉和传奇

"烟粉"和"传奇"讲的都是男女情事,但前者是人鬼之恋,后者是现实的人与人之恋。"烟粉"名目不知何来,但"传奇"却多有人考证,一般认为是出自元稹的《莺莺传》,《莺莺传》最初的名字就叫《传奇》,到后来便成为这一类故事的专名了。其实,"烟粉"和"传奇"都是讲男女之恋,且都在唐代文人传奇中找到了它们的渊源,前者如《李章武传》、《任氏传》,后者如《李娃传》、《莺莺传》,未尝不可以看作一类。但到了宋代,由于说话的分化,一本两殊,已是事实。

宋元"传奇"类的故事,如《李亚仙》、《章台柳》、《风月瑞仙亭》、《王魁负心》等,都与唐宋的文人传奇和笔记小说有一定联系,其主题类型也不出于文人小说的"遇合"与"负心"两种,其结构也可以简化为"一个契约的建立"或"一个契约的中止"。它们可以看作是文人小说的白话化(描述的细密化而不是功能的复杂化),其故事的创作尚未经过民间的充分创造,而是文人采自案头文献,模拟民间说话的一种真正的"拟话本"创作。真正代表宋元传奇的是普通民众的恋爱故事,如《刎颈鸳鸯会》、《新桥市韩五卖春情》和《闹樊楼多情周胜仙》等。这些故事来自于民间的生活和想象,具有更丰富的结构形态,成为后世这一类小说的摹本。

《刎颈鸳鸯会》和《新桥市韩五卖春情》有更多共同之处。两者的隐喻义都是对色欲的警戒:前者的赞语"当时不解恩成怨,今日方知色是空"与后者的入话语"好将前事错,传与后人知",可谓浑然一体。如果撇开故事的表层结构(情节)的差异,以格雷马斯的行动元关系来研究这两个故事的深层结构,不难看出它们的一致性。

在《刎颈鸳鸯会》中:

主体(蒋淑贞)——功能(满足)——客体(情欲)
施动者(正义或天道)——功能(阻止)——接受者(蒋淑贞)

帮助者（阿巧、某二郎、张二官、朱秉中、父母及媒人）

　　对抗者（阿巧和某二郎的鬼魂、张二官、母亲）

在《新桥市韩五卖春情》中，行动元的关系如下：

　　主体（吴山）——功能（满足，相好）——客体（情欲，韩金奴）

　　施动者（他的身体和梦境）——功能（使他悔过）——接受者（吴山）

　　帮助者（金奴的母亲和外婆、八老、主管）/对抗者（众邻居、色和尚）

说明：在《刎颈鸳鸯会》中，似乎是天性淫荡（"心中只是好些风月"）的蒋淑贞先后与阿巧、某二郎及张二官私通或结婚，但都未如人意，最后与朱秉中私通，达到快意的顶峰。也正在此时，阿巧和某二郎的鬼魂找她索命，丈夫张二官发现她与朱秉中的奸情，将奸夫淫妇杀死。其结构可视为"契约的成立—中止—再成立—再中止"这样连续4次的反复过程，以后两次为叙事重点。故事的逆转是出于一种抽象的力量（天道）而不是具体的行为者，这是应该注意的。结局昭示故事主题：滥淫将遭致天谴。早在张二官举刀之前，鬼神已经预示了这一结局。《新桥市韩五卖春情》的主体部分是吴山与金奴通好，尽管金奴占据主动，但吴山的情欲是故事发展的动力。故事的结构也经过了"契约的成立—中止（邻居的反对）—再成立（金奴写信）—再中止（色欲过度、色鬼缠身）"的过程。本来这个故事可以像《金瓶梅》一样①安排主人公的结局，如此其结构将与《刎颈鸳鸯会》完全一致。但因为"色欲害人"的板子还是要打在女人身上，吴山本人并没有什么不可饶恕的错误，所以在后面加了一个犯色戒而死的和尚附体的故事，通过吴山父亲做法事超度和尚游魂而挽救了

---

① 《金瓶梅》的隐喻当来自此篇启示，《金瓶梅》文九十八回后半部与九十九回开头均抄袭此篇。

吴山的性命，吴山也从此"改过前非，再不往金奴家去"。这样就使故事有了不同的功能意义，由原来的"快乐—死亡"模式变成了"快乐—危险—得救"的模式，后者显然是情欲故事的一个变异。

《闹樊楼多情周胜仙》是一个非常奇特的故事。宋代廉布《清尊录》、洪迈《夷坚志·支庚卷第一》均载有这个故事，大概是在民间流传甚广的一则社会新闻的不同版本。三个故事的人物姓名、身份及行为的因果关系均有差异，但故事的基本结构是一致的：某女因情有不达气闷而死—因盗墓复活，嫁给盗墓者—寻找思慕者，却被后者当作鬼魂打杀—有司断案。这样的结构一致也许可以反映出最原初的事件或"真实故事"在宋元小说中的地位，包括《碾玉观音》、《禁魂张》、《卖春情》在内的许多小说都带有相当程度的"历史决定性"或"自然主义"色彩，以及它对故事叙述人的影响。但是，当种种零碎的事件被组合成故事讲述时，所有的故事都失去了其独立自足性。也就是说，不存在叙事话语之前的故事。H. Porter Abbott 说："当故事以语言或舞台形式被实在化之前，它存在于何处？答曰：无处。"① "故事本身"其实只是人们的一个幻觉。同样或类似的事件，在野史笔记作者廉布、文言小说家洪迈和不知名的市井传奇作家笔下写成了大异其趣的故事。比如在廉布的"大桶张氏"故事中，孙氏乃张生家奴，张酒后戏言娶孙，后孙见张别娶，蒙被而死，邻人郑生盗墓而活之。孙氏质问张生前约，被推倒而死。结局是郑生被判流放而张生死罪，"忧畏死狱中"。这一故事的话语表现更近于"实录"，即使是墓中对话，亦据事体设词，与洪迈的小说家语大不相同，如"女使樵下买酒，亟邀彭并膝，道再生缘由，欲与之合"之类。而《闹樊楼》故事不唯话语小说化，其结构模式也是小说家常用的套式：第一个契约的成立是借助于王婆做媒"两下说成，下了定礼"，契约的中止是周胜仙父亲的否定，周气绝身亡。第二个契约的成立是周氏借盗墓人朱真复活，得与范二郎相会，契约的中止是被范二郎当作鬼魂打死。第三个契约的成立是范二郎的狱中悔过、怀旧，最终周胜仙魂魄来此欢会，周并委托

---

① H. Porter Abbott: *Narrative*, Cambridge University Press, 2002, P14.

五道神解脱范二郎。第一个契约是宋人小说常用的叙述语法，媒婆在小说中具有不可或缺的叙事功能，而且常用"张媒李媒"成对出现。第三个契约是烟粉故事的语法，在《碾玉观音》、《金明池吴清逢爱爱》等小说中都有女子死后其游魂追随恋人的情节。第二个契约也是"死而复生"、投奔恋人的情节的一种变形，其中范二郎误杀周胜仙的情节，与洪迈《吴小员外》杀当垆女有着惊人的相似，不知孰先孰后。而《金明池吴清逢爱爱》中的类似情节，显然是从《吴小员外》演绎出来的。从这里也可以看出，传奇小说和烟粉故事之间，确有着隐喻和转喻相互嫁接的语法关系。

"烟粉"故事往往比"传奇"故事更加生动婉转，如《碾玉观音》(《崔待诏生死冤家》)、《志诚张主管脱奇祸》(《小夫人金钱赠年少》)、《杨思温燕山逢故人》、《金明池吴清逢爱爱》等，都颇为可观。这四篇小说，胡士莹先生均考订为"宋人话本"，但从文字风格来看，前两篇时间要早一些，且与说话人的时代相距不远。后面两篇，《杨思温》的倒叙结构显然是文人构设，郑意娘的两首自题诗也写得极有意境，均显示它已经远离早期口头文本形态；其故事"本事"出于《夷坚志》与《鬼董》，极可能是元代的文人所作。《金明池》又更晚，不单篇首诗中有"师厚燕山遇故人"之句，且从故事的敷衍和文字风格来看，该篇已极少模拟说话人口气，当是元明文人从《本事诗》、《吴小员外》等案头材料中演化出来的。由这四篇同出于"三言"的作品的文字风格的差异又可以判断，冯梦龙对旧本的加工，远没有我们想象的那么"面目全非"。

烟粉故事的主体都是女性，至少就实质来讲是如此。《金明池》的故事表面上有些例外，因为恋爱的发起者是男主角吴清，叙述焦点也主要集中在吴清身上，但在模仿头回（崔护人面桃花故事）展开故事后，情节的发展主要依赖于爱爱的行动，所以吴清其实是恋爱故事中的客体。《张主管》的故事也是这样，小说的末尾诗赞云："谁不贪财不爱淫，始终难染正人心。少年得似张主管，鬼祸人非两不侵。"似乎这是讴歌张主管"志诚"的故事，但如果仔细从老张主管娶小夫人，小夫人"心下不乐"，从而诱惑张胜，并死后追随的过程来看，故事的重心还是在小夫人身上。篇尾的诗赞，不过是从方便教化的角度生发的，并非整个故事的隐喻。因而整个说来，烟粉故事的主题结构（或隐喻结构）可以概括为女性追求男性，并要求善始善终的一个语句。当然，具体的情节和结局会有所差异。

《碾玉观音》是最典型的烟粉小说。原文分作两回，中间有"这汉子毕竟是何人？且听下回分解"，可见是口头文本，语言上的特征也很明显。上回写咸安郡王游春归途，收了秀秀做养娘。一日郡王府失火，秀秀拿了王府的金银细软逃出，路遇趋事郡王数年的崔宁，两人做了夫妻，一路逃到潭州定居。没想到一年后遇到了郡王府郭排军。下回写郭排军违约告密，崔宁夫妇被捉拿回府，崔宁将事情推诿秀秀得以释放，秀秀被打死在后花园。崔宁回家路上遇到秀秀，两人去建康府居住开店，不想又遇到郭排军，秀秀报复郭排军使之挨了五十背花棒，自己的鬼魂身份也被揭穿，拖了崔宁一道下黄泉。结尾评论道："咸安王捺不下烈火性，郭排军禁不住闲磕牙。璩秀娘舍不得生眷属，崔待诏撇不脱鬼冤家。"后面两句，可说是"烟粉"故事的生动写照。

这一故事可以看成是如下四个契约的缔结：①璩秀秀与崔宁结婚（因罪出逃中止）；②秀秀两口子逃亡潭州定居（遇郭排军中止）；③秀秀随崔宁定居建康（又遇郭排军中止）；④秀秀身份暴露，拖崔宁地下团聚（既是中止又是缔结）。

《小夫人金钱赠年少》也可以看成是四个契约的缔结和中止：①小夫人从王招宣府中休出，嫁与张士廉（发现丈夫年老体衰中止）；②小夫人金钱衣服赠张胜，张收下（因母亲嘱咐中止往来）；③张生元宵看灯遇小夫人，接受珠宝，带小夫人回家居住（清明节游春遇张士廉，被告知小夫人已死，契约中止）；④小夫人解释（套语："衣裳有缝，一声高似一声"），张胜释怀（几天后张士廉找来，小夫人鬼魂消遁，契约中止）。

在这四个契约关系中，①和②是尘世传奇情节，契约③转为"烟粉"，但叙述人往往并不揭破，到契约中止处读者才知女主角是鬼，但此时男主角尚处于无知或疑惑状态，到契约④，才真相大白，人鬼分离（或一同做鬼）。

《杨思温燕山逢故人》与《金明池吴清逢爱爱》是两个后起的故事，且都与洪迈的文言小说有关。前者存有较多民间说话的痕迹，且编撰者对《夷坚志》和《鬼董》中的故事做了积极的改造，使前后两段故事弥合无缝；特别是周义等帮助者的加入，不仅使故事更具烟火气，也使故事的发展更加可信。后者的头回和正话分别是对孟棨《本事诗》"崔护"和《夷坚志》"吴小员外"的仿写，可以说是亦步亦趋，难觅新构，正话中增加了爱爱狱中赠药，成全吴清与另一爱爱美事的结尾，可能正是明清酸腐文人"双美"故事的源头。

这两篇故事都明显与《夷坚志》等文言小说有渊源关系，但由于宋代文言小说与民间说话或民间传说存在相互影响的关系，所以其叙事结构一方面受到唐宋文人传奇的影响，一方面又与"烟粉"、"灵怪"说话故事有诸多相似之处。

《杨思温》先写杨思温流落金国燕山，元宵看灯是在贵人家眷中忽见嫂嫂郑意娘，设法与之相会，并备述前因。几月后又在此遇到出使金国的义兄韩思厚，得知兄嫂如何被掳虐，意娘被撒八太尉所逼、守节自刎的原委。这是早期白话小说中罕见的倒叙结构，这样的安排把生魂和死魄的顺序颠倒了。但与前两篇烟粉故事比较就可发现，它属于同一种亡灵化作人形寻求与爱人团聚的叙事语法，只不过在本篇中它由契约3提前到了契约1。其所以提前，与它后面还有一个"盟誓—背约—惩罚"的故事结构有关。

接下来，在老妪的帮助下，思厚、思温找到意娘的骨灰匣，意娘人形复现，夫妻尽诉衷曲。思厚欲迁意娘骸骨回金陵，意娘不愿，直到思厚誓不再娶才答应。但不久思厚变心，娶了刘金坛，也不看顾意娘坟墓；意娘报复，将思厚"拽入波心而死"。这一"盟誓—背约—惩罚"的情节是传统的文人传奇语法，大概肇始于文人的"始乱—终弃"的故事（隋唐大开科举后此类事例和故事渐多），在佛教因缘果报的观念影响下，又往往增加了一个"报应"的结尾。唐传奇中最优秀的作品之一《霍小玉传》就是这样一个故事，其叙事语法就是这种典型的三段式。

《醉翁谈录》中，有文言传奇《王魁负约桂英死报》，其"小说开辟"传奇类有"王魁负心"话目，胡士莹先生推测是同一故事，明万历年间《小说传奇》合刊本有白话小说《王魁》，采用说话口吻，内容与《醉翁谈录》所载一致，可能是"王魁负心"的"话本"。故事基本上也是这样一个"盟誓—背约—惩罚"的三段式：王魁应试路上与妓女桂英欢好，两人在海神庙盟誓—王魁中状元别娶崔相国之女，桂英自刎而死—桂英鬼魂索命，吓死王魁。与传统传奇不同的是，"惩罚"的过程中增加了道士驱邪的情节，这是宋元"烟粉"、"灵怪"小说中惯用的"结构素"，但在《王魁》与《杨思温燕山逢故人》中，道士未能逆转负心人遭受报应的结局，对此读者可以联系儒、佛、道三家的文化角逐。

《金明池吴清逢爱爱》的叙事，总的来说是在《本事诗》"崔护"和《吴小员外》的故事基础上敷衍而来。正话开头写吴清遇见一黄衫少女，不过是"人面桃花"的转喻，结尾处吴清以卢爱爱所赠药丸救活这名名叫褚爱爱的少女，与之结为夫妻，正是"崔护"故事的结尾的套用。除去这一开头结尾的"外套"，中间部分的情节与《吴小员外》大致不差，包括如下四个契约的订立和中止：①吴清与赵氏兄弟邀当垆少女爱爱饮酒，爱爱父母回来中止；②次年再访，与爱爱成就好事，因父母和皇甫真人发现遇鬼而中止；③真人指示西行三百里避邪，西行路上爱爱陪伴吴清一百二十天，最后一天吴清用真人宝剑杀死阿寿（"本事"中杀死爱爱）中止；④爱爱狱中赠药，并解脱吴清（契约④不见于《吴小员外》，是为了连接结尾而增加的）。这里，契约①、②是人鬼之恋故事的常见语法，文人小说中尤多，契约③来自"灵怪"类的道士驱邪，④来自于"灵怪"小说的"人妖离别"母题，如《郑节使立功神臂弓》。《金明池》的故事组织得比较拙劣，特别是在有了头回以后，再依此结撰正话，且正话如同抄书，大抵出于书坊的编辑而非创作。不过从形式方面看，它仍具有类型学的意义。

由"郑意娘"、"桂英"、"秀秀"、"爱爱"和前面所述"周胜仙"的故事可以看出，在人鬼相杂的文化语境下，男女的情感纠葛往往冲破了空间或"世界"的限制，女主角"上穷碧落下黄泉"，执着地寻求着爱的归宿，这就使得说话人的"传奇"、"烟粉"之分，没有实质性的意义。只不过在宋人的观念里，"传奇"更适合表达劝惩，"烟粉"则能更充分地表现情感，所以从洪迈对唐代"传奇"的认识"小小情事，凄婉欲绝"意义上看，"烟粉"类故事似乎更能代表宋元白话传奇①。如果我们把作品的叙事结构看成是人物（女主角）追求爱情的过程的展开，而人物的追求又反映着叙述者的思想意识的展开，那么"烟粉"故事的结构比"传奇"结构，特别是富有创造精神的文人编撰的结构比民间集体意识编排的结构更为委曲生动也就在情理之中了。

由于目前考订的宋元小说数量有限，《醉翁谈录》中，存"烟粉"话目16种，传奇18种，并且不是绝对可靠，我们根据这几个文本所作的肤浅的推测很难反映宋元的叙事实际。但从另一方面来说，所有的叙事都是一种建构，如果把我们的阐述也看成叙事，它也是一种话语建构行为，而不必以"历史本身"来作为衡量阐释是否准确和有意义的标准，固定的、静态的历史事实（宋代、元代小说）也许只是人们的幻想，它其实从来也没有存在过。

二、灵怪故事

"灵怪"，在早期"小说"或"银字儿"中是与"烟粉"、"传奇"、"公案"相并列的一家，胡士莹先生认为这一家是"讲神仙妖术的故事"。按"怪"，《说文》解释为"异也"；唐释玄在《一切经音义》卷六云："凡奇异非常皆曰怪。""妖怪"、"鬼怪"、"神怪"都是"怪"，魏晋以后志怪小说已经非常发达，其书名含"异"字的特别多，此外还常有"灵"、"冥"、"幽"等字，"大抵都是鬼神精灵之意"②。直到唐宋文人的志怪小说集中，怪异故事仍然是包罗甚广的，如唐张荐《灵怪集》、宋王明清《投辖录》等，可见早期说话人说"灵怪"故事，应该包括"鬼怪"、"神仙"、"妖术"等故事在内。但在《醉翁谈录》中，"小说"分为八家，"灵怪"、"神仙"、"妖术"已经分门别类。联系说话艺人对历史题材（说三分、五代史）和爱情题材（传奇、烟粉）的分类细化的趋势，怪异故事的分化也是可以理解的，它反

---

① 元代以后的爱情戏曲中，代表性的作品都是人鬼幽期，如《倩女离魂》、《梧桐雨》、《牡丹亭》等，这些作品都称为"传奇"——大概是因为爱情戏比重或影响较大的缘故，元人又以"传奇"统称杂剧。

② 李剑国：《唐前志怪小说史》，南开大学出版社，1984年版，第14页。

映出当时通俗说话的繁盛和说话艺人"术业有专攻"的事实。从《醉翁谈录》所列各门话目和保存下来的相关文本的内容来看，尽管"灵怪"与"妖术"、"神仙"之间不无渗透，甚至和"烟粉"、"杆棒"渗透，但确实已经形成独立的主题意向和题材风格。所以本文讨论"灵怪"，主要集中在"鬼怪"、"精怪"（它们往往是故事的女主角）故事，而不涉及"神仙"和"妖术"（某人行使法术是这类故事的关键情节）故事。这些故事包括《西山一窟鬼》、《西湖三塔记》、《洛阳三怪记》、《福禄寿三星度世》、《白娘子永镇雷峰塔》、《定山三怪》（《崔衙内白鹞招妖》）等。

"灵怪"故事在民间流传本有悠长的历史渊源，宋代道教的兴盛和道士的鼓吹更助长了这类故事的繁荣。作为小说，它不像历史那样要求真实，故事的结撰只需有叙述人和受众的默契就成，而当时的文化环境显然为这种契约提供了充分的保障，使得这种故事广为生产和传播。但毕竟灵怪只是人们的虚造，它不像传奇、朴刀、杆棒那样能得到不断变化的现实的人物事迹的滋养，所以说来说去，便容易形成陈套。而读者对这类故事的喜爱显然更加剧了这种套式故事的敷衍。只要更换一些故事的元素，如角色的名字、故事发生的环境，或调整行动的顺序，故事就可以以新的面目重复上演。当今通俗故事（小说、电影电视）的类型化，如武侠、言情、玄幻、警匪、黑幕等的批量生产仍然遵循这一定律。通俗文化的类型化既是一种信仰的共同维护，也是艺术的商品生产的一种常用方式，在后面的章节里我们会深入讨论这一问题。

韩南先生曾把鬼怪小说的结构归纳为"三个必有的演员，四个必有的行动"——三个演员：一个未婚青年、化为年轻妇女的鬼怪、一个道士；四个行动：相遇、相爱、接近危险、驱邪——确实是抓住了这类故事的结构本质。而且，人们还不难发现，许多灵怪故事本身存在着一定的家族关系，它们或者是同一故事版本的地域性异文，或者是某个故事在历时性流传中发生的变异，或者是不同故事的相互渗透。如果从共时的角度来看，人们会对韩南先生的看法深表认同，但是从历时的角度来看，这样的概括就不能准确地反映出这类故事的实际，比如早期的灵怪故事的深层结构是"怪物作怪"与"道士除怪"的对立冲突，根本没有男女主人公的"相爱"的行动。而在稍后的故事中，男女主人公的关系成为了叙述的重点，其他的行动成为可有可无的程式；而"相爱"本身成为包含有众多行动的结构核。所以尽管灵怪小说的套式化特征或相互借用情节的特点比较明显，它仍然具有从原始口头文本到文人模拟文本、从单纯的灵怪害人到复杂的人鬼相恋的变化。到元代或元明之际的"书面文本"阶段，则神仙、鬼怪、妖术、传奇等不同类型的故事浑融，原有的某类故事的结构范式被打碎了，它们作为故事素被文人根据特定主题加以捏合。所以我们在研究故事类型及其结构形态时，不得不对这些作品的具体历史形态与结构变迁予以足够的重视。

最初的类型化的灵怪故事（包括口头和文本）的数量显然比我们今天所见的要多得多，但今天我们所见的文本已能看出这一类型故事的基本结构及其演化特点。比如《西湖三塔记》和《洛阳三怪记》显然是同一故事的不同版本，它们又与《定山三怪》及《福禄寿三星度世》具有一定的渊源关系，郑振铎认为这四篇"当是从同一个来源出来的"。而《白娘子永镇雷峰塔》，则与《福禄寿三星度世》是同一谱系，又经过了后世文人的改造。《郑节氏立功神臂弓》则是民间传说与杆棒类英雄故事结合的产物。

先看《西湖三塔记》和《洛阳三怪记》①。《西湖三塔记》的写本和"西湖三塔"的说话故事应该相去不远，都在南宋时期；《录鬼簿》载元人邾经有《西湖三塔记》杂剧，应该在此之后。而《洛阳三怪记》的文本定型要比其故事定型要晚得多，从文中对西京河南府寿安县的详细描绘来看，这个故事在北宋已经定型，而小说开头叙说寿安县寿安山广种名花异草时说："今时临安府官巷口花市，唤作寿安坊，便是这个故事。"说明小说的写作当在南宋。而从叙事的委曲绵密来看，文本的定型可能更晚。这样的口头流传甚早而很晚才有文本定型的例子在白话小说中并不鲜见，《白娘子永镇雷峰塔》的说话或口头文本可能在宋代已经出现，而文本定型很可能在元明之际。至于唐代的通俗小说（含变文），其文本与口头故事的距离就更远了。

---

① 《也是园书面》中名为"西湖三塔"，《宝文堂书目》中名为"洛阳三怪"，和"定山三怪"一样，均无"记"字，应是说话古本的一个标志；"记"则是文人编纂使为阅读文本的标志。

《西湖》和《洛阳》的情节如出一辙，请看下表：

西湖三塔记	洛阳三怪记
1. 清明节，奚宣赞独自出门游玩，将一名叫卯奴、自称是他邻居的女孩带回家。	1. 清明节，潘松独自出门游玩，遇一自称是他姨娘的婆子。
2. 旬日后婆子领走卯奴，并邀宣赞至家，见到小娘子；她是卯奴母亲。	2. 婆子邀潘松至其家，在门口遇见邻居家的女儿王春春，王在此做青衣。
3. 小娘子胁迫宣赞与她做了夫妻，居旬日。	3. 春春告知危险，潘松赶快逃走了。
4. 新人来到，小娘子欲以新人换旧人，挖取宣赞心肝饮酒。卯奴从铁笼救宣赞回家。	4. 路上遇见旧友徐道士，说明了经过。但徐追赶一白鹞子而去。
5. 一年后，宣赞又被婆子抓回家。	5. 婆子赶来，用鸡笼罩住潘松带回。
6. 宣赞又与小娘子做夫妻，住了半月。	6. 遇见赤土大王，发怒辞去。被小娘子留做夫妻。
7. 新人又到，小娘子要挖宣赞心肝，卯奴再次救宣赞出去。	7. 王春春带潘松看见小娘子等挖人心肝下酒，并教潘从床头窟窿逃走。
8. 宣赞叔父奚真人施法降妖。三怪现形为乌鸡、水獭、白蛇。真人化缘造塔，将三怪镇压在西湖内。	8. 徐真人请来师父蒋真人作法降妖。原来婆子是白鸡精，赤土大王是赤斑蛇，娘子是白猫精。悉杀之。

两个故事都是由小员外出门被骗，两次遭遇危险，两次被帮手救出，最后请道士降妖的情节构成。行为者及其功能也基本一致：受惊吓的男青年，施害的三怪，助人的少女，除害的道士。稍微不同的是，少女在《西湖》是三怪之一，在《洛阳》中却在三怪之外，大概是后来的文本编纂者觉得少女作为妖怪被镇压不合情理。道士由一个变为两个，以显示道术有高下之分。从情节来看，《西湖》的情节 2 至情节 7 是两次重复叙述，甚至没有详略的取舍，这是口头文本的典型特征之一。而《洛阳》的情节 2 至情节 7 尽管也包含男主角的两次历险和两次被少女所救，但它却被设计成"发展—高潮"的模式，在情节 5 之前，男主角甚至还没有与女主角相见，更没有看到挖心肝吃酒的骇人场景；而

且，情节5至情节7的过程得到了很详尽曲折的描述，与《西湖》的粗陈梗概有明显差异，前面的半个月时间在这里也被压缩成了一晚，叙述变得更紧凑了。这样的结构设计，显然更适合阅读的心理需求。

总的说来，《西湖三塔记》和《洛阳三怪记》是同一故事的地域性异文。从故事的发生地和"三怪"的名称就可以看出，这一故事最初发生在中原（定型很可能在北宋），到后来才转移到沿海地区，婆子和白衣娘子分别由"白鸡精"、"白猫精"变成了"水獭"和"白蛇"（水中之蛇）可以说明这一变化。近年有学者从《西游记》人物身份和故事背景的地理变迁中发现唐代至元明时代的"唐僧取经"故事是在西部形成，再自西向东逐渐演变，与本文观点暗合。① 从文本的情况来看，《洛阳三怪记》仍有大量套语，且有6首插入的诗词与《西湖三塔记》相同或基本相同，但叙述和修辞却比后者详尽委曲，今天读来仍饶有情趣，显然出自文人的加工。至于这个故事的书面改编者为什么没有根据后出的"西湖三塔"故事版本来加工，在更多的资料被发现之前，只能保持疑问。

再来看这两个故事（或一个故事）与《定山三怪》的联系。《定山三怪》的故事，胡士莹先生认为大概出于宋代定州地方的民间传说，"话本"中引了许多宋人诗词，说话口气也似宋人，当是"宋人话本"；萧欣桥先生也认为："小说的时代背景为唐代，可能是唐宋时期流传在北方定州一带的一个民间传说。小说有三处提到'恒山'，其中'恒'字均为缺笔，应视作是避宋真宗赵恒的名讳。再联系全篇的语言风格，此篇亦当是宋人话本。"② 故事的情节大概可以分作六个单元：①唐玄宗时崔丞相之子崔衙内携新罗白鹞去定山游猎，在路途酒店饮酒，发现酒保奇丑、酒缸盛满血水；②上山后白鹞被一骷髅抓获，衙内用弹弓打中骷髅；③晚上投宿，没想到正是酒保之家，酒保的妹子要求与他结为夫妻；④当夜小娘子的父亲回家，正是那骷髅，小娘子替衙内求情，衙内连夜逃走；⑤三个月后小娘子云间驾车而来，与衙内做了夫妇，同住在书院；⑥丞相请罗真人施法降妖，三怪现

---

① 卢兴基：《唐僧西行，故事东渐》，《中国古代小说研究》第一辑。
② 萧欣桥：《话本小说史》，浙江古籍出版社，2003年版，第207页。

形为骷髅、老虎、红兔,被真人断杀。

与前面的三怪故事相比,人物和结构也是大体一致的。人物还是以男青年和小娘子为主,对手还是作为一家人的三怪,帮助者还是少女、父母和道士。情节进程(表层结构)还是"出游—遇怪(危险)—除怪"的三段式。主题(深层结构)也是一致的,本文的篇尾诗赞云:"虎奴兔女活骷髅,作怪成群山上头。一自真人明断后,行人坦道永无忧。"《西湖三塔记》的篇尾诗赞唱的是:"只因湖内生三怪,致使真人到此间。今日捉来藏箧(塔)内,晚年千载得平安。"似乎都表明它们是关于作怪和除怪的故事,在此,妖怪和真人才是故事的主角,人不过是妖/道斗争的受益者和见证者。但是其实,《定山三怪》的故事已经暗含了某种变化,即在鬼怪故事中渗入了人间传奇的内容。女主角在这里已经脱去了精怪或鬼怪的气息,她在人们的观念上是危害者,而在实质上是帮助者,她没有伤害男主角的意图,而是努力追求"爱情",男主角也乐意与她结为夫妇,这样的情节内容与前面的三怪故事是大异其趣的了,前两个故事的女主角尽管化身为美丽的小娘子,依然狰狞可怖,男主角是被迫与之结为夫妻,并未产生爱欲。这样的情节内容已经突破了主题结构的限制,或者说与原有的主题结构相矛盾,使文本内部的因果链产生了某种断裂。早期小说中文本结构断裂的现象比较多见,也许来自于说话人对素材的随意连缀,或者说话人之间相互借鉴故事,也可能来自于文人的不彻底的加工编撰。但不管是哪种情况,我们从本篇中可以发现,从较早的时期开始,灵怪故事中的作怪与降妖,已经不是人们唯一关注的内容,人们开始将注意力转移到男女主人公的感情关系和日常生活上来,甚至将此作为叙述的重点。《福禄寿三星度世》和《白娘子永镇雷峰塔》就分明显示了这种转向。

《福禄寿三星度世》,学术界根据地名、篇中所述风俗和文字风格定为宋人小说。其中的"三怪"龟(绿袍人)、鹤(白衣女子)和鹿(黄衣女子)均是上天的仙物,男主角刘本道也本是上天的书记官,故事的结局是南极寿星收了三怪,和刘本道一起,全都引归天上,所以学术界一般把它视为"神仙小说"。但笔者认为,本文的主体与一般鬼怪小说极为相似,男主角与小娘子婚后,也是"眉中生黑气,有阴祟缠绕",怪物对男主角也是要"取你的心肝,来做下酒",其叙事格局仍是"出外—遇险—除怪"，这种格局和意趣与神仙故事明显不同，后者的结构一般是"遇仙—分离"，表达的是人对仙的艳羡和惆怅，如《董永遇仙记》、《张古老种瓜娶文女》等；所以不能根据一个牵强的结尾就把一个故事纳入本不属于它的系统（反观郑振铎先生认为本文和前述三篇同出一源，是极具眼力的）。而且本文的篇首诗云："欲学为仙说与贤，长生不老是虚传。少贪色欲身康健，心不瞒人便是仙。"表明这是一个人文立场的反神仙故事，它注目的焦点是人，是通过人与灵怪交往的寓言故事给予男性读者以色欲的警戒，这与后期的灵怪故事的主题意趣是一致的，如《白娘子永镇雷峰塔》篇尾诗云："……欲知有色还无色，须识无形却有形。色即是空空即色，空空色色要分明。"

《福禄寿》与《白娘子》的关联最值得注意，而学术界因为把两者视为不同类型的故事，或者把注意力放在《白娘子》和《西湖三塔记》（都是白蛇精害人，又都在西湖）的联系上，而未对这两篇的关系予以重视。其实从叙述表层看，《福禄寿》就有不少情节被融入了《白娘子》，比如：①当穷困的刘本道遇到小娘子后，小娘子拿出一包金银作为嫁资。②本道出外游玩，被道士看出"眉生黑气，有阴祟缠绕"，遂送一符，教安放在女妖身上；本道受到娘子责骂；娘子第二天找到道士斗法，羞辱道士——整个过程都被《白娘子》吸取，甚至叙事话语也没什么变化。再从叙述深层看，《福禄寿》和《白娘子》都由过去鬼怪小说的"作怪—降妖"的结构转变成了"男女相识—考验—分离"的结构。男女的夫妻关系能否延续成为读者关注的中心，"考验"成为情节发展的重要关节，准确地说，是具有双重身份的女主角如何接受周围的考验。《福禄寿》篇幅短小（5000字），但也写了女主角经受的三次考验，道士设符、丈夫怀疑、哥哥和姐姐要害丈夫；《白娘子》篇幅曼长（16000字），先后写了七次考验：偷官银致使许宣被抓流放，许宣怀疑其身份；道士设符欲使其现形；偷周将仕金银物品，许宣再次被抓流放，许宣怀疑并憎恨；李员外调戏，现出原形；禅师认出身份，许宣更疑；许宣姐夫见到原形，并请戴先生捉蛇；许宣请法海禅师捉妖。可以说，在后期的灵怪故事中，女主角如何克服考验成为叙事的主体，叙述人正是通过"考验"的设置和克服来结构故事的。

另外几篇灵怪小说从已有的文本来看，处于这种谱系故事之外，或者说另有谱系。如《西山一窟鬼》，是南宋时期风靡一时的说话故事，《鬼董》中的"质库樊生"故事，当是这一故事的文言版本。故事篇幅简短（6000字），主要是渲染一大堆鬼魅的可怖，仍属于"作怪—驱鬼"的主题结构。口头文本的情节应该比较丰富，原文开头说："变做十数回蹊跷作怪的小说"，但书面文本结构极为粗陋，而描写委曲动人，"入话"中漫长的诗词集句故事非常高雅，应该是后世文人所为①。所以本文的书面叙述和原初的口头叙述，应该相去甚远（时间和内容）。文人的创作具有较强的个性，因而不容易找到类似的故事和话语。

《陈巡检梅岭失妻记》（《陈从善梅岭失浑家》）的"老猿掠丽妇"的母题渊源甚长，汉代焦延寿《易林》卷一《坤之剥》有云："南山大玃，盗我媚妾。怯不敢逐，退然独宿。"《博物志》、《搜神记》、《稽神录》均载有类似故事。但准确地说它们都是不到200字的"轶事"，不是完整的故事。直到唐代的《补江总白猿传》，才成为情节丰富的小说。本篇应该以《白猿传》为参照，再结合民间流传故事写成。与《白猿传》"失妻—夺妻"的结构不同，本篇的"失妻"与"夺妻"被放置在仙界紫阳真人的预算与搭救的结构里面，从而大大削弱了小说的人文内涵。在《白猿传》中，欧阳纥的奋力施救与洞中众妇女的帮助是夺妻成功的关键，这里的施动者应该是人类的勇气和智慧，而不是上天；而在《陈巡检》中，施动者显然在仙界，陈巡检只能不断地求诸算卦者、寺院长老和紫阳真人，从而解决难题。所以本篇的结构与早期白话灵怪小说的结构是基本一致的。如前所说，故事的结构反映着叙述者对世界秩序的思想意识，宋代口头灵怪故事是民间集体意识的反映，深受道教的浸染，人的行为处于一种被动无力的状态，难题的解决只能依赖上天（人间的道士是上天意志的符号）来解决；而唐代（文言传奇）和元明（白话小说）的文人创作毕竟不一样，它们对于难题有各自不同的解决办法，尽管上天依然具有不可忽视的神秘力量，但毕竟在这些文人文本中，人类的主体性还是得到了更充分的体现。

---

① 学界一般认为篇首的诗串是说话人所引或自作，恐怕是过高地估计了说书人的文化修养，再说像本文集句的逐句讲解，显然不是说话现场的行为，这种文人诗话词话中的趣味，是不能搬到说书场上去的。

三、公案小说

程毅中先生曾说:"判案故事当然古已有之,但公案作为文艺体裁类别的名称,实始于宋。"① 这一结论是被目前学界所公认的。《都城纪胜》和《梦粱录》开始记载有公案的说话类型。后来《醉翁谈录》分小说为 8 类,公案列第四位;并列举《石头孙立》、《三现身》等公案话目 16 种。该书还收录了 17 篇公案小说,其中"私情公案"1 篇(《张氏夜奔吕星哥》)、"花判公案"15 篇,"烟粉欢合"类中的《静女私通陈彦臣 宪台王刚中花判》显然也是"花判公案"作品。不过,《醉翁谈录》中收集的"花判公案"和"私情公案",与明代万历年至崇祯年间流行的"公案小说"(从《百家公案》到《龙图公案》,)更为相似,而与宋元白话公案小说的意趣大不相同。后者重点在叙述与犯罪有关的故事,前者却很重视法官的调查和审判,"三词"(诉词、辩词和判词)的展示成为故事情节的重要成分。

在现存的四十多种宋元白话小说中,公案小说为数不少,《六十家小说》中有《简贴和尚》、《合同文字记》、《错认尸》,《曹伯明错勘赃记》,"三言"中有《错斩崔宁》、《计押番金鳗产祸》(《金鳗记》)、《三现身包龙图断冤》(《三现身》)、《勘皮靴单证二郎神》(《勘靴儿》)、《汪信之一死救全家》、《任孝子烈性为神》(《任珪五颗头》)以及《宋四公大闹禁魂张》等,计 11 种。这些小说与明代盛行的公案故事集,如《百家公案》、《详刑公案》、《廉明公案》、《详情公案》、《龙图公案》等中的作品是大不相同的。后者如孙楷第先生所说,是"似法家书非法家书,似小说议非小说"②,不仅许多故事取自《疑狱集》、《折狱龟鉴》一类的法家书,且叙事中多将诉状、判词作为重要的情节构成,"编者的用意并非单纯编纂小说,而是不外乎要编成在现实中能够应用的裁判入门书籍"③。而宋元白话公案小说的"公案"特色从法律诉讼和判决的意义上说并不明显,这些小说中往往只详

---

① 程毅中:《宋元小说研究》,江苏古籍出版社,1998 年版,第 337 页。
② 孙楷第:《戏曲小说书录解题》,人民文学出版社,1990 年版,第 116 页。
③ [日]阿部泰集:《明代公案小说的编纂》,《绥化师专学报》,1989 年第 4 期。

写犯罪经过，而侦查、判罪只是几句带过，叙述者叙述这些故事的目的主要在娱乐大众并适当加以道德训诫，与法律的关涉远不如后来明代公案显明。也许正因如此，石昌渝先生认为"公案小说作为一个流派崛起在明代万历年间"①。但学界以"公案小说"或"公案话本"将这些不同的故事统名之，不仅因为它们在题材内容方面都涉及犯罪和惩罚，而且当时已有明确的"说公案"的类型划分，其含义应该比后来的"公案"宽泛，但与"官府、案件"密切相关，依据这类说话故事而编写的小说也显现出特定的写作技巧；而它们对于后来渐渐类型化的公案小说来说，显然又具有源与流的关系。

在以上 11 篇公案故事中，有 7 篇与男女奸情有关，《简贴和尚》题下的"公案传奇"一语，很准确地揭示了这类小说的特征，《错斩崔宁》则是一个错判为"因奸犯罪"的仿"公案传奇"故事；《合同文字记》只是一个粗略的与财产继承权的纠纷有关的包公断狱的故事，在这里没有代表性；《宋四公》与《汪信之》的故事既与"公案"有关，又与"侠义"有关，可以看作是后来的侠义公案小说的前身，其叙事布局也与多数宋元"英雄小说"（朴刀、杆棒、发迹变泰）相似，即韩南先生所说的"情节连环"。这里只打算就"公案传奇"（它们应该代表了宋元白话公案小说的基本特征）来探讨早期"公案小说"的结构特点。

公案传奇的"传奇"概念，一方面有男女遇合的意思，另一方面也有传世间之奇事奇情的意思。案件的蹊跷与男女的奇特遇合相融合，构成了"公案传奇"的情节特点。《简贴和尚》中的简贴僧与杨小娘子，《错斩崔宁》中的崔宁与陈二姐、刘大娘子与静山大王，《错认尸》中的周氏与董小二，《三现身》中的押司娘与小孙押司，《金鳗记》中的金奴与张彬、周三，等等，这种婚外的男女关系本身就引起人们的兴趣，更何况与犯罪相关。这大概也是"公案传奇"在宋元市井间大量流行的原因。

显然，"公案传奇"小说的结构编排既与故事类型有关，更与接受者的心理期待有密切的关系。早期的"口头文本"比较粗略，我们往往只能看到事件本身的顺序，说话艺人的匠心不能在

---

① 石昌渝：《明代公案小说：类型与原流》，《文学遗产》2006 年第 3 期。

记录文本中充分体现出来。《曹伯明错勘赃记》就是如此。故事大致包括谢小桃与两个男人发生纠葛—谢小桃和倘都军设计陷害曹伯明—曹被州尹府尹冤枉—真相大白几个环节，但男女传奇的部分显然被大大简化了，案件的侦破也是一味地依靠严刑逼供——这倒是事实，但缺少了小说的味道。而为阅读所编写的公案故事明显不同，它对故事（犯罪）发生的原因叙述比较详尽，将事件发生的过程曲折化或神奇化，除了叙述视角的变化，它们通常还会运用省略、节外生枝、补叙（"闪回"）等结构技巧来制造悬念，或解除谜团。这在其他类型的小说中是比较少见的。

这些故事在叙述犯罪产生的时候，往往会对真凶的身份和动机加以省略，让读者和相关人物感到蹊跷，或产生误解，直到故事快结束时或结束以后，真相才会由当事人或叙述者揭示出来。《简贴和尚》中的简贴僧给小娘子的一封书信，在未交代简贴僧来历和动机的情况下，读者和男主人公都处于"误解"当中，直到皇甫殿直后来碰到行者五戒，才知道简贴僧是从寺院偷了银器跑出来的歹人，通过简贴僧与小娘子的对话，小娘子和读者才知道那封信是一个诱使皇甫殿直中计的诱饵。《曹伯明错勘赃记》开头写曹伯明风雪路上捡到一个包袱，也运用了省略，直到后来谢小桃在法庭上交代，才知道包袱是一个诱饵，是栽赃之计中的一个道具。《错斩崔宁》中砍死刘贵的真凶一直没有交代，在造成崔宁与陈二姐双双冤死之后，才用"节外生枝"的另一故事揭示静山大王的罪行。《勘皮靴单证二郎神》中更是精心编织了一个"神人遇合"的假象，通过冉贵的一步步侦查，一个"骗奸"的阴谋才最终暴露出来。《三现身》叙述圈套更为自觉，它通过算卦的巧合和说媒的巧合掩盖了罪行的发生，直到丫头迎儿遇见孙押司鬼魂，押司娘紧接着将迎儿嫁出，才透露了罪行的存在，直到包拯破案之后，才补叙了押司娘通奸杀夫和"巧合"的实质。这些小说在布局中对真相的掩饰和延宕，可以说已经到了相当自觉的程度，特别是后两篇作品，其情节线索的编排与神秘气氛的渲染与现代的侦探小说颇有几分神似。

被掩饰的真相终究要被揭示出来。在现代侦探小说中，真相的揭示主要依赖于侦探的推理和侦查行动，就像科学发现一样，随着逻辑的推演一步步深入，真实逐步显现。上述故事中，只有《勘皮靴单证二郎神》与此相似，这个故事的谜团的解开与侦探冉贵的推理和侦查分不开。而大部分的"公案"却是以一种"节外生枝"的偶然事件或"巧遇"来告知真相或线索。比如《错认尸》中，程氏的"错认尸"的偶然事件导致了高氏等人杀人事件的暴露，从而逆转了故事进程。《简贴和尚》中的皇甫殿直在相国寺前遇到五戒，显然也是"意外"，这一意外事件导致简贴僧被抓获。《金鳗记》中的罪犯的落网，几乎没有官府的努力，而是因为金奴意外地在其卖唱的酒楼"巧遇"公差所致。《错斩崔宁》中的节外生枝的事件有好几次，最重要的应该是刘大娘在回娘家的路上巧遇剪径的静山大王，并被他娶作押寨夫人，而此人就是杀害其丈夫的元凶。一桩惊天冤案通过意外的"巧合"造成，又通过意外的"巧遇"破解。

这些公案故事中大量存在的离奇巧合、巧遇的事件使故事带有浓厚的传奇色彩，而弱化了官府在调查真相和惩治罪犯中的作用。除了《勘皮靴单证二郎神》，其他作品中的官府要么是在末尾被动地出场，要么是在行动中起了"敌对者"的作用，《简贴和尚》、《曹伯明错勘赃记》、《错斩崔宁》和《金鳗记》等小说的官员都在故事中间被表面的"巧合"蒙蔽，制造了冤案，真相往往要在当事人卷入的另一些偶然事件中显露出来。正因如此，这些作品被称作"公案传奇"或"传奇公案"才是最准确的。

艺术作品的结构总是在不断演化中不断完善的，较早的公案传奇与民间的公案传闻关系密切，注重的是事件本身的离奇或"天意"安排的巧合，说话人在演述这些故事的时候，尽管也会根据听众的心理设计情节的曲折和波澜，但其结构观念与普通民众的期待不会距离太远。而后来的文人改编或创作的小说则不同，公案故事的类型特点和故事作为文字序列被阅读理解的特点同时得到了重视，原来似乎是"天意"的"巧合"现在加入了更多的人智的因素，原来比较随意的事件的连缀现在被更精心地编入一个"叙述圈套"中，《三现身》中的犯罪和《勘靴儿》的侦破过程都是如此。这一特点在明末的"三言"、"二拍"中的公案小说，如《陆五汉硬留合色鞋》，《许察院感梦擒僧王氏子因风获盗》等中表现得更明显，并影响到后来的侠义公案小说的布局。所以，我们说宋元小说有"公案"一类的形成，不仅指这类题材的大量出现；从说话人到文人叙事者的结构布局来看，也有比较清晰的定型特征。

第五节　叙述者及其意识形态

　　探讨宋元小说的叙述者及其意识形态有相当多的麻烦。首先是这些小说的作者身份很难确定，它们有些是根据说话艺人（京师老郎）说话作的记录，有些是后世（元明）文人整理加工而成的作品，还有些可能是文人的创作。多数作品具有从民间流传到文人加工的杂交性（hybridity）特点，而其作者基本处于"无名"的状态，有名字的如陆显之、金人杰等，由于其生平和思想缺乏文献记录，其意义也近于无。尽管叙述者不过是一种被巴尔称为"它"的语言的主体和功能，但了解作为作者的"他"对于更清楚地了解"它"——特别是"它"的世界观——显然是有帮助的。其次，无论是集体性的叙述者还是个人性的叙述者，"故事叙述者在其生活的即时性中无论如何都意味着一种表现的力量。他已经和我们相去遥远，他所表达的事物与我们相去更加遥远"①，在我们通过文本与之接触时，这种交流在多大程度上能达成会通，换句话说，我们对"他们"的理解和阐释在多大程度上是合法有效的，在距离和"观点"变化如此之大的情况下，我们没有理由保持充分的自信。再次，文本的意识形态分析不仅依赖于对当时的社会经济政治结构的了解，更依赖于对当时整个文化领域的话语结构的了解，这是一个浩大的"考古学"工程，需要专门研究。在本书中，我们只能根据文本本身的话语结构，和我们自身的日常经验，来分析宋元小说的叙述者的意识形态，以显示这些叙述文本的价值追求。

一、宋元小说的叙述者

　　从叙述者的角度来看，在宋元小说以前，叙述者的形象经历过从"史官叙述者"到"文人叙述者"的转变——尽管不是那么彻底。这种转变难以确定在何时发生，但到中唐"传奇小说"大兴的时候，显然一种新的叙述者形象已经定型了。至少在六朝以

---

① Walter Benjamin: *The Storyteller: reflections on the works of Nikolai Leskov*, see Narrative Theory, Volume III, edited by Mieke Bal, Routledge 2004.

前，不管是何种形式的叙述（正史或者"偏记小说"），"史官叙述者"显然占主导地位。这一"史官叙述者"作为天人之际的沟通者和历史理性的书写者为所有人（无限的读者）安排了一个秩序井然的世界。叙述者对人事或神异的叙述（包括"叙事"和"解释"）均以一种"实录"的方式将它们加以展现，而"实录"所采取的"观点"则来自"天眼"（自天观之，自道观之），从而保证了叙述声音的权威性。司马迁无疑是这种叙述者形象的开创者，尽管他本人对这一叙述者的权威性也有过怀疑，比如在《项羽本纪》、《淮阴侯列传》的论赞中，我们看到一个与作为叙述者的"它"进行争辩的太史公形象，但终究这一怀疑者形象被天道的代言者形象压倒，后者才作为合法的叙述者被确立起来，不仅作为后来正史的叙述者典范，也统率其他所有叙述形式。"文人叙述者"则不同。在唐传奇中，尽管还保留了一个史官叙述的外壳，而实际的叙述观点却来自私人，正如唐诗的个人化情感表达一样，唐代传奇的叙述者也是特立独行的。其实，在更早的传统中，已有很多典范人物，表达了他们对世界秩序的独特看法，如写作《天问》的屈原和写下了《桃花源记》的陶渊明，但"中唐的不同之处在于，在一个特定的时期，众多文人士大夫共同分享同一种价值观"①；这种价值观自然是从前代，特别是魏晋六朝文人那里继承下来的。它强调个人对于世界的理解和解释，以个人对世界秩序和意义的诠释取代"天"自身的言说，正如柳宗元在《天说》中转述韩愈的话："韩愈谓柳子曰：'若知天之说乎？吾为子言天之说。'"② 唐代的传奇小说的叙述者假借了权威的史官记录者的身份，表达的却是一种私人的观点，其"声音"和"聚焦"都是私人的，或私人空间（文人社群）的。这种叙述者的个人性不仅表现在第一人称叙述的出现，更表现在一种内在式聚焦（internal focalization）的大量涌现。比较唐传奇与正史中的人物传记不难看出，叙述者的视点功能被极大地扩大了，原来叙述者与人物的距离是较远的，两者的关系是一种"审视"和"呈现"；而现在这种距离却往往在开头部分的历史"呈现"之

---

① ［美］宇文所安：《中国"中世纪"的终结》，北京三联书店，2006年版，第15页。

② 柳宗元：《柳宗元集》，中华书局，1979年版，第441页。

后，很快地和人物拉近了，并往往通过人物与人物的观照来凸显人物的意识和感情。换句话说，尽管同样使用第三人称的叙述，唐传奇的叙述者不仅呈现人物的行动，同时也进入人物的意识；不仅看进人物的内心，同时还通过人物的内心来看。唐传奇其所以"小小情事，凄惋欲绝"（洪迈），被称为"浪漫传奇"，主要不是在于"受叙者"（题材）本身的奇特，而是由叙述者形象的文人化所决定的。一些学者或者从文言小说和白话小说的两大系统区分着眼，或者蔽于唐传奇的"历史叙述"外表或目录学家的"杂传记"的文体分类，均认为中国古代的叙述者只有两种——"史官"和"说书人"，比如王靖宇先生在《中国叙事文的特性——方法论初探》一文中认为，"'史家'作为中国叙事文中意识的主宰中心的情况一直延伸进唐代传奇。以后，'说书人'基本上成为所有虚构性质的叙事文中的意识主宰中心"①，而忽视了"文人叙述者"的存在，恐怕是视角太小或者太大所致吧。

　　由此说到叙述者的再转变——宋元小说的"说书人"（"说话人"）形象。关于这一抽象的叙述行为主体，也需要作一些辨析。首先，宋元小说的叙述者"说书人"并不就是书场上的说书人，它还包括后来作为文本改编者的"拟说书人"，甚至主要是指这种"拟说书人"（如果我们将这些"小说"作为阅读文本的话）。其次，这些由场上说书人和"拟说书人"共同构成的"说书人"形象具有集体的累计的性质，与前代的叙述者比较明确和单一的情况明显不同。再次，这些由多种声音和"观点"混成的"说书人"叙述者与明代以后的比较确定的"拟说书人"也不相同，就像唐代文人叙述者往往模拟前代史官叙述口气一样，明清的"拟说书人"也只是模拟了宋元的口头说书人叙述者的口气，而其声音和"观点"却是文人的；只不过这些个别的、确定的文人叙述者已与唐代文人叙述者已然不同，它们（它）不是对一个有限的、地位特殊的人群说话，而是向更广大的读者群说话，具有明显的"通俗"意味。

　　宋元小说的"说书人"叙述者无疑与现实的说书人具有密切

---

① ［美］王靖宇：《中国早期叙事文研究》，上海古籍出版社，2003年版，第17页。

的关系，以何种声音叙述故事才显得更为可信，以及以何种视角来"看"人物和事件，甚至是否要评论以及如何评论等成规（convention），都是在行业的不断实践中积累和形成的。比如第三人称的全知叙述、叙述者声音的介入以及与听众的交流等，都是现场说话的性质所决定的，即使元代以后这些被讲述的故事以阅读文本出现，文本的改编者也多是在修辞上下工夫，而很少改变说书人所创建的叙述成规。但应该注意的是，当真实的说书人引退，现场的听众成为不在场的读者的时候，故事叙述者的形象和功能都发生了一些变化。原来在场的说书人是声形俱现的热情的讲述者，听众可以通过其神态、语气的变化以及现场的交流来理解故事并承认其价值，一个训练有素的说书人不仅能控制他的故事，也能控制他的听众，使他们相信他的故事是"真的"并深受感染。但当口头讲述变成文字叙述时，故事的叙述者抽象化了，他不再是一个有血有肉的具体的人，而成了一个纸上的存在，一个可疑的、假定的信息发送者。时过境迁，他（现在变成了"它"）的解释和评论显得强词夺理、陈旧老套，他与故事的关系变得可疑，为什么是这样而不是那样？他是不是省略了至关重要的情节？原来权威的、唯一的信息发送者（在听众眼里故事的作者和叙述者是同一的）在书写文本中被分化了，尽管故事仍然以一种权威的声调讲述，但读者在有了一定阅读经验后，便会将叙述者与"原初的作者"分离开来，叙述者成了与人物一样的可信可不信的虚幻存在。宋元小说从早期的记录整理（以忠于说书人的"观点"和语气为前提进行的连贯和补充），到后期的改写（省略说书人的自我描述、修改情节等）的变化，一方面造成了叙述者与作者的分离，使叙述的信息更复杂化，另一方面也使故事的价值更加模糊、矛盾，或多元化（明代的大幅度改造是另一回事）。

二、叙述者的意识形态

一种新的叙述者形象的出现意味着一种不同的意识形态观念浮出水面，而这种意识形态的产生显然与一种新的社会阶层的产生有关，它表达了这一社会阶层关于自身生存状况的想象和幻想，同时也表达了他们的权利诉求。

本雅明认为，"故事叙述者在其生活的即时性中无论如何都意味着一种表现的力量",这种表现的力量即一种幻想和想象的力量,阿尔图塞称之为意识形态。它不仅表现为叙述者所做的权威性解释、辩解或评论,也存在于叙述者的其他述语之中,如对在场或不在场的接受者传达的信息,或者叙述者对自身的情感态度的叙述等①。正因如此,我们用"叙述者的意识形态"来指涉文本所表达的意识形态(情感、信仰和观点)。

宋元说书人的意识形态不是个人性的,而是民间集体的,准确地说,它表述的主要是一个新兴的市民阶级对于现实状况的幻想和想象。说书人的故事本来来自民间(流传),对于说书人来说,故事的价值或者是现存的,或者是需要根据市民的愿望加以凸显的,说故事者与听众的关系不应该是一种教化和训导的关系,而是一种"共谋"关系。也许,故事叙述者更像一位占梦者,他很善于揭示听众心里的秘密,说出存在于他们头脑中的意识形态幽灵的名字(这一过程中也经历了他对于自己的认识)。

小说作为一种社会意识形态,当然是社会基本经济结构及其派生的社会结构的反映,但这是一种什么样的"反映"呢?过去我们常常以为意识形态是生产关系和阶级关系的直接反映(镜子似的真实显现),因而常常忽略了叙述者对于现实的想象以及这种想象的歪曲性质,比如认为宋元小说中的妇女就是新兴市民阶级的代表,并且表现了"对封建势力的反抗","璩秀秀、周胜仙对爱情的追求和执着,反映了当时的妇女民主意识的觉醒"②。正如形形色色的马克思主义对马克思本人的误读一样,这里也出现了对马克思本人的意识形态理论的误解。在《德意志意识形态》中,马克思不仅指出"统治阶级的思想在每一时代都是占统治地位的思想"(市民意识形态尽管具有对抗性,但从属于主流意识形态),而且详细论述了意识形态的"虚假意识"(false consciousness)本性③。阿尔图塞也认为,"所有意识形态在其必然作出的想象性歪曲中所表述的并不是现存的生产关系(及其派生出来的其他关系),而首先是个人与生产关系及其派生出来的那

---

① 里蒙-凯南:《一个全面的叙述理论》,赵毅衡编选:《符号学文学论文选》,百花文艺出版社,2004年版,第470页。
② 游国恩等:《中国文学史》(卷三),人民文学出版社,1963年版,第176页。
③ 《马克思恩格斯选集》第2卷,人民出版社,1972年版,第52-60页。

些关系的（想象）关系"①。由此观之，说书人及其改编者对于市民阶级的欲望、信仰以及政治诉求的叙述不仅臣服于封建主义的主流意识形态，而且关于自身的幻想也是对于其真实的生存状况的一种歪曲的想象（反映）。

宋元小说叙述者的意识形态表现是斑驳陆离的，有生存与死亡、此生与来世的宗教性想象，有关于男女关系的幻想和思考，有对于经济利益和政治权利的诉求，也有对于法律的畏惧与正义的祈求，而这些想象和思想往往是交织在一起的。为了更清楚地爬梳这些意识形态特点，下文将以"情爱伦理"、"政治法律意识"与"鬼怪想象"为题逐一诠释。支撑这一划分的是相应的"文类"区分，在现存的宋元小说中，婚恋、公案和灵怪题材的作品最多，也最引人注目。

1. 情爱意识形态

卡尔·马克思在《1844年经济学哲学手稿》中说，"人和人之间的直接的、自然的、必然的关系是男女之间的关系"②。男女之间的两情相悦本来是最自然的人性的感性显现，但是，在阶级社会或私有制体制下，男女之间的自然关系却往往被异化为一种财产关系，"婚姻，它确实是一种排他性的私有财产的形式"③，当财产所有权由男性支配的时候，妇女就成为一种特殊的私有财产。意识形态不过是对这种生产关系的曲折的反映。

在宋元婚恋小说中，女性往往成为叙述的焦点。这一现象在唐传奇中就有明显表现如《霍小玉传》、《李娃传》、《任氏传》、《飞烟传》等，不过相比之下，宋元小说的被聚焦者带有更多的市民气息，身份明显下降，《风月瑞香亭》中的卓文君的地位并不比唐代的妓女低，但她的言谈举止与她一贯的高雅气质已不可同日而语。诚如杨义先生所言，"聚焦的选择包含着深刻的价值选择，解剖聚焦所在在相当的意义上乃是解剖叙事文本的价值所在"④。从正史当中的男性传主为主（后妃、列女传只是配天之

---

① 阿尔图塞：《哲学与政治——阿尔图塞读本》，吉林人民出版社，2003年版，第355页。
② 《马克思恩格斯全集》第42卷，人民出版社，1972年版，第119页。
③ 《马克思恩格斯全集》第42卷，人民出版社，1972年版，第118页。
④ 杨义：《中国叙事学》，人民出版社，1997年版，第246页。

德)到唐传奇的女性成为传主,再到宋元市井女性成为叙事的焦点,似乎是女性社会价值上升的表现。历史似乎为"她们的故事"提供了表演的舞台;而"她们"又似乎被遴选为一个时代的新兴阶级的突出代表。比较《史记·司马相如传》中的卓文君与《风月瑞香亭》中的卓文君形象,前者还只是一个没有台词的配角,后者则已成为占据舞台中心的主角,她既被司马相如观看,也成为读者(听众)注目的核心。但是,这一炫目的外表下掩盖的实质是,从卓文君登上舞台的第一刻起,她的表现并不是她自身社会价值的实现,或作为人的自由的实现,而是作为司马相如的一种占有物、作为"观众"的欲望的投射物的交换价值的实现。在卓文君等女性聚焦者身上,叙述者——作为一种时代的表现力量——所表述的新的价值理念其实是相当清楚的:双方自愿的公平交易。女性作为一种凝聚着色欲价值的商品,它既是男主人公的交换对象,也是男性读者(听众)的交换对象。当然,在封建等级制下,真正的"公平交易"是不可能实现的,特别是对女性而言。

在《错认尸》中,商人乔俊花一千贯银子买到年轻貌美的周春香为妾,带回家后却不能得到其妻高氏的容纳,只得别室另居。乔俊去外经商长期不回,周氏便色诱长工小二通奸。高氏听得丑闻,便叫周氏回家,却不料小二更奸骗了她的女儿玉秀,于是高氏、周氏合伙将小二杀死,最终全家死于狱中。在这个故事中,引人注目的是周氏的命运,她以一千贯的身价嫁与乔俊,却不能实现自己的价值(欲望、安全和家庭地位),只得找了小二作为替代品。小二作为自由职业者(身价是"每年四五百贯钱")和男人,岂能满足于做一个小妾的姘头?于是奸骗玉秀作为补偿,最终周氏操起了砍死小二的斧头。对于小二来说,他的结局正如小说家常引的一句唱词所指:"牡丹花下死,作鬼也风流。"交易是公平的,但对于周春香来说,交易却是不公平的,封建的家族制注定了她所享有的待遇。叙述者在观念上将她视为灾难的原因——"一家人口因他丧,万贯家资一旦休",这种观念本身暴露出传统家国意识形态对于商品型男女关系的恐惧:"若论破国亡家者,尽是贪花恋色人。"乔俊可以通过金钱满足自己的欲望,但这种欲望在传统的伦理体系下必然埋下祸根。叙述人在展现了现实男女的欲求之后,最终还是回到了正统的家庭伦理中。

同样的欲望与理性的矛盾也体现在《新桥市韩五卖春情》中，青年商人吴山被私娼韩金奴勾引成奸后，竟然魂系梦牵，不惜耗费金钱，也不顾舆论反对，多次与之相会，直至被色鬼索命才幡然悔悟。表面上看，这是一个肤浅的"戒色"的故事，而实际上，从吴山与金奴的书信来往来看，两者已不是一般的肉体交易关系，而是危及正统家庭关系的"婚外恋"关系，叙述者在透露这一信息后，便赶紧刹车，通过死亡警告，让男主人公回到父亲和妻子身边。传统家庭伦理和财产安全，对于小私有者而言，仍然是至关重要的；也正是在这一层意义上，女性商品尽管伸手可及，却是最危险的。

女色尽管可怕，但对于富裕起来而在封建统治秩序中缺少权利空间的市民来说，它却是难得的实现权利的一块飞地，至少本阶级或更下层的女性是可以随意获取的。在《刎颈鸳鸯会》、《张生彩鸾灯传》和《柳耆卿诗酒玩江楼》等篇章中，一种粗鄙的玩弄女性而沾沾自喜的意识通过叙述人的口吻流露出来。《玩江楼》可谓相当典型，主人公柳永调戏美艳歌妓周月仙不成，便派人将她强奸，最终使之"日夕常侍耆卿之侧"，后来冯梦龙在《古今小说·叙》中也认为此篇"鄙俚浅薄，齿牙弗馨"，因而干脆重写。《刎颈鸳鸯会》表面上是为女性市民蒋淑珍作传，实际上却是为男性市民所做的性消费广告。从"娥眉本是婵娟刃，杀尽风流世上人"的浅薄哲学出发，叙述者为我们陈述了蒋淑珍不断追逐欲望的经历，从闺阁少女时色诱邻家少年阿巧，到后来嫁给某二郎以后与夫家西宾通奸，再嫁给张二官以后又与"佳配"朱秉中通奸，蒋淑珍的情欲像火焰一样燃烧，直至被张二官杀戮。在整个叙述过程中，蒋淑珍的行为动机无从知晓，她与某二郎、西宾以及朱秉中通奸，似乎完全是基于生理需要，"奈何此妇正在妙龄，酷好不厌"，"这妇人是久旷之人，既成佳配，未尽畅怀，又值孤守岑寂，好生难遣"，显然，她是作为一个性的符号而被呈现的。叙述者在陈述朱秉中与蒋氏初交时，特别指出朱秉中"日常在花柳丛中打交，深谙十要之术"，并一一罗列"十要"的内容，——就像《张生彩鸾灯传》中的《调光经》一样，这是控制并占有女人从而获得快感的技术指标，明清时代的色欲小说的性技巧描写套式大概由此发端——这无意中点出"鸳鸯会"的性质就是赤裸裸的性占有。而蒋淑珍的性欲越旺盛，越能体现这种占有的价值。所以尽管朱秉中也被象征传统道德力量的张二官屠戮了,他仍然满足了男性市民"过把瘾就死"的心理诉求。

正如财富和政治往往纠缠在一起一样,女色也往往是一种权利的象征。美艳的蒋淑珍之所以能成为小店店主朱秉中的猎物,是因为她从小缺乏教养,"豪门巨族,王孙公子"看不上她。叙述者的交代表明,蒋淑珍能成为市民消费的商品,是一种权利的让渡,如果她们能增加身体以外的附加值,本来是归权势者享用的高档商品。小市民当然对于这些高档商品也是充满欲望的,但这种欲望只能以一种特殊的、隐喻的形式加以表达。在《勘皮靴单证二郎神》中,就有这样一位庙官孙神通,淫污了皇帝的妃子,还差点全身而退。叙述者对孙神通假扮二郎神与韩夫人幽会描绘得绘声绘色,这位市民英雄不仅和"天眷"韩夫人谈情说爱、翻云覆雨,而且还接连打退了前来捉拿他的王法师和潘道士。直到其命运必然发生逆转的时刻,叙述者才不无遗憾地评述道:"说话的,若是这厮视局知趣,见机而作,恰是断线鹞子一般再也不来,落得先前受用了一番,且又完名全节,再去别处利市,有何不美,却不道是:得意之事,不可再作,得便宜处,不可再往。"这是一段令人回味的感叹,叙述者对自己的主人公是充满同情和敬意的,他(它)假设自己的主人公如果坚持本阶级的处世哲学(16字生意经———一种实用主义的游击战术),则对权势者的挑战本来是可以成功的。至于小说中刻画细致的韩夫人,除了作为可以直接满足色欲的"受用"工具,她显然更主要的是作为权利的象征符号发挥意识形态功能的。

如果说宋元小说叙述者只是一味地将妇女当作一种危险而富有消费价值的性符号[①],或者一种实现权利的象征性中介,显然是有偏颇的。在传统的儒家伦理中,妇女的地位是构成整个伦理秩序的有机体,唐宋时期的法律均认定"一夫一妻不刊之制",对重婚者予以刑罚[②]。宋代以后理学对妇女的贞节和伦理有了更多约束,但主要影响在朝廷和文人贵族上层,如元朝关于妇女不得改嫁的法律规定,只适用于朝廷命妇。而在商业社会兴起后,

---

① 单从性别意识形态视角来看,很容易得出这一结论,参见马珏玶《宋元话本叙事视角的社会性别研究》,《文学评论》2001年第2期。

② 陈顾远:《中国婚姻史》,商务印书馆,1998年版。

妇女的社会空间反而加大，宋元时代经济发达的有些地区，已经出现妻子与丈夫平起平坐的现象。如浙江城镇经常看到妇女坐街买卖的现象，《金明池吴清逢爱爱》中就描写少女当垆卖酒，"妇女各理生计，直欲与夫相抗"，夫妻"各设掌事之人，不相同属"成为一时的风俗①。这样一种生产关系及其派生的恋爱、家庭伦理关系必然会在叙事文学中有所反映。在周胜仙（《闹樊楼多情周胜仙》）、璩秀秀（《碾玉观音》）、李翠莲（《快嘴李翠莲记》）等人身上，我们确实看到了叙事人传达的一种不一样的思想意识。

在阐述叙述人相关意识形态之前，不得不提到一些较有影响的观点。如游国恩等主编的《中国文学史》认为周胜仙等人是新兴市民阶级的代表，她们对爱情的追求反映了当时的民主意识。这是把小说（或"说话"）当作社会关系的再现形式来理解的，将叙述者的特定视角给跳跃了或省略掉了。胡士莹先生则考虑到了叙述人的"观点"问题，他说，"说话人同情在父权、夫权等封建伦理桎梏下受迫害、作斗争的人，赞美市民式的带有自由平等等因素的爱情。赞美在劳动和爱情的基础上结合的婚姻和家庭，他们歌颂勇敢的妇女"②。这一观点超越了僵化的反映论和阶级论，对某些作品而言，仍具有阐释的有效性，是我们理解宋元小说的重要参考。对我们来说，它比近年来经常出现的女性主义批评更有说服力。女性主义的解读往往建基于先验的性别差异，只注意到叙述者的男性身份，而忽略了叙述者首先是一种社会力量的建构，这种社会力量是男男女女种种声音的聚合体。

宋元小说的叙述者是不同时代、不同地域和不同文化修养的复合体，甚至同一个作品都可能接纳了说话人和改编者的不同声音。所以应该充分考虑到作品或叙述人的思想意识的差异，而不能为了理论概括或文学史的整体时代特征而忽视这些差异和断裂。同样以市井女性为聚焦对象，叙述者对周胜仙和蒋淑珍的态度是明显不同的，而李翠莲和周胜仙身上凝聚的叙述观点也是不同的。

在周胜仙和璩秀秀等人身上，叙述人对她们的"爱情"（自

---

① 孔齐：《至正直记》卷二。
② 胡士莹：《话本小说概论》，中华书局，1980年版，第81页。

由组合家庭）追求倾注了相当的同情，对她们冲破樊篱的胆量表达了相当的敬意，《醉翁谈录》之《小说引子》有诗云："春浓花艳佳人胆，月黑风寒壮士心。"将"佳人胆"与"壮士心"并举，表明当时的说话人对那些"佳人"的褒奖。周胜仙和璩秀秀等都是奋力追求与情人结合的青年女子，生不能得，死了也要做夫妻。在这些故事的陈述中，叙述人明确提出了一个"情"字，这个"情"字与唐传奇的那个隐忍矜持的"情"（发乎情，止乎礼）字相比，显然是更为直率而强烈了。璩秀秀既然看上崔宁，便不管什么父母之命媒妁之言，"比似只管等待，何不今夜我和你先做夫妻"。她"死"了两次，仍要和崔宁厮守在一起。周胜仙对范二郎一见钟情，便巧妙地自报家门，"我是不曾嫁的女孩儿"。死而复生后，又直接去樊楼寻找情郎，不慎被二郎打死也未生恨意，其魂灵还要去狱中与他幽会。宋元说话的"烟粉"一类，大都深情款款地叙述了女主角"上穷碧落下黄泉"的爱情追求，《郑意娘传》中的意娘、《金明池吴清逢爱爱》中的爱爱等，都是如此。叙述人对她们的同情和敬意是明显的，它有时甚至还通过对男主人公的贬抑来彰显女性的"情"的崇高，如崔宁是软弱而犹豫的，范二郎的感情是即兴的，吴清的情是色欲的，而《郑意娘传》中的韩思厚是易变的。尽管叙述人有时会对这种"爱情"加以或多或少的礼教规范，如郑意娘是"守节丧生"，或欲望化解释。如《张生彩鸾灯传》中男女主人公"苍蝇扑血"般的性交，但对市井男女的情感关系仍提出了超越传统礼教和物质束缚的大胆的、积极的、合乎人性的想象。这种关于男女关系的积极构想为明代小说家所继承，影响到"三言"、"二拍"中大量类似作品的产生，其中涌现出《杜十娘怒沉百宝箱》、《王娇鸾百年常恨》等优秀之作。

总的来说，宋元小说的叙述者对于其言说的男女关系持两种基本不同的观点（在理论上有三种）：欲望的等价交易或不等价交易；超越欲望的平等自然的"爱"。第三种意识形态声音则在现实状况改变以后变得很微弱，尽管它在许多文本中仍以"评论"的形式出现：儒家正统的"礼"与"节"。欲望的交易是在市民社会的现实状况下关于男女情爱的"合理"想象，或粗鄙的市民意识的自然流露，而超越性的"爱"的想象则是对异化的现实的一种抗议，一种乌托邦的幻想。前一种意识形态曲折地反映出市民的一种集体意识，后一种想象则显然与元明文人的独特思想有关，《清平山堂话本》中的欲望叙事很明显地呈现了口头说话人的直率的交易观念，"三言"的修改本则将情欲审美化了，几篇出色的"爱情小说"都出现在"三言"中，显然与明代高级文人的超越性思考分不开），只是文人关于情爱伦理的积极思考（不妨称作"美学意识形态"），不应该看作是外加的，而是说话人内含的思想意识的延伸和"纯化"。

2. 政治意识形态

宋元小说叙述的主要是市井细民自己的故事，其叙述者也是市民自己的代表，即使说及帝王将相才子佳人，也是从市民视角出发的。从这一视角出发，叙述者确实表达了一种与统治阶级的思想家不一样的意识形态。这些意识形态观念有时是以一种对抗的姿态出现的，有时是以一种"搀入"或"篡改"传统或主流话语的方式出现的。正如马克思所言"统治阶级的思想在每一时代都是占统治地位的思想"，特别是在政治法律意识上，其他阶级的声音不可能以一种独立的革命的全新姿态出现；但是反过来，下层社会阶层在接受统治意识形态的训诫和规化时，又不是全然驯服或欣然领受的，现实的真实状况使它对于世界秩序产生不一样的想象；特别是在统治秩序出现松动乃至裂变的时候，比如两宋之交和宋元之交，时局的动荡造成思想的震荡，种种对立的或"修正"的思想就会浮出水面。如果考虑到说话人与听众群体的现场交流的因素，则现实的社会政治话语会更多的出现①，这些话语或者通过说话人的直接评论表现出来，如《错斩崔宁》中对于法官昏聩的控诉，或者通过现实故事呈现出来，如《碾玉观音》中秀秀被郡王打死，在市民公共领域产生强烈的反响。正因为如此，元代的统治者才会制定严峻的刑律"死"、"流"来禁止说话艺人的演出②。

在宋代以前的叙事中，未必没有市民意识的流露，比如《史记》中的《游侠》、《货殖》诸传，就曾被认为表现了"人民

---

① 明代以后的同类小说在社会政治方面变得小心翼翼，有理由相信"三言"对古本小说的改编将更多的政治话语文学化了。这与"说话"转变为个人默默领会的书籍阅读也有关联。

② 胡士莹：《话本小说概论》，中华书局，1980年版，第279－281页。

性"。但我们应该注意到,史官的叙事即使涉及"市民"或"人民",也并非自"市民"或"人民"的视角来记录他们的事迹和意识,而是从"天道"的神圣视野下俯瞰这些卑贱者,从而将来自下层的"杂语"("小道")纳入到统一的神圣的"道"的言说中,由帝王将相、忠臣烈士的事迹构成其主旋律。即使在以"人道"挑战"天道"的唐代文人叙述中,市民价值也是被忽略和被贬抑的。在"士农工商"的四民序列里,由后两者组成的市民阶层是唐代文人蔑视的对象。白行简《李娃传》中写到一位堕落到市井中成为歌手的荥阳生,其技艺出众,在赛歌中所向无敌,万人拥睹。其身为刺史的父亲知道后将他打得半死,并逐出家门。最后叙述人让妓女李娃督促其矢志于学,终于上登甲科,获得救赎。唐代文人极少将笔触伸及市井人生,偶尔写到士子混迹市井,亦视为一种"堕落",需要将其从下面的世界(无意义的罪感的世界)中捞出来。只有到了宋元时代,一些中下层文人在彻底掉入"深渊"、身心俱受市井生活的洗礼以后,才以说话人或书会才人的身份,以市民的话语表达出市民自己的生活和意识,并以市民的话语重新叙述他们熟悉的"历史"。我们所看到的宋元小说文本,大部分都出自这些中下层文人手笔。

宋元小说发端于市井演艺,主要是一种大众娱乐,其政治意识只是在有声有色的故事中流露出来。在这些故事中,政治法律意识比较浓厚的主要是"说史"和"说公案",此外是一些现实性比较强的发迹变泰和恋爱故事。在"说史"类故事中说话人表现了怎样的政治理想,又是如何表现的,我们已难窥其全貌。因为元代出版的《五代史平话》、《大宋宣和遗事》等多为缀合各种资料而成,其中有许多内容是直接抄自正史。但从采自民间说话的相关语言材料中,我们还是可以看到民间叙述者对帝王将相的基本态度。比如《五代史平话》对几位开国皇帝的少年经历都写得极为生动传神,他们大都是市井平民甚至无赖,其后投军发迹。这样的叙述观点和聚焦无声地凸现了市民政治理想:"他们"和"我们"并无不同。《大宋宣和遗事》开头对历代帝王的评说也是说话人语言,其评价帝王的标准不是从天道,而是从人道作为来评定的,而"有道"与"无道"的区别则在是否选贤任能、眷顾百姓。论及本朝宋徽宗,它毫不客气地说:"今日话说的,也说一个无道的君王,信用小人,荒淫无度,把那祖宗混沌的世界坏了,父子将身投北去也。"这种直接的批判可以说是市民阶层所独有的,尽管在"王道"政治上他们分享了传统的意识形态。

《古今小说》卷十五《史弘肇龙虎君臣会》(《史弘肇传》)其实也是一篇说史类作品,其中叙及两位开国皇帝(刘知远和郭威)和一位权臣(史弘肇),只不过小说重点说的是史弘肇和郭威青年时代发迹变泰的故事。这篇小说透露了如下的政治意识:①帝王将相诚然是上天的安排,但"他们"就在"我们"之中诞生,和我们擦肩而过。换句话说,"我们"也可能成为上天的选民,"王侯将相,宁有种乎?"史弘肇和郭威当初不就是街头的混混吗?他们"日逐趁赌,偷鸡盗狗","没一个人不嫌,没一个人不骂"。②要成王拜侯,除了要存仁义,讲义气,更重要的是要敢作敢为。郭威拳打李霸遇,刀劈尚衙内,其英雄气自有贵人赏识,因而能逢凶化吉,越走越高。篇尾诗云:"英豪际会皆有用,儿女柔脆空烦劳。"一种市场竞争的男性英雄主义渗透到政治权谋中。这种政治伦理与正史的叙述大异其趣,正史中的史弘肇与郭威是完全不同的形象,史弘肇残酷暴虐,终因权高震主而遭夷族之祸;郭威则礼贤下士,与士卒同甘苦,终于被推为人主——无不验证着天道的神圣①。冯梦龙曾说"史统散而小说兴",这句话其实也可以倒过来理解:"小说兴而史统散。"正是在一批"现实主义"小说出现以后,王道政治永恒正确的神话开始显得千疮百孔了。在人间的一个个悲剧面前,由天道来阐明的政治合法性已经站不住脚了,因为人们对"天道"本身都开始怀疑,正如窦娥所唱:"地也,你不分好歹何为地?天也,你错勘贤愚枉做天!"

与唐代传奇的诗性想象不同,宋元小说具有相当程度的写实性,在时间、空间,风俗名物、人物事件甚至语言等方面都具有历史实录性。程毅中先生曾在《宋元小说的写实手法与时代特征》一文中对此做过详细考查,认为正如巴尔扎克《人间喜剧》为我们提供了一部法国社会特别是巴黎上流社会的现实主义历史,宋元小说也"给我们提供了一部宋代的以市民为主体的平民

---

① 参见《新五代史》卷十一载周太祖郭威传,卷三十载史弘肇传;《旧五代史》卷一百七·汉书九·列传第四载史弘肇传,卷一百一十·周书一·太祖纪郭威传。

社会的现实主义历史"①。我们认为这里的"现实主义"不仅指小说事实的历史真实性,它还包含着对现实的政治制度、法律关系、经济关系、道德观念等的一种重新观照,即在正统史学的"一代之制,共日月而长存"的超验的历史神话(在这里只有"王霸之迹"的显现)之外,提出一种"经验主义"的历史视角。在这种经验主义的历史观照下,不仅历史的视阈拓宽了(民众的生活史长期以来是被遮蔽的),而且永恒的、模糊的神道政治也被作为一种具体的历史的权利关系得以认识——当然,这种经验主义是不彻底的,它在当时的文化条件下,不能不被包裹在儒道佛等种种意识形态的氛围之下。

《古今小说》卷三十九《汪信之一死救全家》讲述了一个发生在宋代淳熙年间的真实故事,本事见《桯史》卷六"汪革谣谶"。空手致富并成为地方豪强的汪革本有报国抗金之志,但"枢密院官都是怕事的,只晓得临渴掘井,那会得未焚徙薪?况且布衣上书,谁肯破格荐引",于是报国无门。而在他去临安酬壮志的时候,家里人得罪两位教头,教头诬陷汪革谋反,导致朝廷抓捕。汪革拒捕,杀了都监,攻打县城。最后不得不自首以保全家老小。尽管叙述人以"此乃命也,时也,运也"来解释汪革的命运,但其具体的陈述却透露出市民政治理想与朝廷政治秩序的深刻矛盾。假如汪革报国有路,他就不会在朝廷抓捕他时如此激烈地对抗;假如朝廷在听到谣言时不是轻率地兴师动众,宿松县尉不是再度造谣("汪革反谋,果是真的"),而能做些基本的调查侦讯,汪革都不会有如此的命运。所以市民的悲剧命运是由朝廷政治的昏暗以及市民的地位在王道政治秩序里没有位置所决定的。宋元公案小说中大量的冤案亦由此造成,《曹伯明错勘赃记》、《错斩崔宁》、《错认尸》、《简贴和尚》等小说中,所有嫌犯一入衙门,首先就是一顿暴打,全不问青红皂白。在《错斩崔宁》这一出典型的悲剧中,陈二姐和崔宁两个清白的年轻人被屈打成招,最终一个被活剐,一个被斩首。说话人不由得跳出来激愤地评说:"这段冤枉,仔细可以推详出来。谁想问官糊涂,只图了事,不想搥楚之下,何求不得!冥冥之中,积了阴骘,远在

---

① 程毅中:《宋元小说的写实手法与时代特征》,《社会科学战线》1996年6期。

儿孙近在身。他两个冤魂，也须放你不过。"对于普通的庶民来说，他们对自己被冤屈的命运可能经验性地怪罪于某个昏官，犹如早期的无产阶级将自己被压迫的命运归结为具体的机器或资本家，只有关汉卿一类的文人才会将窦娥的悲剧原因追溯到那隐秘的政治秩序的操纵者——"天"。

在森严的宗法体制下，市民阶层作为弱势群体即使存在怀疑和反抗的心理，也往往只能通过对自己的欲望、言行的约束来获得生命和财产安全。不少小说叙事者在"暴露"的同时都不会忽略这方面的告诫，比如《错斩崔宁》的叙述者就将冤屈的肇因归结为刘贵的酒后戏言，在小说的最后告诫听众（读者）说："善恶无分总丧躯，只因戏语酿灾危。劝君出语须诚实，口舌从来是祸基。"《错认尸》中乔俊一家受刑不过，死于狱中，也似乎是由乔俊"好色"所导致，是他过分的欲望导致全家的灾难——"好色乔郎家业休"。外部的强大压力迫使下层民众更多地注意自我反省，或者将希望寄托在另一世界①或者现实中的某个侠士，如《万秀娘仇报山亭儿》中的孝义尹宗。

在大多数的宋元小说中，叙述者对官府以及官府所代表的清明政治并不抱有希望，相反，叙述者往往把官员的糊涂断案看成是人物蒙受冤屈和灾难的原因。《曹伯明错勘赃记》中的曹州州尹使曹伯明屈打成招，《计押司金鳗产祸》中的临安府尹屈杀戚青，《错斩崔宁》中的临安府尹屈杀崔宁、陈二姐，《简贴和尚》中的钱大尹等都是只会用刑而毫无智慧的糊涂官。而《错认尸》中的海宁安抚史则被如此描绘："相公是蔡州人，姓黄名正大（名字颇为反讽），为人奸狡，贪滥酷刑。"乔俊一家四口死于狱中，正是他滥用刑罚的后果。对比明代小说中叙述人对清官的赞赏，其间的政治意识的差异是很明显的。明代的"包拯"（《龙图公案》）、"海瑞"（《海公案》）、"滕大尹"（《滕大尹鬼断家私》）、"陈御史"（《陈御史巧勘金钗钿》）不仅一跃成为故事的主角，而且都是正义和智慧的象征。而且，由于他们的出现，庶

---

① 佛教，特别是道教在民间的盛行为这种思考方式提供了依据，前世作孽或六道轮回的因果观念在相当程度上抵消了对现实政治的积极思考，如《计押司金鳗产祸》、《碾玉观音》中的表现。

民和王道政治之间重新建立起了沟通的桥梁，他们既是"自己人"，又是"青天"。这正是明代文人叙述者"通俗"的叙述谋略，与朱熹等人将"道"扩充到下层的人伦日用是殊途同归的。而在宋元小说叙述人看来，市民百姓的政治诉求与王道政治之间的紧张，几乎是难以克服的。

宋元小说中还有很特殊的一篇，即《宋四公大闹禁魂张》。据谭正璧先生推测，这篇小说是元代文人陆显之"从宋人旧本加以编写而成"。原题应该是《录鬼簿》中所称的《好儿赵正》或《宝文堂书目》中的《赵正侯兴》。这篇小说中的人物形象和情节可以说是后来的《水浒传》的先声。小说以连环的情节写了宋四公、赵正、侯兴及王秀一班盗贼先后相聚后，结伙在京城盗了钱大王府，在官府办案的过程中药倒马观察，剪了大尹金鱼带，还设计使得办案的殿直王遵、观察马翰屈死狱中，吝啬不义的张员外被迫自尽。而他们一伙最终逍遥法外，"公然在东京做歹事，饮美酒，宿名娼，没人奈何得他"。这当然是一曲盗贼的颂歌，不仅盗贼的机智洒脱与官府的愚笨昏庸恰成对照，而且在盗贼的无法无天的行为面前，法律的"正义"与恢恢的天道全都不复存在。小说最后另有几句交代："直待包龙图相公做了府尹，这一班贼盗，方才惧怕，各散去讫，地方始得宁静。"这一交代很可能为冯梦龙所增补，他对标题的改变也是出于同样的逻辑——尽量淡化斗争哲学。

《宋四公大闹禁魂张》（《好儿赵正》）所叙述的事迹，并非底层社会的幻想，而很可能是实有其事。南宋的文言小说《鬼董》卷五《周宝》是一篇笔记体小说，内容与之相似，特别是开头部分写为富不仁的闵一郎，为一文钱激发周宝的报复之心，与《好儿赵正》中宋四公要盗窃张员外的缘由完全相似。侠盗们也是逐渐聚积，并避过巡逻兵成功实施了抢劫。只是《周宝》的结局是周宝等人被捕论斩，只留贼首古训逃脱。古训是真正的侠盗，他在行事前让众人立誓"不得杀人，不得奸淫女妇"，并在行动中制止不人道行为。作者的叙述观点主要在"道义"。《鬼董》卷二的《陈淑》也写了盗贼横行的情况，其中的崔观察就是一个逍遥法外的大盗。但《鬼董》的叙述者毕竟没有《好儿赵正》的叙述者的思想力，后者在混乱的现实中看到的主要不是人伦，而是政治，它歌颂的"好儿"不是一个道德高尚的人，而是一个以自己的智慧和勇气冲决一切罗网的人，他（们）的行为让市井细民看到那些盘踞在他们头顶的老爷们其实是多么虚弱，那些决定他们命运的纲常法纪也并非捅不破的天网。这篇没有说教、纯粹以事实说话的作品，可以说是那个时代"抵抗政治"的最强音。

第六章　宋元讲史平话叙事思想

宋元讲史话本，通称"平话"。"平话"的意思有两种：一是只说不唱的"平说的话本"①，这应是其最初的含义；二是指"有说有评"的故事，这应是明代"平话"多写作"评话"后衍生出的含义②。除此之外，相对"小说"而言，平话还有如下几个特点：①篇幅漫长，分卷分目。平话讲述长篇历史故事，一般长达四五万字，最长的《新编五代史平话》长达十余万字。正因为篇幅长，为阅读的便利，就有分卷分目的必要。②平话是讲史，如胡士莹先生所说"'平话'大概是元人称讲史的一种习语"③，它多以书史文传为蓝本，即便是《武王伐纣》这样的虚构较多的故事，其"虚构"也是据史籍或传闻敷衍；而"小说"讲烟粉、灵怪、传奇、公案故事，多据现实传闻虚构，题材明显有别。③断代编年的叙事手法。尽管小说家依据的史籍多有纪传体，如《史籍》、《汉书》、《三国志》等，但平话演述历史故事，却都是按年代顺序展开，特别是在《宣和遗事》与依《资治通鉴》编写的《新编五代史平话》中，表现尤为明显。

已发现的宋元讲史平话，名目有如下几种：

《新编五代史平话》（梁史、汉史均缺下卷）
《大宋宣和遗事》（另名《宣和遗事》）
《全相平话武王伐纣书》（别题《吕望兴周》）
《全相平话乐毅图齐七国春秋后集》
《全相秦并六国平话》（别题《秦始皇传》）

---

① 浦江清：《浦江清文录·谈〈京本通俗小说〉》，人民文学出版社，1989年版，第207页。
② 参见程毅中：《宋元小说研究》，江苏古籍出版社，1999年版，第258-259页。
③ 胡士莹：《话本小说概论》，中华书局，1980年版，第164页。

《全相平话前汉书续集》（别题《吕后斩韩信》）
《全相三国志平话》（别题《三分事略》）
《薛仁贵征辽事略》①

如前所述，宋元时期的"小说"在思想和艺术上均有可圈可点的成就。那么，长篇叙事的讲史平话，其情形又如何呢？自20世纪学界发现这些长篇平话以来，基本的意见，是这些作品有重大的史料价值或学术研究价值，而较少艺术价值。石昌渝先生论"中国小说源流"，其如下的一段话足以表达现代研究者对于平话的一般看法：

> 平话在处理历史事实的时候，文学意识并不强烈，情节的编织和性格的描写都没有着意去经营，或许作者根本就没有经营的艺术匠心，在艺术上是粗糙的。抄移史书的文字夹杂着录自说话人的叙述，半文半白。这类平话只是比较通俗的叙述一段历史，让粗略识字的人读得懂，使他们对事实的兴趣和对故事的兴趣都得到满足，如此而已。……所以平话还是一种处在发展中的浅层文学。②

对于很多文学的爱好者和从业者来说，他们对于古代的历史小说的认识往往先经由《三国演义》和《水浒传》这样伟大的文学经典建立起一个"期待视野"，以此视野来检视宋元时的旧平话，难免"感到异常的失望"（郑振铎语）。这种"失望"，除了有如石昌渝先生所谓"艺术粗糙"的原因，恐怕还有如下几个方面的具体原因：一是大段摘引史书而不能坚持一个视点的陈述，导致观点、语气都很不连贯，阅读不够流畅；二是摹写或抄引说书人故事的部分，段落和语句经常重复，如《乐毅图齐》和《秦并六国》叙战争的部分，总是"斗经二十回合，××诈败"；三是文字的讹误、脱漏，以及人物和事件的交代不明等，反映出当时编辑出版工作的草率，这种草率也许在当时尚可容忍，而对现

---

① 关于这些作品的成书年代，可参见胡士莹《话本小说概论》第十七章第三节、陈美林等著《章回小说史》（1998）第二章第二节。
② 石昌渝：《中国小说源流论》，三联书店，1994年版，第294－295页。

代读者而言会经常引起不悦甚至愤怒。

从历史文学的角度而言，宋元时期刊刻的平话确实已无法承受现代读者的目光，其实，明嘉靖时的蒋大器就对这些旧本有如此恶评："其间言辞鄙谬，又失之于野。士君子多厌之。"有了《三国演义》，人们不必读《三国志平话》；有了《封神演义》，不必再读《武王伐纣书》；有了《列国志传》、《新列国志》等，人们不必再读《秦并六国》、《乐毅图齐》。明以后的历史小说，不仅对于阅读文本的编撰渐趋精熟，而且编写者已是冯梦龙一流的才智之士。更不可忽略的是，叙事文本的阅读，到长篇演义小说大量出现的明代晚期，已经过了几百年。由消费市场形成的种种机制，必然成为高质量的文本生产的动力。郑振铎先生认为："长篇小说的艺术的进步，是嘉靖以后的事。在此时以前，其文笔都是比较幼稚的。"① 嘉靖以后几大名著的出现，在某种程度上与文化人加入读者群以及编著、出版者以他们为目标读者分不开。而元代至治年间刊刻的全相平话 5 种，也即早期的平话阅读文本，显然是以粗通文字的大众为目标读者的，其文笔被高等文化人视为"鄙谬"，理固宜然。

然而如果我们换一种眼光，即不从现代的狭窄的"文学"眼光，而仅以"叙事文本"的观念打量这些作品，把它们还原到历史的具体处境，即会解读出诸多叙事思想的信息。比如文白夹杂的语态、与口头文本的关联、文本体现的平民知识人的思想意识，以及别具意味的结构特色等。下面我们仅以《新编五代史平话》为例来管窥宋元讲史平话的叙事思想。

第一节 《新编五代史平话》的话语形式

《新编五代史平话》在所有平话中是最古老的一种。20 世纪初曹元忠发现它的时候，以为是宋刊。胡士莹先生认为是"宋人旧编元人增益"②，后来又有不少学者认为此书"大致产生在金亡

---

① 郑振铎：《郑振铎全集》（第 4 卷），花山文艺出版社，1998 年版，第 100 页。
② 胡士莹：《话本小说概论》，中华书局，1980 年版，第 712 - 713 页。

前后"①（南宋尚未为元所代）。尽管对刊刻年代的判断有差异，但学者们大都认为这个本子当是宋代讲史家说话的底本，或者说参照宋代讲史"话本"编写的。胡士莹先生甚至根据《东京梦华录》载尹常卖说五代史的记录推测"此本可能就是尹常卖在京师讲说时的口头创作，经过南宋和元代的书会先生陆续增补才编写成功的"②。

笔者在本书第六章已经指出，"底本"的观点是站不住脚的。我们所见的诸种小说或讲史文本，本来就有供阅读之用的目的。就《新编五代史平话》而言，书中多处运用说话人的口气，或者某些段落纯用口语，并不能说明它们就是宋代说话人的底本，而只能理解为编写者在编写过程中模拟了艺人的口头陈述，因为这些故事——如黄巢、朱温或郭威的发迹变泰的故事很可能就来自于艺人的说话。——当某一情节来自口头的时候，其表述形式往往会伴随着延续很长时间，我们在明清时期的小说中仍然可以见到。但《新编五代史平话》更多的内容，却是比较雅驯的文言，尽管不如《资治通鉴》那么庄严，但语体却明显受其影响。也就是说，它有一个由白话转化为文言的过程，当叙某位开国皇帝在江湖厮混时，它用的是白话，一旦发迹变泰进入正史，需要从正史寻求材料的时候，它便转化为书面语。特别是《梁史平话》之后，这种书面语体的陈述占了大部分。而把这种书面语体的叙史当做说话艺人的底本（而且就陈述的事件而言往往比《通鉴》更详细，而不是提纲似的）显然是不可思议的③。唯一合理的解释，就是《新编五代史平话》是专供大众阅读的通俗历史文本，编著者在搜集素材时，同时采取了民间和官方两种渠道的材料及其视点。下面我们将对其话语形式及其含蕴加以详细剖析。

《新编五代史平话》的叙事话语，有两种很不协调的语态：第一种来自民间口头语，第二种则是文人书面语。我们先录两种文字比对一下：

---

① 程毅中：《宋元小说研究》，江苏古籍出版社，1998年版，第289页。
② 胡士莹：《话本小说概论》，中华书局，1980年版，第713页。
③ 关于《新编五代史平话》非宋代"说五代史"艺人底本，而是参照《资治通鉴》等书供出版之用的论述，可参见丁锡根：《〈五代史平话〉成书考述》，《复旦学报》，1991年第5期；卢世华：《并非底本——论〈五代史平话〉编写方式》等文。

A：道罢，朱温待归营收拾了，分付着老小，拣好日起行。只见那妻子张归娘泪簌簌的下。朱温向张归娘道："咱每行军发马，你哭则甚？"张归娘只管含羞不说，泪珠如雨，滴滴地流满粉腮。正是：

玉容寂寞泪阑干，梨花一枝春带雨

朱温整日价只是去四散走马踢球，使枪射箭，怎知他浑家曾被黄巢亲到他军营来相寻，因见张归娘生得形容端正，美貌无双，便使些波言语，要来奸污他；奈缘张归娘是个硬心性的人，不肯从允，跪谢黄巢道："……"道罢，有人报朱温已回，黄巢潜身便走。那时节张归娘不曾敢向朱温道。今听得朱温要往同州，只得依直说了。朱温听得万事俱休，才听得后，怒从心上起，恶向胆边生："却不叵耐这黄巢欺负咱每忒甚！"时下间，便带将他的老小、部所属军，不辞黄巢，迤逦向同州路去。①

B：郭威、王峻入见太后，请立开封府尹刘勋为嗣。太后曰："刘勋久患羸疾，不能起，何以临朝？"令左右以卧榻升刘勋，以示诸将。诸将信之，乃别议所立。郭威与峻欲立刘赟为嗣，百官表请太后下诰，遣太师冯道诣徐州迎刘赟。初，威在河中讨三叛时分，得朝廷诏书，见其处分军国之事，皆合机宜，问谁为之，使者以范质草诏对，威曰："此人宰相器也！"直学士当草制诰，威独令范质草诰，令具仪注于仓猝之中，讨论撰定，皆合事宜，威称赏不已。②

A 段是明显的说书人口吻，不仅用了不少口语词汇，而且插入了诗句和套语"怒从心上起，恶向胆边生"，这不免使人联想到尹常卖一类的讲史家的说书。然而 B 段的语体完全不同，它以文言词汇取代了口语词汇，简洁严整，不再烘托，也没有其他说话的标记，而与史家的叙事相一致。事实上，它正是抄自《通鉴》，而且比《通鉴》更简洁。试对比《通鉴》原文：

（《资治通鉴》卷第二百八十九）郭威、王峻入见太后于

---

① 《宋元话本集》，丁锡根点校，上海古籍出版社，1990 年版，第 44 页。
② 《宋元话本集》，丁锡根点校，上海古籍出版社，1990 年版，第 204 页。

万岁宫，请以勋为嗣。太后曰："勋久羸疾不能起。"威出谕诸将，诸将请见之，太后令左右以卧榻举之示诸将，诸将乃信之。于是郭威与峻议立赟。乙丑，郭威帅百官表请以赟承大统。太后诰所司，择日备法驾迎赟即皇帝位。郭威奏遣太师冯道及枢密直学士王度、秘书监赵上交诣徐州奉迎。郭威之讨三叛也，每见朝廷诏书，处分军事皆合机宜，问使者："谁为此诏？"使者以翰林学士范质对。威曰："宰相器也。"入城，访求得之，甚喜。时大雪，威解所服紫袍衣之，令草太后诰令，迎新君仪注。苍黄之中，讨论撰定，皆得其宜。①

与《通鉴》相比，平话进行了某些删节，比如郭威入城访求范质、"大雪解袍"等生动的细节（司马光编《通鉴》时"遍阅旧史，旁采小说"）被删去了；某些句子比原文更简练，如"令左右以卧榻升刘勋"、"乃别议所立"等。而且我们还发现，在插叙郭威初识范质这件事时，平话的编者加入了一个为原作省略的"初"字。这样的叙述语态让人不免疑惑：为什么如"大雪解袍"一类的细节不加渲染，反而比史家叙事更为精简而严整呢？这样的处理，至少让我们意识到，《新编五代史平话》的编写者并没有如后来的演义小说作者那样明确的意图，即把历史小说化，至少，他在按鉴陈述历史时，还没有从史家意识和小说家意识的矛盾中解脱出来，也许考虑到其读者也有不少是读过《通鉴》的，所以他有时会比史家更像史家，尽管难以达到。

但正如郑振铎先生所说，《新编五代史平话》"非是一部干枯无味的历史演义"。其趣味不仅表现在讲述黄巢、朱温、刘知远、郭威等人发迹前的故事情节曲折、语言活泼，也表现在它在处理《资治通鉴》、《五代史》等提供的史料时，所体现的创造性的加工。这种创造的艺术主要表现在如下几个方面：

其一，《新编五代史平话》的叙事语法已与《通鉴》不同。《通鉴》叙"历代君臣事迹"、"年经国纬"、"举撮机要"。所谓"机要"，是"关国家兴衰、系生民休戚，善可为法，恶可为戒者"②。凡有益于"资治"，不论是君事还是臣迹，都根据时间顺

---

① 司马光：《资治通鉴》（第四卷），岳麓书社，1990年版，第865页。
② 《资治通鉴·后叙》，岳麓书社，1990年版，第935页。

序铺陈，这就使得事件的叙述没有主轴，比较散漫。而平话首先确定了一个叙述主体，这就是皇帝，如《梁史平话》卷上主要是朱温的故事，《周史平话》上下卷分别是太祖郭威和世宗柴荣的故事。主体既明，题材便相对集中。比如朱温与李克用交恶的事件，发生在唐僖宗中和四年，正是朱温归降不久、和李克用并力讨黄巢的时候。《通鉴》在《唐纪七十一》有记载，《新编五代史平话》中，不见于《梁史平话》，而在《唐史平话》中有详述。这便很有讲究。因为这件事是朱温意气用事，放在《梁史》中有损其形象，但放在《唐史》中却为后唐庄宗李存勖为父报仇灭后梁埋下了伏笔。

而且为了要突出这个皇帝的事迹和形象，平话还有意地加以渲染，甚至不惜更改史实。比如，《通鉴》记朱温投降是在中和二年，"温见巢兵势日蹙，知其将亡，亲将胡真、谢瞳劝温归国。九月，丙戌，温杀其监军严实，举州降王重荣"①。而平话却误置为乾宁二年，并以小说笔法渲染了黄巢强奸张归娘（张氏亦为正史所不载）未遂的事件，以此作为朱温反叛的原因。大概前面用传说的材料，交代了朱温与黄巢是结义兄弟，非如此不相连贯。而且平话改朱温降王重荣为降王铎（中书令，位置更高），敷衍了一段朱温与王铎定计招降尚让和葛从周的情节，从而使前后事件具有了情节相关性。又如写后唐明宗李嗣源体恤百姓之事，《通鉴》记天成四年，《平话》改作三年，明宗问冯道"今岁虽丰，百姓赡足否"，冯道引聂夷中诗《伤田家》讽谏主上居安思危，明宗"命左右录其诗，常讽诵之"，只有180余字，《平话》却在冯道的谏言中插入汉光武帝不忘无蒌亭豆粥、滹沱河麦饭的故事，并虚构了明宗此后"于宫中每夜焚香，告天密祷"的细节，字数扩展了三倍。

通观《新编五代史平话》，不仅叙开国皇帝发迹前的故事情节性很强，即使其主人公进入正史后，编写者也常常有意对正史中的材料加以改造敷衍，使前后事件具有一定程度的因果联系，或使某一部分显得突出以彰显人物形象，如李嗣源的体恤民众、郭威的审慎仁厚。正因如此，这部平话才被理解为通俗历史演义

---

① 《资治通鉴》卷第二百五十五，岳麓书社，1990年版，第421页。

的滥觞，而不是一般性的编年历史读本，尽管其叙述表层是仿照《通鉴》的以年纪事的语法。

其二，尽管该平话有大约七成的内容是按《通鉴》的顺序和文字编写，但它改编的部分并非都如上文 B 段所示，是同一种史家语态的陈述，更多的时候，它还是用一种比较粗浅的文言或者文白夹杂的语言在陈述，显示了一种"通俗"的意向。兹录两段并以《通鉴》为比较：

C：（《汉史平话》）至清泰三年，唐主宣授石敬瑭做天平节度使，敬瑭欲不拜命，朝旨差张敬达做西北都部署，迫胁敬瑭赴郓州。敬瑭疑惧，与刘知远共谋去就。刘知远道："哥哥久在兵间，素得士卒心。今据形胜地面，士马又十分精强，若称兵反叛，帝业可成。奈何听命于一纸制书，自投身于虎口乎？"敬瑭听得知远这说，心下欣然，应道："贤弟说的话，使我心下豁然。"① (177)

（《资治通鉴》卷第二百八十）（天福元年五月）辛卯，以敬瑭为天平节度使，以马军都指挥使、河阳节度使宋审虔为河东节度使。……甲午，以建雄节度使张敬达为西北蕃汉马步都部署，趣敬瑭之郓州。敬瑭疑惧，谋于将佐曰："吾之再来河东也，主上面许终身不除代；今忽有是命，得非如今年千春节与公主所言乎？我不兴乱，朝廷发之，安能束手死于道路乎！……"都押牙刘知远曰："明公久将兵，得士卒心；今据形胜之地，士马精强，若称兵传檄，帝业可成，奈何以一纸制书自投虎口乎？"……敬瑭意遂决。②

D：（《唐史平话》）唐主呼王彦章问曰："您平时间诋毁我做'李亚子斗鸡小儿，初何足言。'今日为小儿拿来，您怎生做活计么？道还着服咱小儿么？您素号名将，何不守兖州？怎不思中都无城堡，何以自保？如此料事，非计之善，所以为我擒也。"彦章对曰："彦章力非不足，谋非不深，奈

---

① 《宋元话本集》，丁锡根点校，上海古籍出版社，1990 年版，第 177 页。
② 《资治通鉴》，岳麓书社，1990 年版，第 746—747 页。

天命已去，人亦无如之何也。"唐主亲释彦章之缚，赐药使敷其创；惜彦章之勇，不忍杀之，遣人招诱，欲使为己之用。彦章曰："咱本郓州一匹夫，蒙大梁恩遇，位至上将，与皇帝陛下驱驰于魏博、杨刘之间，血战十五年，势穷力屈，拿赴军前，分甘一死。纵陛下可怜见小人武勇，欲全而生我，咱有何面目可以见天下之人？大丈夫斫头便斫头，怎敢畏死？若使咱朝为梁将，暮为唐臣，小人之所不为也！"①

（《资治通鉴》卷第二百七十二）彦章尝谓人曰："李亚子斗鸡小儿，何足畏！"至是，帝谓彦章曰："尔常谓我小儿，今日服未？"又问："尔名善将，何不守兖州？中都无壁垒，何以自固？"彦章对曰："天命已去，无足言者。"帝惜彦章之材，欲用之，赐药傅其创，屡遣人诱谕之。彦章曰："余本匹夫，蒙梁恩，位至上将，与皇帝交战十五年；今兵败力穷，死自其分，纵皇帝怜而生我，我何面目见天下之人乎！岂有朝为梁将，暮为唐臣！此我所不为也。"②

从以上的比较中可以看出，平话不仅对于《通鉴》中的一些文言词汇和句法作了通俗化的替换，而且对于人物对话，特别是刘知远、王彦章一类的草莽英雄的语言作了发挥，使其场景或人物形象生动可见（这个特点丁锡根先生在论文中亦已指出）。如敬塘"心下欣然，应道：贤弟说的话，使我心下豁然"比起"敬塘意遂决"这样的陈述显然更具小说意味，而这样的处理应该是编写者揣摩一般读者的心理期待而采取的相应策略。

诚然，平话的编创者还没有像后来的通俗历史演义作者那样自觉地运用白话语体，而是杂糅着说话人语言和史家书面语，造成一种不协调和不流畅的语调，但在历史文本中有意地嵌入民间口头语，无疑对后来的演义小说的语言取舍有所启发，因为这些活泼的民间口语，无疑更能带来阅读的欣快感，从而获得广大读者的认同。

其三，插话与诗词。"插话"是指说书人在演说故事时，不

---

① 《宋元话本集》，上海古籍出版社，1990年版，第94页。
② 《资治通鉴》，岳麓书社，1990年版，第649页。

时插入一段与正文没有直接联系的小故事，一方面可以调节气氛，另一方面也显得说话者博学多识。《新编五代史平话》也运用了不少插话。如《周史平话》叙太祖郭威在平定慕容彦超叛乱后，欲尽屠兖州城，谋士范质劝说："昔高祖围鲁城，怒其不降，欲举兵屠城，闻弦歌之声，以为圣人邹鲁之地，不忍加害。陛下不能为汉高祖之所为耶？"遂引出如下插话：

> 且说那汉高祖五年十二月，与项羽厮杀，围项羽在垓下田地。项羽闻四面皆楚歌，乃自叹曰："吾与江东子弟八千人渡江而西，今无一人，此非战之罪，乃天忘我也！"自刎而死。楚地悉定，独鲁城不下。汉王引兵围之，欲尽屠其城。至城下犹闻弦诵之声，谓其守礼义之国，为主死节，乃持项羽头以示之，鲁城乃降。范质举这事谏周主，亦道是兖州是鲁地，陶诗书礼义之化，不可肆屠戮之酷刑。是他范质、窦仪两个说这几句话，全活了兖州一城百姓，积了多少阴鸷也！①

类似的插话还有很多，如叙李存勖渡黄河恰逢冰合，插入汉光武帝渡滹沱河而冰合的故事；李从珂被逸几乎致死，引出赵高矫杀公子扶苏的故事。又如《周史平话》叙李重进、张永德两将拥兵自重，互生猜忌，以李重进主动以廉颇蔺相如故事向张永德示好为契机，插入"渑池会"、"负荆请罪"等故事，等等。这些插话及其连接语，大抵以白话叙述，仿照说话人口气。这样的插话置于史家一般的庄重口吻之间，另有一种不同于说话人书场插话的功能，它不仅活泼了史事陈述造成的平淡气氛，而且具有和史家叙事明显不同的教化立场——一种以民间伦理为准则的立场，比方上引汉高祖不屠鲁城的典故，是用来说明诗书礼义之地，"不可肆屠戮之酷刑"，而范质、窦仪两人以之为谏，"全活了一城百姓，积了多少阴鸷也"；在引入廉蔺之交的故事后，亦总结道："又是二人之疑心永释，百姓众军亦各安心。"②

诗词运用的情况。《新编五代史平话》在叙事时加入大量的

---

① 《宋元话本集》，上海古籍出版社，1990年版，第213－214页。
② 《宋元话本集》，上海古籍出版社，1990年版，第242页。

诗词，这又是不同于正史，而趋向于模拟口头"讲史"的一个特点。正如说话体制，平话有开场诗、散场诗和中间插入诗歌的形式。开场诗一般起提纲挈领的作用，如《梁史平话》开头：

> 龙争虎战几春秋，五代梁唐晋汉周。
> 兴废风灯明灭里，易君变国若传邮。

这是作为全书总领开场诗。而各卷又都有自己的开场诗。如《唐史平话》卷上开头："朱邪部族出西夷，始入中原号执宜。开创后唐基业主，至今传说李鸦儿。"说的是李克用；卷下开头："称尊享御谩君临，辜负当年告庙心。身死伶人优戏手，只缘批颊纵慆淫。"说的是庄宗李存勖。

散场诗一般对人物、事件加以评论，以总结历史教训。如《唐史平话》之散场诗揭示后唐灭国的原因乃先王养子的自相残杀：

> 堪笑鸦儿兴后唐，四君三姓自相戕。
> 谁知一十四年后，历数依前属石郎。

《晋史平话》的散场诗对后晋君臣委身契丹、导致身死国灭的历史悲剧，犹有深刻揭示：

> 衣到弊时生虮虱，肉从腐后长虫蛆。
> 向非叛将为殳役，安得强胡敢觊觎？
> 桀犬吠尧甘负主，失身事虏作戎奴。
> 君看彦泽赵延寿，国破家亡族亦诛。

除了开场诗和散场诗，中间插入的诗句也很多见。这样的诗句大抵有两种情况，一种是沿袭了说话人的即兴评说，包括一些套语的插入，如"不向长安看花去，且来落草做英雄"，"降下一封天子诏，惹起四海状元心"，"手拿三尺龙泉剑，夺却中原四百州"，"人无害虎心，虎有伤人意"，"相逢不下马，各自奔前程"等。另一种却是引用或拟作的诗歌，这些诗句与文中情境较为协调，具有一定的表现力，能表现人物的情感、思想或环境氛围。如《梁史平话》写黄巢应试下第，盘缠也已使尽。

所谓"床头黄金尽,壮士无颜色"。那时分是秋来天气,黄巢愁闷中未免题了一首诗。道是:

柄柄支荷枯,叶叶梧桐坠。细雨洒霏微,催促寒天气。蛰吟败草根,雁落平沙地。不是路途人,怎知这滋味!

题了这首诗后,则见一阵价起的是秋风,一阵价下的是秋雨,望家乡又在数千里之外……①

由这段文字可以看出,诗句在这里与上下文有机地联系在一起,生动曲折地表现了人物的心境。这首诗可能引自民间说话人而不是黄巢所作,因为在《万秀娘仇报山亭儿》(源自宋人话本《山亭儿》)中也引了这首诗。大概是宋人"说黄巢"或"说五代史"时候的拟作,以传达"路途人"的辛酸经验。

另外《周史平话》在叙周世宗错杀孙晟之后,欲拜华山隐士陈抟为谏议大夫,陈抟力辞还山,留下一首诗以表心迹:

十年踪迹走红尘,回首青山入梦频。
紫陌纵荣争及睡,朱门虽贵不如贫。
愁闻剑戟扶危主,闷见笙歌聒醉人。
携起旧书归旧隐,野花啼鸟一般春。②

这是陈抟(即道家陈抟老祖)一首比较有名的诗,题为"归隐"。《通鉴》卷第二百九十三载有世宗召陈抟问飞升、黄白之术之事(事在显德三年杀孙晟之后),但未有拜谏议大夫的记载,当然也未录其诗。《新编五代史平话》的编写者引入这首诗,并改造史事,不仅使得前后内容有更内在的联系,也使历史叙事更具文学意味。

《新编五代史平话》引用或拟作的诗句,有雅有俗,有的只是说话艺人似的显示博学,有的却是极具美学意味的创造。同是

---

① 《宋元话本集》,上海古籍出版社,1990年版,第28-29页。
② 《宋元话本集》,上海古籍出版社,1990年版,第243页。

很雅的诗句，如本书开首叙隋炀帝的暴虐无行，引邵雍的《观隋朝吟》，"蝼蚁人民贪土地，沙泥金帛悦姬姜"，就很有机；而写刘知远岳父做梦，引白居易《疑梦》诗"鹿分郑相终难下，蝶化庄周未可知。纵使如今不是梦，能于为梦几多时"就很无趣。同是引套式诗句，写刘知远喝茶时，来一首咏茶诗，就很无趣，而写刘知远以北京留守身份上堂时，来一首描写衙门形状的诗，却显得不同凡响。这样的情形使人想到，平话的编写者在叙史过程中加入诗歌，一方面受传统的说话艺人的巨大影响，而另一方面，作为供出版的书写文本的书写者，编者也开始注意到了前后文字所需的有机性，从而尽量使一些诗句更高雅含蓄一些，或者使诗句在文中的表现力更强一些。如上引的《晋史平话》的散场诗、陈抟的《归隐》诗及描写黄巢心境的诗句等，均是如此。这样的插入诗句因为在文本中发挥了积极的审美功能，而成为以后明清小说叙事的一种基本成规，我们在《三国演义》、《红楼梦》的经典中能够读到一些带来欣快感的诗句，也许不能忘记《新编五代史平话》的开创之功。

综上所述，《新编五代史平话》杂糅了史家叙事和民间讲史两种叙事形态，如鲁迅先生所言，"全书叙述，繁简颇不同，大抵史上大事，即无发挥，一涉细故，便多增饰，状以骈俪，证以诗歌，又杂诨词，以博笑噱"①，既依从正史提供的史料和话语方式，又参以民间传闻和说话人的话语方式，体现出民间历史叙事特有的书写方式，而这种书写方式作为历史小说的开端，或者书面历史叙事由官方向民间的一种过渡，呈现出这种杂糅的特点，似乎是不可避免的。而其中所体现的话语含蕴，或者说作为编创者的下层文人的创作心态，却颇耐玩味，这正是下文将要探讨的。

第二节 《新编五代史平话》的话语含蕴

《新编五代史平话》之"新编"，已经表明它作为一本供阅读的读本，其叙事思想不同于以前说话艺人的"说五代史"。说话

---

① 鲁迅：《中国小说史略》，百花文艺出版社，2002年版，第79页。

艺人的平话是一种口头文学，即使说的是历史，其目的也不是为了供人学习而增进自己的知识，而是寓教化或知识于娱乐之中。在采用艺人叙事较多的《梁史平话》中，这个特点表现比较明显。但《新编五代史平话》作为一部印刷文本①，其生产和传播应是为了满足社会新兴阶层的多种需要，而不是纯为娱乐。谢和耐在谈及此时的印刷文本出现的意义时说：

> 印刷术在中国出现的时候，此际正值社会的经常扩展部分藉学习而寻求自我改进之时，也或者可能仅在希望由阅读中获得他们倾听故事、轶事及诗歌等所发现的乐趣。事实上正是由于商贾阶级的兴起，以及由于较低阶层的都市人口的急剧增长，印刷术才为了应所产生之新需要而获得此种广泛的应用。②

作为一部普通的历史读物，并且是首次出现在文化市场上的通俗历史读本，编创者在叙述历史时便不得不做多方面的考虑。比如以何种视点来观照这段历史（五代），这本书应有一种怎样的结构，通过哪些情节或叙述手段激发读者的兴趣，以及作为书面文字在讲述历史时怎样修辞才是恰当的，等等。这些设想无疑只有通过借鉴已有的材料和技巧才能付诸实践。而正是在借鉴和改造官方正史和民间说话的实践中，本书叙述者的复杂心态暴露无遗。

以下我们从视点和视阈、修辞或者话语两方面来考察本书叙述者的叙事心态。这两方面当然也是一体两面、互相依存的。

视点和视阈是点和面的关系，两者的结合构成一个V形聚焦区，它反映出对叙述者而言何者是值得叙述的。而从他所选择的事实中，不管所讲述的话语如何，本身可以看出叙述者的立场。

至少从表面上看，《新编五代史平话》的叙事视点是双重的，即史官似的视点与民间视点的重合。如前初步介绍的，每当讲述

---

① 谢和耐说的"第一部普通而非官方的历史"，很可能就是指此书。[法] 谢和耐：《南宋社会社会史》，马德程译，台湾中国文化大学出版部，1982年版，第189页。

② [法] 谢和耐：《南宋社会社会史》，马德程译，台湾中国文化大学出版部，1982年版，第186页。

帝王发迹前的行迹，叙事者是从民间立场来"看"的，比如写黄巢出世，先有唐太宗时袁天纲的图谶："非青非白非红赤，川田十八无人耕（黄巢）。"后有黄巢出生后的种种怪异：其母怀胎十四个月，"生下一物，似肉球相似，中间却是一个紫罗复裹得一个孩儿"，长到十四五岁，"眼有三角，鬓毛尽赤，颔牙无缝；左臂上天生肉腾蛇一条，右臂上天生肉随球一个"。此后写刘知远、郭威等，都是如此。天人交感的宗教立场，《史记》、《汉书》等正史也有表现，但在近世以后，正史强调直书实录，很少再有对传闻的书写，《通鉴》、《新五代史》就与这种民间小说家的立场形成鲜明对照。《通鉴》记周世宗"召华山隐士陈抟，问以飞升、黄白之术。对曰：'陛下为天子，当以治天下为务，安用此为'"（卷二九三），明显是借人物之口来表现史家的历史意识。再比如《平话》写朱温兄弟与黄巢结拜、石敬瑭牧羊摆阵、郭雀儿（威）买剑杀人等，这些民间流传的故事，正史均不载。正史不载的原因，主要并不是这些事件没有真实地发生，而是这些带有传奇性或江湖气的故事与史家观点不合。

而《平话》大部分抄自《通鉴》、《五代史》等正史，其视点、视阈便有与史家观点重合的地方。如鲁迅先生所言，"史上大事，即无发挥"，"无发挥"，就是对史家记载的这些朝政军国大事无法提出自己的新的解释，而采取承认的立场。如写后唐庄宗因优戏误国丧身、明宗问百姓疾苦而至天下太平，这些典型的史事的陈述与《通鉴》、《新五代史》的视点基本重合。

在修辞或话语层面，《平话》的叙述者同样显示出一种选择的矛盾。在表达形式上，他一方面采用了如前所述的诗词、插话、评说等民间话语形式，另一方面也采用史家的编年、实录、奏章等形式。在语体上，一会儿用口语，一会儿用雅驯的文言，更多时候是文白夹杂。但正是在话语的表现上，我们可以看出《平话》的话语形态本质上是一种民间话语形态。

所谓"民间话语形态"，有学者认为它是"指一种非权力形态也非知识分子精英文化形态的文化视界和空间，渗透在作家的写作立场、价值取向、审美风格等方面"①。这里的"非权力"

---

① 陈思和、何清：《理想主义与民间话语》，《中山大学学报》1999 年第 5 期。

如果界定为"官方权力"当然更准确些,因为话语无论来自哪里,都意味着一种权力诉求。民间话语与官方话语或知识精英的话语的区别主要在于在一个等级制的权力体系中它是在低端或底端言说和传播的。一方面它有自己的文化视界和空间,另一方面它又与官方话语和精英话语构成复杂的关系。斯图亚特·霍尔在分析大众文化接受者解读主导－霸权话语时提出三种情况:对霸权话语的认同、协调性的理解(使主导界定适合于"局部条件"和"它本身团体的地位")和全然相反地解码主导话语。① 这一观点也适合于《平话》对正史的解读。比较特殊的是,《平话》在改编《通鉴》等史书时,同时采用了这三种解码方式。

其一,对主导话语的认同。《平话》全书约四分之三抄自《通鉴》,其话语大部分也承袭了正史的简要、雅驯的风格,这已经意味着《平话》在很大程度上认同了主导话语。但这种认同我们应该理解为民间知识人对作为精英知识分子的史家的认同式解读,而不应认为它本身也是精英的。在这四分之三的"转抄"中,实际上很少出现连续的照抄,而是在内容上做了很多综合、转换的工作,至少也有措辞和语气的变化。如华莱士·马丁所言,"某种措辞,或者仅仅是某个声调或变音,就使我们留意到视点的转换或混合"②,由话语产生的变化,意味着表面的认同下包含着协调性的理解。

其二,协调性的理解。《平话》的编者作为沦落为社会中下层的知识人,其身份本来就不明朗,他在理想中接近文化精英的意识形态,而在现实中却已经深深接受了民间的历史观念、人生态度和审美趣味。所以他在依据经典来重新解读历史时,就会对主导话语加以协调性的理解和诠释。

这种协调性的理解既表现在抄录正史的间隙穿插诗歌或插话加以评述或敷衍,也表现在对正史的某些话语加以调整或重述。前一种情况前文已有说明,后种情况我们试举例加以分析:

(《通鉴》卷第二百九十一)枢密使、平卢节度使、同平

---

① 斯图亚特·霍尔:《编码,解码》,罗钢、刘象愚主编:《文化研究读本》,中国社会科学出版社,2000年版,第345-358页。

② 华莱士·马丁:《当代叙事学》,北京大学出版社,2005年版,第151页。

章事王峻,晚节益狂躁,奏请以端明殿学士颜衎、枢密直学士陈观代范质、李谷为相,帝曰:"进退宰辅,不可仓猝,俟朕更思之。"峻力论列,语浸不逊。①

(《周史平话》)峻晚节处事狂躁,一日奏荐颜衎、陈观两个为相,周太祖曰:"进退宰辅,不可仓猝,俟更思之。须有德望者可当相位。公所荐二人,德望如何?"峻骂曰:"陛下以花项纹身为君,又何德望之有?"语颇不逊。②

这件事是周太祖的重臣王峻命运的转折点。关于君臣之间的冲突,《旧五代史·王峻传》也只说"峻论列其事,奏对不逊",想必正史对大臣骂君王的事情还是有所忌讳的。而《平话》作者却大胆设想王峻以德望相讥(郭威少时买刀,一语不合便杀人,有何德望?),对君臣关系做了一种平民化的解释,尽管他也承认王峻后来的被贬和忧愤而死有咎由自取的因素。

协调性的理解和诠释还表现在根据读者的需要,平话作者对正史语言的通俗化和具体化。尽管陈述的事情基本一致,但如马丁所言,某种措辞或者仅仅是语气的变化,都意味着视点或思想意识的某种转变或混合。比如对于契丹主立石敬瑭为皇帝一事,《通鉴》和《平话》的不同叙述:

(《通鉴》卷第二百八十)契丹主谓石敬瑭曰:"吾三千里赴难,必有成功。观汝气貌识量,真中原之主也。吾欲立汝为天子。"敬瑭辞让数四,将吏复劝进,乃许之。契丹主作册书,命敬瑭为大晋皇帝,自解衣冠授之,筑坛于柳林,是日,即皇帝位。

(《晋史平话》)契丹主一日召石敬瑭曰:"吾三千里来赴难,必成大功。观汝器貌识量,真中原之主也。吾欲立您做皇帝,您可早慰中国臣民之望。"敬瑭跪谢曰:"孩儿每不能了事,劳顿大人远来赴接,欲藉皇帝威灵,扶持大唐社稷。若舍弃明宗的恩义,自立为帝,人谓我何?"逊谢再三。

---

① 《资治通鉴》,岳麓书社,1990年版,第888页。
② 《宋元平话集》,上海古籍出版社,1990年版,第217页。

契丹主曰:"先立您做天子,则臣民有主,却图进取未迟。"敬瑭乃从之。契丹主命作策书。怎道?

契丹皇帝诞膺天命,奄有四方,痛念中原无主,四海罹兵戈之苦,百姓遭荼毒之灾,亲提大军来赴急援。切见石敬瑭以明宗之爱婿,拥节度使之重权,人望所归,天心攸属。议立石敬瑭为大晋皇帝,即位于晋阳,定国号为晋。布告天下,咸使闻知。

契丹主既作册命,自解衣冠授与石敬瑭。就晋阳城南筑个三层坛,敬瑭就坛上即位,诸军皆山呼万岁称贺。

《通鉴》对石敬瑭即皇帝位只是简笔陈述,且一如既往地语气平淡。而平话作者对石敬瑭的登坛大礼作了较为详细的描述,其中包含丰富的情绪,如艳羡、反讽或者同情等。人物说话的措辞作了细微改变,并补出了石敬瑭辞让的言语,满足了平民读者的心理需要。犹有意思的是,平话作者还拟作了一封"不伦不类"的册书,其措辞语气引人发噱,但有益于故事的真实性,满足了一般读者对最高权力仪式的窥探欲。

其三,完全相反的解码。如果不局限于对具体历史事件的陈述,而从整体理解历史的兴衰和人物的沉浮方面而论,《平话》的许多历史解释与正史是完全相反的。比如对黄巢起义的演说,对五代各开国皇帝发迹前的描述等。正史对帝王开辟历史的解释往往是仁德与勤政,而《平话》对此的解释却是天命加强力和机谋。而在具体历史事件的修辞上,《平话》作者也有很多与正史完全相反的解释,我们仍以王峻的事情为例加以说明。

王峻在得罪周太祖之后,被贬为商州司马。贬后的情形,《通鉴》的叙述是:"峻至商州,得腹疾,帝犹愍之,命其妻往视之,未几而卒。"一方面说明做皇帝的已经做到仁至义尽,另一方面暗示王峻是得腹疾而死。而《平话》却全然不理会这种解释,只用一句话交代王峻的结局:"乃贬王峻为商州司马,峻愤恚而死。"联系《平话》对王峻为后周基业立下汗马功劳的铺叙,作者在简短的交代中所蕴含的愤怒和同情已经溢于言表。

由以上分析我们可以看出,《平话》的叙事者一方面认同了作为精英知识分子的某些视点,另一方面又利用民间资源试图对精英的历史解释加以重新诠释。两者的"混合"(而不是有机的

"融合")表明《平话》的叙述者在意识形态立场上处于一种骑墙态势。这种姿态,我们在魏晋以来的文人小说中也曾经领略过,但这一次,却是比较明显地偏向于倒向民间俗世了。其中的原因,除了宋代以来市民社会的发育,恐怕最主要的是科举制度的影响。宋代的科考比以往各朝代规模都大,而且不再有门第限制,因而像范仲淹、欧阳修一类的寒门子弟由科考而至卿相者,屡屡发生,其影响所及,便是宋代的读书人口甚众。但是,科考并非一条现实的道路,有学者考证,"全宋三百余年,通过进士考试的不过11万人,平均每年取360余人。全国举人而待考者(每年)常常有数十万之多"①。也就是说,宋朝的绝大多数平民知识分子尽管心怀精英的梦想,而实际的人生道路只能是混迹民间。尽管还不像元代读书人那样发展出一种"游民意识",但由精英知识人的意识向普通市民意识的转变已经明确发生了。

而从文体的进化来看,《新编五代史平话》的语言不再是单纯的一种历史话语,或者说它不是盲目重复史家话语,而是民间话语和精英话语的"多音齐鸣"(heteroglossia)。巴赫金认为,严格区分不同文体是集权文化的特点,这一文化标出了被认可的语言与任何与之不同的话语之间的界限。而《新编五代史平话》的杂语交糅正表明一个新时代的开端,它不仅是平民历史著述的开端,同时也是(长篇)小说的开端。巴赫金认为小说就是这样一种杂交的形式,它是"一个艺术地组织起来的系统,目的在于使不同的语言相互接触"②。当我们以历史的同情来翻阅这部不知如何分类的书籍时,我们当可放下我们关于原创性或者语言风格的先入之见,而注意到它在融合多种话语成规方面的努力。而这种努力,竟而开启了中国长篇小说的新时代。

---

① 王学泰:《游民文化与中国社会》,学苑出版社,1999年版,第150页。
② 巴赫金:《小说中的话语》,转引自华莱士·马丁《当代叙事学》,北京大学出版社,2005年版,第151页。

参考文献
（按著作者姓氏字母顺序排列）

[1] H. Porter. Abbott：Narrative，Cambridge University Press，2002.
[2] W. C. Bush：The Rhetoric of Fiction，Chicago University Press，1961.
[3] ［荷］米克·巴尔：《叙述学：叙事理论导论》，谭君强译，中国社会科学出版社，1995年。
[4] Paul Cobley：Narrave，Routledge，2001.
[5] 陈平原：《中国散文小说史》，上海人民出版社，2004年。
[6] 程毅中：《唐代小说史》，人民文学出版社，2003年。
[7] 程毅中：《宋元小说研究》，江苏古籍出版社，1998年。
[8] 程国斌：《唐五代小说的文化阐释》，人民文学出版社，2002年。
[9] 程国斌编：《隋唐五代小说研究资料》，上海古籍出版社，2005年。
[10] 丁锡根点校：《宋元话本集》，上海古籍出版社，1990年。
[11] 董乃斌：《中国古典小说的文体独立》，中国社会科学出版社，1994年。
[12] 房玄龄等：《晋书》，岳麓书社，1997年。
[13] 冯友兰：《三松堂学术文集》，北京大学出版社，1984年。
[14] 米歇尔·福柯：《词与物》，三联书店，2001年。
[15] 葛兆光：《中国思想史》，复旦大学出版社，2001年。
[16] 郭庆藩：《庄子集释》，中华书局，2004年。
[17] 侯忠义编：《中国文言小说参考资料》，北京大学出版社，1985年。
[18] 胡适：《白话文学史》，安徽教育出版社，1999年。
[19] 胡应麟：《少室山房笔丛》，上海书店，2001年。
[20] 胡士莹：《话本小说概论》，中华书局，1980年。
[21] ［美］海登·怀特：《形式的内容：叙事话语与历史再现》，

北京出版社，2005年。

[22]［美］韩南：《中国白话小说史》，浙江古籍出版社，1989年。

[23] 韩云波：《唐代小说观念与小说兴起研究》，四川民族出版社，2002年。

[24] 纪昀等：《钦定四库全书总目》，中华书局，1997年。

[25] 李剑国：《唐前志怪小说史》，南开大学出版社，1984年。

[26] 李肇、赵璘：《唐国史补·因话录》，上海古籍出版社，1979年。

[27] 李宗为：《唐人传奇》，中华书局，2003年。

[28] 刘大杰：《魏晋思想论》，上海古籍出版社，1998年。

[29] 刘叶秋：《历代笔记概述》，北京出版社，2003年。

[30] 刘知幾：《史通》，辽宁教育出版社，1997年。

[31] 鲁迅：《古小说钩沉》，齐鲁书社，1997年。

[32] 鲁迅：《中国小说史略》，百花文艺出版社，2004年。

[33]［美］华莱士·马丁：《当代叙事学》，北京大学出版社，2005年。

[34] Sara Mills：Discourse，Routledge，2004.

[35] 钱穆：《中国史学名著》，三联书店，2005年。

[36] 钱锺书：《谈艺录》（补订本），中华书局，1984年。

[37] 饶宗颐：《澄心论萃：史诗与讲唱》，上海文艺出版社，1996年。

[38] 石昌渝：《中国小说源流论》，三联书店，1994年。

[39] 孙楷第：《戏曲小说书录解题》，人民文学出版社，1990年。

[40] 谭正璧：《三言两拍资料》，上海古籍出版社，1980年。

[41] 汤用彤：《魏晋玄学论稿》，上海古籍出版社，2005年。

[42]［美］王靖宇：《中国早期叙事文研究》，上海古籍出版社，2003年。

[43] 王能宪：《世说新语研究》，江苏古籍出版社，1992年。

[44] 王平：《中国古代小说叙事研究》，河北人民出版社，2001年。

[45] 吴曾祺编：《旧小说》，上海书店，1985年。

[46] 谢和耐：《中国社会史》，耿昇译，江苏人民出版社，1995

年。
[47]［日］小南一郎：《中国的神话与古小说》，孙昌武译，中华书局，1993年。
[48] 萧欣桥、刘福元：《话本小说史》，浙江古籍出版社，2003年。
[49]［美］宇文所安：《他山的石头记》，田晓菲译，江苏人民出版社，2003年。
[50] 杨义：《中国古典小说史论》，中国社会科学出版社，1995年。
[51] 杨义：《中国叙事学》，人民出版社，1997年。
[52] 余嘉锡：《世说新语笺疏》，中华书局，1983年。
[53] 郑振铎：《中国俗文学史》，商务印书馆，2005年。
[54]［美］詹明信：《晚期资本主义文化逻辑》，张旭东编，陈清桥等译，三联书店，1997年。
[55] 赵彦卫：《云麓漫钞》，张国星校点，辽宁教育出版社，1998年。
[56] 周绍良、白化文：《敦煌变文论文录》，上海古籍出版社，1982年。
[57] 周绍良、白化文：《敦煌变文论文录》，台湾明文书局，1985年。

后 记

2005年秋,我来到武汉大学,在张荣翼先生门下读博士。校园的恬静美丽,导师的宽厚仁慈,本当可以让我在武大过得轻松惬意。但因为带着"魏晋至宋元叙事思想研究"这样一个课题,在武大的光阴便像一所挤满了杂物等待快速清理的房子,让人焦虑而无所适从。

这个课题是赵炎秋教授主持的"中国古代叙事思想研究"的子课题之一,2003年就批下来了,距离结项只有不到两年时间,而此时我还只搜集和阅读了部分资料。在这两年时间内,我的惶恐和紧张是难以忘怀的。因为一方面要完成这本书,另一方面要完成博士论文的开题——鬼使神差,我又选择了一个当时比较前沿的课题"自我认同"——我能同时作好这两篇文章吗?

到现在为止,这种惶恐和忐忑的感觉也没有完全释怀。奉献给读者的这本书,尽管后来陆续加以补充、修改,但依然留有很多遗憾。比如唐宋时期的散文叙事,宋元时期的文言小说和元曲中的叙事内涵,以前是在研究计划中的,但都未来得及展开研究。元代的长篇平话,已经全部读过一遍,但真正提交的研究报告,只有《五代史平话》一部。从武大校园走入尘世,我似乎找不到那种紧张的写作节奏了。

我的两位老师,赵炎秋先生和陈果安先生,经常会跟我说同样的话:"你总是写得那么慢,那么慢。"他们这么说,并非批评,而是勉励:人家写得多快,一年数篇论文发表,两年出一本书,你可不能掉队啊。

我无以言对,只是感到尴尬和惶恐:莫非你真的掉队了?边缘化了?

在我所阅读的一些文字里,我又多少找到一些安慰:

啊,前途、阅读、转身
一切都是慢的。

——柏桦

生也有涯,无涯惟智。逐物实难,凭性良易。傲岸泉石,咀嚼文义,文果载心,余心有寄。

——刘勰

我就用他们的话,对关心我的师长和朋友们,做阿Q似的酬答吧。

到了致谢的时刻了。感谢吸收我为课题团队成员的赵炎秋先生,是他一直用马鞭抽打我的屁股,不然这本书难以面世。感谢我的导师张荣翼先生,是他慈父般的关心和支持使我顺利完成本书初稿和博士论文。感谢我的硕士导师陈果安先生,是他对我的永不放弃的信心促我向前。感谢文学院读书会的老师和同仁张文初先生、杨合林、李清良、王建、何林军、张红诸君,是他们把我从边缘拉入到学术的场域中。感谢我的家人,是他们的爱让我没那么害怕。

最后要感谢本书的责任编辑谭南冬女士,我的独特的写作方式使她花费了比平时更多的心力,本书最后的规范、流畅和简洁都归于她。

2010年12月于长沙